CB143389

Mozart

O Grande Mago

Mozart

♩ *O Grande Mago*

♫ *O Filho da Luz*

♬ *O Irmão do Fogo*

♬♪ *O Amado de Ísis*

CHRISTIAN JACQ

Mozart

O Grande Mago

VOLUME 1

Tradução
Maria Alice Araripe de Sampaio Doria

BERTRAND BRASIL

Copyright © XO Éditions, 2006
Título original: *Mozart – Le Grand Magicien*

Capa: Raul Fernandes

Editoração: DFL

2009
Impresso no Brasil
Printed in Brazil

CIP-Brasil. Catalogação na fonte
Sindicato Nacional dos Editores de Livros, RJ

J19g Jacq, Christian
O grande mago/Christian Jacq; tradução Maria Alice Araripe de Sampaio Doria. – Rio de Janeiro: Bertrand Brasil, 2009.
406p. – (Mozart; v. 1)

Tradução de: Le grand magicien
Continua com: O filho da luz
ISBN 978-85-286-1357-5

1. Romance francês. I. Doria, Maria Alice Araripe de Sampaio, 1948-. II. Título. III. Série.

08-4361 CDD – 843
CDU – 821.133.1-3

Todos os direitos reservados pela:
EDITORA BERTRAND BRASIL LTDA.
Rua Argentina, 171 – 1º andar – São Cristóvão
20921-380 – Rio de Janeiro – RJ
Tel.: (0xx21) 2585-2070 – Fax: (0xx21) 2585-2087

Não é permitida a reprodução total ou parcial desta obra, por quaisquer meios, sem a prévia autorização por escrito da Editora.

Atendemos pelo Reembolso Postal.

Ao Comunicador

Todos os esforços que fizemos para conseguir expressar a profundidade das coisas se tornaram inúteis depois do aparecimento de Mozart.

Goethe

Um coração que nasce para ser livre nunca se deixa escravizar. E, mesmo quando perde a liberdade, ainda conserva o orgulho e ri do Universo.

Mozart, *O Rapto do Serralho*

Prefácio

Desde que comecei a escrever, aos treze anos de idade, Mozart sempre esteve presente. Ao ouvi-lo e ao descobrir a civilização do Antigo Egito, eu não sabia da grande ligação que havia entre eles. Alguns anos depois, abri uma obra intitulada Mozart, o Egípcio, *que é a base do romance em quatro volumes que publico agora para narrar a aventura espiritual e a vida secreta de um dos maiores gênios da História.*

Além de se filiar à maçonaria, Mozart foi iniciado nos mistérios de Ísis e de Osíris, revelados na sua Grande Obra, A Flauta Mágica.

Para compreender como o músico se tornou filho e amado de Ísis, a Grande, cuja mensagem universal ele transmitiu, voltemos a 342 a.C. A derrota do rei Nectanebo II, vencido pelo persa Artaxerxes III, marcou o fim da trigésima e última dinastia. A partir de então, a antiga pátria dos faraós nunca mais foi independente e viu uma sucessão de invasores e ocupantes: persas, gregos, romanos, bizantinos e, finalmente, árabes, que tomaram posse do país em 639 d.C. e impuseram o islamismo.

A agonia foi longa, pois durou quase um milênio. Prevendo que a sua cultura desapareceria, os sábios egípcios cobriram com textos as paredes de grandes templos, como Edfu, Dendera, Kom Ombo e Filae, e redigiram um grande número de papiros. Desistindo de uma impossível libertação, as confrarias se mantiveram restritas aos santuários.

Em 383 d.C., Teodósio ordenou o fechamento de todos os templos ainda em atividade. Os cristãos os destruíram ou os transformaram em igrejas. Os iniciados foram obrigados a viver na clandestinidade e posteriormente tiveram de sair do Egito, onde a transmissão dos antigos mistérios, já difícil e perigosa, tornou-se impossível depois da conquista árabe.

Nos primeiros séculos do cristianismo, ele teve como principal concorrente o culto a Ísis, amplamente difundido no Ocidente, até a Rússia. Por essa razão, os expatriados foram acolhidos em diversos lugares e prepararam, graças às confrarias de construtores, a eclosão da arte medieval. Para citar apenas um exemplo significativo, no pórtico da catedral de Gniezen, na Polônia, são relatados os episódios dos mistérios de Osíris.

A iniciação egípcia não desapareceu com o fechamento dos templos, pois o pensamento hieroglífico com "as palavras dos deuses" e os rituais nos quais elas se encarnam foram transmitidos oralmente e em textos criptografados.*

Criação de Toth, o mestre das ciências sagradas, o hermetismo alimentava as Lojas dos construtores. No fim da era das catedrais, os descendentes dos iniciados egípcios formaram círculos de alquimistas que deram origem a um dos ramos da franco-maçonaria. Esse ramo celebrava os antigos mistérios em três graus: Aprendiz, Companheiro e Mestre. O primeiro revelava os elementos formadores da criação; o segundo, a geometria sagrada; e o terceiro fazia reviver o mito de Osíris, rebatizado de Hiram.

---

* Ver J. R. Harris (ed.), *The Legacy of Egypt*, Oxford, 1971; S. Morenz, *Die Zauberflöte*, Münster, 1952; E. Iversen, *The Myth of Egypt and Its Hieroglyphs in European Tradition*, Princeton, 1961; E. Hornung, *L'Égypte ésotérique*, Paris, 1999; *L'Égypte imaginaire de la Renaissance à Champollion*, organizado por Chantal Grell, Paris, 2001; e *Philosophers and Hieroglyphs*, L. Morra e C. Bazzanella (eds.), 2003.

O Grande Mago

Quando Mozart nasceu, em 1756, os diversos movimentos maçônicos estavam em crise. As características mais importantes da tradição iniciática haviam sido desfiguradas, desprezadas e até mesmo perdidas. Ao trabalhar num projeto intitulado Thamos, Rei do Egito, *o músico, que muito jovem foi procurado pelos maçons, entrou em contato com o universo iniciático, que, a partir de então, passou a ser essencial na sua vida. Seu mestre, o Venerável Ignaz von Born, que considerava os sacerdotes egípcios seus verdadeiros ancestrais, realizou diversas pesquisas que muito beneficiaram o discípulo.*

Depois de receber a Luz da iniciação em dezembro de 1784, Mozart estabeleceu um objetivo: transmitir o que recebeu. Na realidade, ele foi muito além e se tornou o comunicador entre o Egito e a franco-maçonaria simbólica. Representando o apogeu desse modo de agir, A Flauta Mágica *abriu caminho para a arte real, o casamento do Fogo e da Água, do Homem e da Mulher. Essa ópera ritual trouxe a lume os mistérios de Ísis e Osíris, chave da tradição iniciática. E a obra de Mozart atravessou os séculos como um templo "construído com belas pedras da eternidade".*

Christian Jacq

1

Alto Egito, 1756

Decididos a matar o jovem monge, os dez mamelucos avançaram para cima da vítima, que, desarmada, não poderia reagir à altura dos assassinos profissionais a serviço de um pequeno tirano local que encorajava esses excessos.

Como Thamos, o jovem monge, poderia imaginar que seria atacado por um bando de assassinos ali, em pleno deserto? Em geral, ele meditava de frente para o pôr-do-sol, rememorando os ensinamentos do venerado mestre, o abade Hermes, um ancião com incrível vitalidade. O tempo desaparecia sob a areia das dunas, o gosto da eternidade nascia da imensidão silenciosa que o vôo do íbis mal conseguia perturbar.

Thamos saiu em disparada. Ele aproveitou ao máximo a enorme vantagem por conhecer o terreno. Num pulo digno de uma gazela, passou por cima do leito seco de um uádi, depois subiu a encosta rochosa de uma colina.

Gordos demais, os perseguidores suavam em bicas. Um deles torceu o tornozelo, arrastando três companheiros na queda. Os outros insistiram na perseguição, vociferando contra aquela maldita caça de fôlego inesgotável.

Thamos passou ao largo de um banco de areia movediça onde afundaram dois mamelucos, socorridos pelos companheiros. Furioso, um deles, mais obstinado, não desistiu. Quando viu que o monge ia escapar, lançou o sabre com raiva.

A arma errou o alvo por pouco.

Thamos ainda correu por muito tempo, evitando se dirigir ao mosteiro, pois não queria pô-lo em perigo. Sem fôlego, ajoelhou-se ao pé de uma acácia e agradeceu a Deus. Sem Ele, não teria escapado dos predadores.

Quando se recuperou, o rapaz voltou pelo mesmo caminho para se certificar de que os mamelucos haviam batido em retirada. Habituados a vitórias fáceis, eles temiam os demônios do deserto e detestavam se demorar por lá.

Ao cair a noite, Thamos voltou para o mosteiro fortificado de São Mercúrio, onde, desde a infância, vivia com outros onze religiosos, agora bem idosos.

Ele bateu três vezes na pesada porta de madeira e viu o guarda da entrada aparecer no alto da fortificação. À luz de uma tocha, este último identificou o recém-chegado.

— Você, até que enfim! O que aconteceu?

— Escapei de um bando de assaltantes.

O guarda saiu do posto de observação para entreabrir a porta do mosteiro. Ele levou Thamos aonde estava o abade Hermes, que estava ocupado lendo um papiro coberto de hieróglifos.

O ancião estava perto dos cem anos e raramente saía da cela, transformada em biblioteca. Nas prateleiras havia textos que datavam da época em que os faraós governavam um Egito próspero e radioso.

Naquela época de desolação, o Império Otomano reinava com tirania. Depois de arrasar Bizâncio, havia conquistado o Oriente Médio e ameaçava a Europa. Verdade absoluta e definitiva, o islã não se devia impor ao mundo inteiro? O poder militar turco saberia fazê-lo triunfar.

Esmagado de impostos, martirizado, o Egito agonizava. O paxá deixava os beis* do Cairo agirem, exploradores à frente das milícias armadas que viviam se matando umas às outras. Agora, eram as milícias dos mamelucos que predominavam, impiedosas e bem equipadas. Miséria, fome e epidemias estrangulavam as Duas Terras, o Alto e o Baixo Egito, e a gloriosa Alexandria não tinha mais do que oito mil habitantes.

Na invasão árabe do século VII, o mosteiro de São Mercúrio parecia ter sido esquecido pelos bárbaros, que haviam destruído uma grande quantidade de templos antigos, posto véu nas mulheres, consideradas como criaturas inferiores, e arrancado as videiras.

Naquele local afastado, São Mercúrio protegia a pequena comunidade. Convencidos de que, ao descer do céu, as duas espadas do santo podiam matá-los, os saqueadores não ousavam atacar o mosteiro.

Medindo as palavras, Thamos narrou a sua aventura ao abade.

---

* Entre os turcos, título concedido a oficiais superiores do exército, a altos funcionários e a príncipes vassalos do sultão. (N. T.)

— A hora se aproxima — sentenciou o velho. — São Mercúrio não nos protegerá por muito mais tempo.

— Devemos partir, padre?

— Você partirá, meu filho. Nós ficaremos.

— Eu os defenderei até a minha última gota de sangue!

— Você deverá cumprir uma missão bem mais importante. Acompanhe-me ao laboratório.

Depois do massacre da última comunidade de sacerdotes e sacerdotisas egípcios, em Filae, a ilha de Ísis, nenhum texto hieroglífico havia sido gravado. Os segredos da língua mágica dos faraós, que pareciam perdidos para sempre, haviam sido transmitidos da boca do mestre para o ouvido do discípulo, e o abade Hermes era o último elo da corrente.

— Eles nos matarão e queimarão o mosteiro — profetizou Hermes. — Antes disso, enterraremos nossos tesouros na areia. Vou revelar a você as últimas fases da Grande Obra, para que a tradição não seja interrompida.

O laboratório era uma pequena sala que se parecia com a câmara da ressurreição das pirâmides do Antigo Império. Nas paredes, fórmulas hieroglíficas lembravam como Ísis havia ensinado a alquimia a Hórus, trazendo Osíris assassinado de volta à vida. Osíris, a unidade primordial reconstituída depois da sua dispersão física, triunfo da luz sobre as trevas, sol renascente no coração da noite.

— A cevada pode ser transformada em ouro — esclareceu o abade —, a pedra filosofal é Osíris. Os hieróglifos dão a você um conhecimento intuitivo capaz de abraçar todo o real, visível e invisível. Contemple a obra de Ísis.

Thamos assistiu ao término do breve procedimento, deslumbramento de um instante de eternidade, e do longo procedimento, união do espírito com a matéria ao fim de um demorado processo ritual.

O jovem monge gravou no coração as palavras poderosas.

— Depois de mil e quinhentos anos de espera — declarou o abade Hermes —, Osíris permitiu que o Grande Mago renascesse e se encarnasse num corpo humano, mas não aqui. O espírito dele escolheu as terras frias do Norte. No lugar onde vai aparecer, ele estará desamparado e privado da energia indispensável da nossa Grande Mãe. Por isso, deverá transmitir-lhe a sabedoria de Ísis e o *Livro de Toth*. Você ajudará o Grande Mago a construir a si mesmo, até que ele seja capaz de transmitir o segredo da iniciação e iluminar as trevas.

Thamos empalideceu.

— Padre, eu...

— Não tem escolha, meu filho. Se não for bem-sucedido, os deuses se afastarão para sempre desta terra, e Osíris não mais ressuscitará. Graças à alquimia, você poderá viajar, pagar as despesas necessárias, se tratar em caso de doença e falar várias línguas.

— Gostaria tanto de ficar aqui ao seu lado!

— Rezaremos juntos pela última vez e você partirá. Encontre o Grande Mago, Thamos, proteja-o e dê a ele a possibilidade de criar a obra que seja a representação da esperança.

2

Salzburgo, 27 de janeiro de 1756

Dinâmico, passo marcial, desafiando o frio do inverno, o professor de violino Leopold Mozart não aparentava os seus trinta e sete anos. Nascido em Augsburgo, filho mais velho de uma família numerosa e sem fortuna cujos ancestrais eram maçons e canteiros*, ele havia aprendido grego e latim, estudado direito e teologia na faculdade de Salzburgo antes de optar pela carreira de músico-empregado, inicialmente, a serviço do conde Thurn e, depois, do príncipe-arcebispo.

Compositor e intérprete, casara-se com a encantadora Anna Maria Pertl, no dia 21 de novembro de 1747. Na opinião geral, for-

* Uma das agremiações que, na Alemanha, integravam a antiga confraria dos franco-maçons construtores. (N. T.)

mavam o casal mais bonito de Salzburgo! Interessado por todas as ciências, Leopold Mozart possuía um microscópio e uma luneta, e estava prestes a publicar uma obra de referência, *Escola de Violino**, visando transmitir sua técnica e experiência às futuras gerações.

Em breve ele seria pai do sétimo filho; Leopold esperava que fosse o segundo a sobreviver, depois da filha, Nannerl, então com quatro anos. Talvez, algum dia, a ciência explicasse por que tantos bebês morriam. Enquanto isso, era preciso confiar na vontade de Deus e na fertilidade das mães.

Leopold adorava Salzburgo, cidade ligada à Baviera, porém um principado eclesiástico independente e sede arquiepiscopal. Ali havia paz e tranqüilidade enquanto a guerra dilacerava a Europa, envolvendo franceses, ingleses e prussianos.

Cortada pelo Salzach, um rio veloz e de águas agitadas, situada no centro de uma arena cercada de montanhas e florestas, orgulhosa de suas sete colinas e do patrimônio cultural que lhe valeram o apelido de "segunda Roma", Salzburgo, "cidade do sal"**, com dez mil habitantes, se vangloriava da sua singularidade.

Amplas praças, ruelas estreitas, igrejas, mosteiros, castelos, palácios e casas burguesas ilustravam a opulência do principado, onde, trazida de Veneza, a ópera havia sido representada pela primeira vez em 1616.

Leopold era empregado do conde Sigismund Christoph von Schrattenbach, primado da Germânia e representante do papa na

* Título original: *Versuch einer gründlichen Violin.*

** Assim denominada devido ao grande número de minas de sal. (N. T.)

Dieta do Santo Império Romano-Germânico. Hostil ao protestantismo numa cidade profundamente influenciada pelos beneditinos, o poderoso personagem apreciava a música agradável e de bom gosto. Toda a vida de Salzburgo era centrada na corte, brilhante e culta, venerada pela pequena nobreza, pelos burgueses ricos, pelos funcionários do governo e pelo baixo clero. Essa sociedade harmoniosa convinha perfeitamente a Leopold, feliz em poder gozar dos favores de um príncipe tão generoso.

Porém, a privilegiada situação não o livrava de uma angústia maior: a sua querida esposa daria à luz uma criança viável e conseguiria se recuperar? Nascida no dia de Natal de 1720, Anna Maria era uma excelente dona de casa. Viver sem ela seria uma dura provação.

Mas por que se deixar levar pelo pessimismo? A gravidez transcorrera sem o menor incidente, e o médico da família parecia tranqüilo. A forte saúde de Anna Maria e o seu apetite considerável não eram a garantia de um parto feliz?

Perdido nos próprios pensamentos, Leopold Mozart esbarrou num homem baixo, vestido de cinza.

— Desculpe-me, estou um pouco preocupado.

— Nada de grave, espero.

— Não, não... Minha esposa em breve dará à luz.

— Parabéns. Desejo-lhe muitas felicidades, senhor... Senhor?

— Mozart, músico na corte do príncipe-arcebispo.

— Prazer em conhecê-lo. Que o destino lhe seja auspicioso.

Leopold se afastou a passos largos. Lutando contra o vento gelado, nem pensara em perguntar o nome do transeunte. Que importância tinha isso num dia tão difícil?

O homenzinho de cinza era um jovem policial a serviço da coroa da Áustria. Joseph Anton, conde de Pergen, tinha uma obsessão: a crescente influência das sociedades secretas. Com plena anuência da imperatriz Maria Teresa, que detestava os franco-maçons, Anton queria se especializar nessas forças ameaçadoras. Elas não tinham o objetivo inconfessável de derrubar o trono e conquistar o poder, destruindo a religião, a moral e a sociedade?

Poucos ministros e dignitários tinham consciência do perigo. Alguns deles consideravam Anton um maníaco, mas o policial não se importava com as críticas. Dia após dia, organizava dossiês e tecia uma rede de informantes capaz de lhe fornecer indicações confiáveis. Infelizmente, os superiores lhe atrapalhavam os movimentos. Não acreditavam num complô; consideravam os franco-maçons e similares meros sonhadores.

Por trás dos ritos e símbolos, eles não dissimulavam um perigoso desejo de poder? Se ninguém lhes barrasse o caminho, acabariam vencendo. Joseph Anton pretendia consagrar a sua vida a combatê-los e impedir que causassem prejuízos. Precisava subir na hierarquia administrativa para dispor de mais facilidades. Paciente e metódico, ele conseguiria.

Burocrata e, ao mesmo tempo, homem de ação, Anton fazia pessoalmente as delicadas investigações. Por essa razão estava em Salzburgo, onde, segundo um jesuíta geralmente bem informado, conspiradores que pertenciam ao movimento secreto da Rosa-Cruz, mais ou menos ligada à maçonaria, organizavam uma reunião extraordinária.

Dizendo-se católicos, os rosa-cruzes eram acusados de praticar ciências suspeitas, como a alquimia. Obedecendo a Superiores Desconhecidos, dissimulados sob nomes de guerra, certamente não se limitavam a experiências fumacentas em laboratórios medíocres.

Anton tinha sérios problemas para localizá-los, pois não avisara o príncipe-arcebispo das suas diligências. Principado independente,

Salzburgo não era território austríaco. E seu governante não apreciaria que um policial vienense ousasse usurpar as suas prerrogativas. Por isso, Anton agia sozinho.

Uma situação desconfortável que poderia terminar em fracasso. O conde já previa um longo caminho, semeado de armadilhas. Só uma firme obstinação lhe permitiria demonstrar para as autoridades a pertinência da sua teoria. Apesar da falta de provas formais, Anton estava convencido de que os rosa-cruzes usavam os franco-maçons, dos quais a imperatriz tanto desconfiava. Se essas diversas facções conseguissem se reunir sob a férula de um verdadeiro chefe, teriam uma assustadora capacidade de causar danos.

O policial observou longamente a casa suspeita, uma construção austera e imponente. Nenhuma janela iluminada. Por mais de uma hora ninguém entrou nem saiu. A despeito do frio e da neve, Anton ficou de guarda.

Intrigado, ele se aproximou.

Depois de hesitar, empurrou a porta.

O interior estava em obras, inabitável. Nenhuma reunião poderia ocorrer ali.

Então, Joseph Anton duvidou.

Duvidou do informante, da existência dos rosa-cruzes, do desejo dos franco-maçons de prejudicar o império, de suas próprias convicções. Congelado, o homenzinho de cinza abandonou o local e retornou para Viena.

Leopold andava de um lado para o outro, passando e tornando a passar diante de um quadro que representava São João Nepomuceno, protetor de seus fiéis contra a difamação. Ao lado, em cima da cômoda, uma estatueta de cera do Menino Jesus, benta na igreja de Santa Maria de Loreto. Até então, o melhor remédio contra as dores de cabeça.

— Mamãe vai me dar um irmãozinho? — perguntou Nannerl, puxando o pai pela manga.

— Deus é quem vai decidir.

— Ele decide tudo?

— É claro.

— Então, vou pedir a Ele.

Leopold sonhava em ter um filho homem. O que quer que acontecesse, aquele seria seu último filho. Aos trinta e seis anos, sua esposa corria muitos riscos ao dar à luz pela sétima vez.

Nervoso, ele dedilhou as cordas do violino preferido, como se a magia das notas pudesse ajudar Anna Maria a superar as dificuldades.

Às vinte horas daquele 27 de janeiro de 1756, o choro do recém-nascido invadiu a casa.

Com um sorriso nos lábios, a parteira saiu do quarto.

— A mãe e a criança passam bem. É um menino. Só há um pequeno problema, sem gravidade.

— Qual?

— Na orelha esquerda falta uma concha, uma circunvolução natural. Mas isso não vai impedi-lo de ouvir. Bom, vou cuidar da mãe e do bebê. Como recomenda o médico, vamos alimentá-lo com água, nada de leite.

Nannerl pulou no pescoço do pai.

— Deus e mamãe me deram um irmãozinho!

— Ele se chamará Joannes Chrysostomus Wolfgang Gottlieb — decidiu Leopold.

O pai havia ficado em dúvida entre o latim Theophilus e o alemão Gottlieb, mas os dois nomes tinham o mesmo significado: "amado por Deus".

3

Salzburgo, 1761

Com a sua letra mais bonita, Leopold Mozart anotou na partitura: "Wolfgang aprendeu este minueto e este trio em meia hora, em 26 de janeiro de 1761, um dia antes do quinto aniversário, às nove e meia da noite."

Aprender, aprender, aprender... O menino só pensava nisso! E ele aprendeu a tocar cravo antes de aprender a ler.

Compositor oficial da corte de Salzburgo desde 1757, Leopold decidiu se encarregar pessoalmente da educação da prole e, sobretudo, da formação musical. No fundo, compor não lhe interessava tanto quanto fazer amadurecer o pequeno prodígio, tão diferente das outras crianças Ora o menino não passava de uma criança, ora mostrava ser a expressão de uma força superior, cuja amplitude surpreendia cada vez mais um pai admirado e preocupado.

A quem entregá-lo? Os religiosos desconfiavam dos gênios, em geral inspirados pelo demônio, e Leopold não ganhava o bastante para pagar um preceptor. E, se Wolfgang confirmasse seus dons musicais, o primeiro violinista da corte não seria o melhor professor para ele?

Anna Maria não se questionava tanto. Feliz por ver os filhos crescerem, cuidava para que tudo corresse bem na casa. Graças a ela, não faltava nada para a família.

O futuro não se anunciava sorridente?

Viena, março de 1761

Reunidos numa taberna, os cinco franco-maçons haviam pertencido a uma Loja* que havia durado apenas um ano. Desde 1743, a imperatriz Maria Teresa perseguia acirradamente todas as manifestações maçônicas, consideradas por ela contrárias aos bons costumes e incompatíveis com a indispensável supremacia da Igreja.

Enfrentando a ira do poder, os cinco Irmãos queriam fundar uma nova Loja em Viena. Todos tinham de se comprometer a guardar segredo sobre as atividades ritualísticas.

— Eu tenho um local discreto — disse o mais velho, um aristocrata arruinado.

— Que objetivo devemos ter? — perguntou um Irmão que trabalhava nas estrebarias imperiais.

— Vamos enfatizar a generosidade. Diante do obscurantismo, devemos dar o melhor de nós.

* Loja dos Três Corações.

A aprovação foi unânime. E o cenáculo formulou vários projetos entusiasmantes.

Subitamente, a taberna lhes pareceu estranhamente silenciosa.

A não ser eles, não havia mais nenhum cliente. Absorvidos na discussão, não notaram a partida progressiva dos outros freqüentadores.

Um homenzinho de cinza atravessou a sala mal iluminada e se plantou na frente deles.

— Vocês pertencem à franco-maçonaria, não é?

— Quem é você?

— Um policial encarregado de zelar pela manutenção da ordem pública.

— Não somos uma ameaça à ordem pública!

— Estou convencido do contrário — afirmou Joseph Anton.

— Em que provas baseia uma acusação tão grave?

— Muitos indícios se encaixam. Preciso lembrá-los de que Sua Majestade, a imperatriz, não aprecia em nada a postura de vocês?

— Somos súditos fiéis de Sua Majestade, respeitamos a lei do nosso país e estamos prontos a defendê-lo contra qualquer agressor.

Joseph Anton sorriu.

— Fico feliz em ouvi-los dizer isso. Tais afirmações deveriam me tranqüilizar.

— Por que... "deveriam"?

— Porque um franco-maçom é, antes de qualquer outra coisa, um franco-maçom e, em primeiro lugar, ele é leal à Ordem.

— Está dizendo que somos mentirosos?

— A vossa retórica não me engana, senhores. Faz um bom tempo que declarações inflamadas não me impressionam. Só os meus dossiês são realmente dignos de fé.

Os cinco Irmãos se levantaram ao mesmo tempo.

— Somos homens livres e sairemos livres desta taberna.

— Não vou impedi-los.

— Isso quer dizer que não tem do que nos acusar!

— Ainda não, mas não tentem fundar uma nova Loja sem a autorização explícita das autoridades — recomendou secamente Joseph Anton. — Todos estão fichados; portanto, são suspeitos. Ao menor passo em falso, a Justiça cuidará de vocês. Sejam razoáveis e esqueçam a franco-maçonaria. Ela não tem nenhum futuro no nosso país.

4

Praga, Páscoa, 1761

Um belo sol se ergueu sobre a campina primaveril. Próximo à porta oriental da cidade, um homem de meia-idade, bem agasalhado, colhia ervas.

Ao perceber a presença de uma outra pessoa, ele interrompeu a colheita e se ergueu.

Diante dele, a uma dezena de passos, estava um personagem elegante, bem constituído, de fisionomia séria e olhar intenso.

— Olá, Irmão. Eu sou da Rosa e do Ouro.

— E eu da Cruz.

Juntos, pronunciaram o fim da fórmula de reconhecimento: "Abençoado o Senhor nosso Deus que nos deu nosso símbolo."

O estranho abriu o casaco e mostrou uma jóia formada de uma cruz e de uma rosa, pendurada numa fita de seda azul, presa do lado esquerdo.

O herborista se aproximou e mostrou a mesma jóia, na cor vermelha. Portanto, os dois homens pertenciam à mesma irmandade secreta da Rosa-Cruz de Ouro.

— Meu nome é Thamos, conde de Tebas, e peço para ser recebido na sua Loja*.

— Como soube que ela existia?

— Ela não foi fundada com base num livro intitulado *A Verdadeira e Perfeita Preparação da Pedra Filosofal*?

O herborista ficou impressionado.

— Você... o consultou?

— Esse livro veio do Egito, a minha pátria.

O interlocutor de Thamos ficou profundamente desconfiado. É bem verdade que o estranho personagem sabia o processo de reconhecimento, a ocasião em que podia ser entoado e o título exato do livro secreto da confraria. Mas não seria um impostor enviado pela polícia de Viena?

— Duvida de mim? — perguntou Thamos.

— Diante da situação, temos de ser muito prudentes.

— Compreendo. Mas um iniciado não prefere morrer a revelar os segredos da Grande Obra?

Embaraçado, o herborista levou o desconhecido ao centro do bairro dos alquimistas, jóia da antiga Praga. Ali, a polícia imperial não tinha nenhum informante. Se o homem fosse um simulador, ninguém apareceria para socorrê-lo.

Eles entraram numa bela casa de pedra, cuja porta foi fechada sem ruído.

Um guarda barrou o caminho dos recém-chegados.

* A Rosa Negra.

— Este é o Irmão Thamos — declarou o herborista.

— Ele foi legalmente recebido na Ordem?

— Passei pelos graus* da Rosa-Cruz de Ouro — declarou Thamos.

— Onde vive o mago supremo?

— No visível e no invisível.

— Qual é o número dele?

— Sete.

— Se na verdade viajou espiritualmente, mostre-me a pedra que possui transformada em óleo.

— Quando um Irmão viaja, a pedra filosofal deve ser reduzida a pó**.

— Você a trocaria pelo tesouro da nossa Loja?

— Eu posso dá-la a você, mas vender não, nem trocá-la.

Todas as respostas do egípcio estavam corretas.

— Onde você foi iniciado?

— Três Irmãos da Escócia fundaram, em 1196, a Ordem dos Arquitetos do Oriente, e seus descendentes se instalaram no Egito, onde os sábios conservaram o segredo das palavras de poder. Foi lá que recebi os ensinamentos.

O guarda desapareceu.

A porta de um templo banhado por uma luz suave foi aberta.

— Depois de uma viagem tão longa, meu Irmão — recomendou uma voz suave —, mate a sede na fonte.

---

* Júnior zeloso, Prático, Filósofo menor, Filósofo maior, Adepto maior, Adepto exemplar, Mestre e Mago.

** Deus era considerado como o alquimista supremo, realizando-se no Espírito Santo, quintessência da Obra.

Seis adeptos da Rosa-Cruz de Ouro entregaram ao visitante uma folha de palmeira como sinal de paz e o beijaram três vezes. Thamos jurou guardar segredo absoluto antes de ser vestido com o "hábito pontifical" e de se ajoelhar diante do Imperador, o mestre da confraria, cujo nome permanecia desconhecido.

Um ritualista cortou sete mechas do cabelo do egípcio e as lacrou em sete envelopes, oferendas destinadas ao forno alquímico.

Juntos, os iniciados entoaram louvores ao Criador, beberam vinho na mesma taça e dividiram o pão.

— Irmão da Rosa — perguntou o Imperador, um sexagenário de olhos pretos —, você é um dos Superiores Desconhecidos enviados pelo abade Hermes?

— Ele me encarregou da missão de procurar o Grande Mago.

— O Grande Mago teria... ressuscitado?

— Isso é certeza, mas não sei onde nem com que nome. Por isso, vim solicitar a sua ajuda. Ouviu falar de façanhas surpreendentes realizadas por algum indivíduo excepcional?

O Imperador refletiu demoradamente.

— Os membros da Rosa-Cruz de Ouro não são indivíduos comuns, mas nenhum deles realizou façanhas. Nós nos limitamos a praticar a alquimia em completo segredo e a celebrar nossos rituais.

— Então, o Grande Mago não está entre vocês.

— Receio que não.

— Vou explorar as Lojas maçônicas, começando pelas de Viena.

— Não o aconselho a fazer isso, Thamos.

— Por quê?

— A imperatriz Maria Teresa é muito hostil à franco-maçonaria, cujos adeptos mais notáveis aderiram ou vão aderir à nossa Ordem. Não há nenhuma possibilidade de descobrir o Grande Mago.

— Mesmo que haja só uma única chance, eu tentarei!

Pelo olhar do Imperador, Thamos percebeu que ele não acreditava no seu sucesso.

— Vivemos tempos obscuros — sentenciou o Mestre da Rosa-Cruz de Ouro. — Mesmo que o Grande Mago tenha nascido, ele será sufocado. E, se as forças de destruição identificarem você, um Superior Desconhecido, elas o exterminarão.

5

Salzburgo, janeiro de 1762

— É o senhor quem está tocando? — surpreendeu-se a cozinheira, deixando o fogão para ouvir melhor a deliciosa música.

— Não, é Wolfgang — respondeu Leopold, sério. — Ele compôs um minueto com lógica.

— O senhor pôs um gênio no mundo!

— Por favor, continue a preparar o jantar.

"Um gênio", murmurou a cozinheira, enquanto Leopold anotava, no fim do caderno de Nannerl*, os primeiros compassos do menino.

---

* Minueto para cravo em fá maior, K. 2. K é abreviação de Köchel. Nascido em 1800 e morto em 1877, o cavaleiro Ludwig von Köchel se propôs organizar um catálogo cronológico e temático completo das obras de Mozart. A primeira

Pelo visto, a educação dispensada por Leopold dava excelentes resultados. Wolfgang adorava a matemática, não reclamava das aulas e só pensava em aprender.

Tanto talento não merecia ser reconhecido?

Então, quando os dois filhos foram dormir, Leopold se abriu com a esposa a respeito de um projeto.

— Wolfgang e Nannerl estão prontos — declarou com seriedade.

— Prontos para o quê?

— Para viajar.

— Viajar... Para ir aonde?

— A Munique. Eles se apresentarão na corte do príncipe-eleitor Maximiliano III e farão um grande sucesso.

— Você não precisa de autorização do príncipe-arcebispo de Salzburgo?

— Já está tudo arranjado.

— Mas o frio, as estradas ruins, a saúde das crianças...

— Fique tranqüila, levarei os remédios necessários para resfriados, dor de garganta e otites. Eles não resistirão ao nosso pó preto e ao chá de flor de sabugueiro. E depois... Munique será apenas uma primeira etapa.

— Uma primeira etapa? Aonde pensa ir em seguida?

— Se tudo correr bem em Munique, viajaremos para Viena. Quando a imperatriz e a corte ouvirem os elogios sobre as duas crianças-prodígio, desejarão ouvi-las. A carreira de Wolfgang e de Nannerl estará lançada e conquistaremos a Europa!

edição foi publicada em 1862. Pesquisas musicológicas permitiram corrigir vários erros, mesmo assim não foi possível datar com precisão todas as composições conhecidas.

— A Europa... Não é um pouco grande demais?

Leopold pegou ternamente as mãos de Anna Maria.

— Confie em mim. A família Mozart está à beira de um grande destino.

Viena, outubro de 1762

O projeto de Leopold se realizou como previsto. As três semanas passadas em Munique foram coroadas de sucesso, e o boca a boca funcionou maravilhosamente. Com seis anos de idade, de bom grado, o pequeno Wolfgang passaria noites inteiras tocando piano e compondo! De março a setembro, nasceram vários minuetos para cravo. Leopold zelava para torná-los audíveis e ficou especialmente encantado com um *allegro**, que compreendia um tema, um desenvolvimento e variações sobre o primeiro tema. Atento à evolução das formas musicais, ele ensinava ao filho uma arquitetura relativamente nova e pouco explorada. Bom pedagogo, Leopold estava sempre atento às inovações dos colegas.

Que orgulho, quando o pai e os dois filhos entraram na carruagem no dia 18 de setembro com destino a Viena! Leopold pressentia que essa segunda viagem seria um triunfo que abriria todas as portas para a sua prole.

Segundo os persistentes boatos, a nobreza vienense aguardava impaciente os dois pequenos prodígios. Sem dúvida, eles tocariam nos salões da alta sociedade, mas Leopold tinha outra ambição: queria ser recebido no castelo de Schönbrunn.

* *Allegro* para cravo em si bemol maior, K. 3.

Graças a Lorenz Hagenauer, seu rico senhorio e admirador de Wolfgang, Leopold dispunha de dinheiro suficiente para garantir as despesas com transporte e alojamento. Em seguida, o talento entraria em cena!

No dia 6 de outubro de 1762, Wolfgang descobriu Viena, uma cidade imponente, com duzentos e dez mil habitantes. O centro histórico, com cinco mil e quinhentos altos edifícios, ficava abrigado atrás das fortificações, seguidas de terrenos com um pequeno declive e cobertos de verde, onde era proibido construir.

A grandiosa catedral de Santo Estêvão dominava a cidade, cuja praça principal, Graben, era sempre animada. Mais de quatro mil carruagens e outros veículos circulavam pelas ruas onde os transeuntes gostavam de desfilar, vestidos na última moda.

Os Mozarts foram imediatamente envolvidos por um turbilhão mundano. Passando de salão em salão, Wolfgang e Nannerl se tornaram em poucos dias verdadeiras estrelas, muito disputadas. Na casa do vice-chanceler Colloredo, pai de um homem da Igreja a quem estava prometida uma brilhante carreira, foi anunciada a notícia tão esperada: os Mozarts haviam sido convidados para tocar em Schönbrunn, no dia 13 de outubro, às quinze horas.

Viena, 13 de outubro de 1762

Com a música do *Orfeu* de Gluck* ainda fresca na memória, pois havia sido representada pela primeira vez em Viena no dia 10, Leopold entrou em Schönbrunn, cujo nome significa "bela fonte".

* Christoph Willibald Gluck (1714-1787), residente em Viena desde 1754.

O palácio, com as suas alamedas arborizadas, os jardins, os caramanchões e as fontes, lembrava Versalhes.

A imperatriz Maria Teresa sentia-se feliz por haver embelezado o parque e o castelo, dotado de um zoológico, de um jardim botânico e de um novo teatro. No entanto, ali não havia a frivolidade da França, pois o co-regente José II detestava o luxo e as despesas inúteis. Não corria o boato de que o alojamento dos cavalos era melhor do que o dele?

Não havia muitos cortesãos em Schönbrunn. Ali ninguém se divertia, trabalhava-se. Entretanto, os concertos faziam parte da cultura vienense, e a corte não se mostrava indiferente aos novos talentos.

A habilidade de Wolfgang ao tocar com as mãos cobertas por um pano ou ao decifrar uma partitura difícil encantou o auditório. Ele surpreendeu os ouvintes ao corrigir um arquiduque que errava uma nota no violino e enterneceu a todos quando escorregou no piso encerado e, ao ser erguido pela princesa Maria Antonieta, declarou: "Quando eu crescer, vou me casar com você!"

Beijando o menino que havia pulado no seu colo, a imperatriz Maria Teresa perguntou por que ele queria casar com Maria Antonieta. "Para recompensá-la", explicou seriamente Wolfgang, "porque ela foi boa para mim."

No fim da audição, às dezoito horas, o filho de Leopold Mozart havia conquistado a corte de Viena.

6

Viena, 21 de outubro de 1762

— Depressa, Wolfgang, ande logo, senão nós vamos nos atrasar!

—Não estou me sentindo bem, papai.

— É um concerto importante, você sabe disso! Não vai desistir agora, vai?

— Realmente não me sinto bem... Todo o meu corpo dói.

Leopold pôs a mão na testa do menino.

Fervendo.

Com aquela febre ele não seria capaz de mostrar a virtuosidade habitual. Já que Nannerl estava bem de saúde, ela faria o espetáculo.

Chamado com urgência, um médico muito caro diagnosticou escarlatina e um mau estado geral causado por esgotamento. O menino precisaria de algumas semanas de repouso.

Contrariado, Leopold se deu por vencido.

O tratamento lhe custou uma quantia considerável — cinqüenta ducados* —, sem contar o que Leopold deixava de ganhar devido ao cancelamento de vários concertos. "A felicidade é frágil como o vidro", resmungou ele. "Que o cântaro de vinagre também se quebre rápido!"

Derramando-se em desculpas para as altas personalidades, decepcionadas por não terem o seu concerto particular, Leopold levou Nannerl para se apresentar, mas ela não possuía a magia do irmão. Com ele, ela brilhava; sem ele, era inexpressiva.

Leopold cuidou zelosamente de Wolfgang e não perturbou a convalescença do menino. Temendo uma recaída que poderia ser fatal, aguardou que ficasse totalmente curado.

E essa cura, em dezembro, foi acompanhada de um acontecimento extraordinário.

Aos seis anos, Wolfgang compôs, sozinho, um minueto para cravo**.

Não se tratava de exercício de um escolar, nem de uma obra menor, sem importância e desprovida de interesse, mas de uma verdadeira primeira obra, fundamentada no desenvolvimento de uma única frase.

Emocionado, Leopold não demonstrou seus sentimentos. No entanto, naquele instante, tomou uma das maiores decisões da sua vida: consagrar-se inteiramente à carreira de um gênio, seu próprio

* 1 ducado = 4 florins e meio; 1 florim = um pouco menos de 20 euros.

** Minueto em sol maior, K. 1.

filho. E essa dedicação implicava renunciar às suas ambições de compositor. É bem verdade que ele ainda criaria, sob encomenda, músicas de circunstância, mas não superaria nem igualaria o brilho oculto nas notas da primeira obra da criança.

Assim que Wolfgang se restabeleceu, Leopold voltou a fazer contato com a nobreza vienense para organizar mais uma série de concertos. Para sua grande surpresa, recebeu uma acolhida discreta, até mesmo indiferente.

Passada a decepção, Viena procurava outras diversões com a proximidade das festas de fim de ano.

Para evitar despesas suplementares com a permanência na cidade, Leopold se limitou a algumas apresentações sem repercussão e decidiu voltar para Salzburgo.

Munique, fim de dezembro de 1762

Thamos continuava a sua busca. A dúvida nunca o atingiu, pois o abade Hermes não podia enganar-se. O mais difícil de suportar era o frio. Graças ao elixir alquímico, evitava as doenças. E, quando seus recursos financeiros estavam prestes a se esgotar, Thamos usava um dos laboratórios dos rosa-cruzes para fabricar ouro.

Por ocasião de um concerto num salão muniquense, o olhar dele cruzou com o de um homem diferente dos outros. De olhar intenso, o homem se desinteressou da música fácil destilada por um cravista pouco inspirado, e durante todo o tempo não tirou os olhos do egípcio.

No fim do concerto, o homem veio na sua direção.

— Tobias Philippe von Gebler. Não tenho a honra de conhecê-lo.

— Thamos, conde de Tebas.

— Tebas... Onde fica esse principado?

— No Oriente.

— Está gostando de visitar essa bela cidade, apesar dos rigores do inverno?

— Exceto quando chove, como agora.

Mas o fim do dia foi magnífico. O sol poente aureolava de rosa as raras nuvens.

O olhar de Gebler mudou.

— Vamos sair daqui, meu Irmão, e andar um pouco. Nenhum ouvido indiscreto nos poderá escutar.

Depois de se despedirem do anfitrião, os dois homens seguiram por uma ruela tranqüila, onde seria fácil detectar um eventual espião.

— De onde vem? — perguntou Gebler.

— De uma Loja de São João*.

— Seja bem-vindo, meu Irmão. Todas as Lojas estão abertas para você, mas devemos ser muito prudentes. Em Viena, Maria Teresa não confia na franco-maçonaria. Aqui, em Munique, grandes mudanças são preparadas. Em breve nos livraremos da influência inglesa para aprofundar nossos rituais e desenvolver nossas próprias características. O que se passa no Oriente?

— O islã reina por lá e quer estender seu império pelo mundo.

— Eu sou um dos únicos a achar que a guerra contra os turcos é inevitável, mas ninguém me escuta! Precisa de lugar para se hospedar?

* Essa é uma das perguntas/respostas principais que permitia que dois franco-maçons se reconhecessem. Ela faz referência à tradição esotérica transmitida por João Evangelista.

— Não, obrigado. Tenho uma missão a cumprir: encontrar uma pessoa excepcional que possa transmitir à humanidade a luz do Oriente.

Tobias von Gebler parou.

— Está falando sério?

— Muito sério.

— Então... Você pertence à Ordem dos Arquitetos do Oriente que todos julgavam extinta?

— Conheço seus Números.

— É... é uma notícia extraordinária! Mas não acredito que a pessoa que procura esteja nas nossas Lojas. Com muita dificuldade tentamos reconstruir um edifício modesto, e nenhum arquiteto extraordinário veio nos inspirar.

— No entanto, ele existe. As façanhas que realizará mostrarão a sua verdadeira identidade.

— Nos últimos tempos, em termos de façanhas, não vejo nada além do concerto dado em Schönbrunn para a imperatriz por um menino de seis anos! Foi comentado em Viena por dois meses!

— Qual o nome dele?

— Mozart. O pai é músico em Salzburgo, a serviço do príncipe-arcebispo.

— Você disse uma façanha...

— Certamente! Na opinião dos entendidos, a virtuosidade do menino é excepcional. Dizem até que ele compôs algumas obras dignas de consideração. No entanto, suspeita-se de que o pai tenha exagerado e de que seja ele o verdadeiro autor. Pobre criança... O genitor usa o filho como um macaco amestrado! E chegará o dia em que estará muito velho para seduzir os curiosos. Esse pequeno

Mozart me parece predestinado a um futuro bem cruel e, com certeza, não é o Grande Mago.

Provavelmente Von Gebler tinha razão. O abade Hermes teria omitido que o Grande Mago era uma criança? Ao mencionar a necessidade de construir o ser que transmitiria a Luz, estaria subentendida a sua pouca idade?

— Dê-me o seu endereço — pediu Von Gebler —, e eu avisarei a data da nossa próxima sessão. Meus Irmãos terão muitas perguntas a lhe fazer.

7

Salzburgo, janeiro de 1763

Ao chegar de viagem, no dia 5 de janeiro, Leopold estava furioso. É fato que o talento de Wolfgang havia deslumbrado Viena. Mas não por muito tempo! No entanto, ele tinha certeza de que o filho não era um fenômeno de moda. Mas como reconquistar a corte imperial?

Em primeiro lugar, trabalhando incansavelmente. Por isso, Leopold fez o filho recomeçar os estudos e, sobretudo, tocar violino. Mesmo com seus dons extraordinários, o menino precisaria de muitos anos para atingir um nível aceitável.

A despeito do rigor do exercício, Wolfgang praticava o contraponto com uma surpreendente facilidade, sobretudo porque se divertia ao combinar três vozes batizadas de “o duque Baixo”, “o marquês Tenor” e o “senhor Alto”.

Antes de fazer novos contatos em Viena, Leopold quis aguardar uma importante promoção em Salzburgo. Sua experiência e competência não garantiam o mais alto posto na corporação dos músicos?

Divulgada a escolha, a decepção foi bem amarga: o príncipe-arcebispo havia nomeado Francesco Lolli para mestre-de-capela. Leopold Mozart teria de se contentar com o posto de vice-mestre.

— É uma função estável e bem paga — avaliou Anna Maria, feliz por ver o marido reconhecido como excelente profissional.

— Você está certa. No entanto...

— Está pensando no futuro de Mozart, não é? Não se preocupe! Ele também vai trabalhar para o príncipe-arcebispo e levar uma vida calma e feliz.

— Pode ser, pode ser! Vamos, prepare-nos uma bela refeição!

Salzburgo, fevereiro de 1763

A boa notícia se espalhou rapidamente em toda a Europa: a Guerra dos Sete Anos havia terminado! Fim das rivalidades coloniais entre a França e a Inglaterra, entre a Áustria e a Prússia. Ao entregar a Silésia para a Prússia, Maria Teresa restabelecia a paz.

Finalmente, podia-se viajar sem medo de ser massacrado! Para Leopold, o futuro se abria à sua frente.

— Vamos conquistar a Europa — decretou ele.

Salzburgo, 9 de junho de 1763

Leopold, Anna Maria, Nannerl e Wolfgang subiram numa carruagem, cujas rodas haviam sido examinadas pelo chefe da família.

Planejado cuidadosamente, o itinerário passava por Munique, Frankfurt, Colônia e Bruxelas, capital dos Países Baixos austríacos, para chegar a Paris, onde nasceria a glória internacional de Wolfgang e Nannerl. Quando se apresentassem em Versalhes, a fama deles não teria mais fronteiras...

O vice-mestre-de-capela não havia ocultado os seus planos do augusto patrão, o príncipe-arcebispo de Salzburgo. Indulgente e de mente aberta, Sigismund von Schrattenbach não se opusera à longa viagem. Um eventual sucesso não refletiria na sua cidade?

Apesar da inabalável determinação, Leopold não nadava em dinheiro. E ele não se iludia; ao contrário, sabia muito bem que ninguém aguardava os seus dois filhos. Eles teriam de abrir várias portas, convencer os aristocratas a recebê-los, organizar concertos dos quais a maior parte não seria compensadora e conquistar notoriedade às próprias custas.

Antes da partida, Wolfgang havia acabado de compor o início do seu primeiro movimento lento onde despontava uma seriedade inesperada para uma criança de sete anos*.

E as surpresas não haviam terminado para Leopold! Por ocasião de um recital nessa longa turnê, em Munique, na presença do príncipe-eleitor, Wolfgang tocou violino como um profissional! Em cinco meses, a criança havia dominado esse instrumento tão difícil.

Frankfurt, 25 de agosto de 1763

Na saída de um concerto coroado de sucesso, um adolescente de quatorze anos se aproximou do pianista, então com sete. Queria

* Andante em si bemol maior, K. 9b.

felicitá-lo e agradecer pelos momentos de beatitude que lhe havia proporcionado.

Mas Goethe ficou nervoso e foi incapaz de formular um cumprimento, receando dizer palavras ridículas que não correspondessem à genialidade do músico excepcional.

Goethe preferiu se afastar, sem saber se o milagre seria durável e se a criança Mozart sobreviveria ao desgaste do tempo.

Ao subir no veículo para continuar a viagem, Wolfgang decidiu se refugiar no seu *Rücken*, o "reino de retaguarda", um país imaginário que lhe permitia esquecer a monotonia e o cansaço da viagem. Sebastian Winter, o empregado da família, havia desenhado um mapa desse território onde Wolfgang era o monarca. Os habitantes das suas cidades sabiam educar crianças boas e gentis.

Infelizmente, o empregado havia acabado de perder o precioso mapa. Vendo a criança à beira das lágrimas, o pai e a mãe começaram a procurar o precioso documento.

Thamos se aproximou do menino sentado no veículo, cuja porta havia ficado aberta.

— É este o mapa que você quer?

A criança pegou o tesouro.

— Onde o encontrou?

— No chão, perto do cavalo.

— Quem é você?

— Um habitante do *Rücken*.

— Você existe... de verdade?

— De verdade.

— E vai acompanhar-me?

— É claro. Agora, você precisa descansar.

O habitante do *Rücken* desapareceu. Wolfgang chamou os pais e mostrou o mapa, sem explicar que um dos seus súditos o havia entregue. Seria o seu segredo.

Ao ver partir o veículo que levava a família Mozart para a próxima etapa da viagem, Thamos não tinha mais dúvidas.

Pelo olhar, pela luz daquela alma, pelo brilho da personalidade já formada, o egípcio havia identificado o Grande Mago.

A descoberta veio junto com mil e uma perguntas, pois forças obscuras rondavam o menino. Conseguiria vencê-las? Não se mostraria um virtuose imbuído do sucesso? Seria capaz de viver uma verdadeira iniciação? Não sucumbiria às tentações do mundo, não recuaria diante da imensidão da tarefa que Thamos lhe confiaria?

A missão do egípcio, que também consistia em transmitir a Tradição para as Lojas maçônicas assaltadas pela dúvida, prometia ser praticamente impossível. Ele rogou ao mestre, o abade Hermes, que lhe desse a força necessária.

8

Paris, 18 de novembro de 1763

O tempo estava execrável, as ruas sujas, as pessoas eram pouco acolhedoras. Mas, finalmente, os Mozarts estavam em Paris, o objetivo da viagem.

— Que saudades tenho de Salzburgo — resmungou Anna Maria. — Será que teremos um alojamento decente e alimentação adequada?

— Não se preocupe — respondeu Leopold. — Providenciei tudo.

Nannerl cochilava, Wolfgang viajava no seu *Rücken*, onde via todo o tempo o seu bondoso súdito que lhe havia devolvido o mapa do reino. Ele não era uma prova de que todo pensamento realmente vivido se tornava realidade? O mundo da mente, como o da música, não era imaginário. Bastava querer muito para que ele se manifestasse.

Diferente de um sonhador, Leopold não empreendeu a aventura sem um ponto de referência. O conde d'Arco, grande camarista da corte de Salzburgo, lhe dera uma carta de recomendação dirigida ao genro, conde Von Eyck. Este último recebeu os Mozarts na sua casa de Beauvais e lhes desejou uma excelente estada.

Depois de trocar as fórmulas de polidez, Leopold expôs seu grande problema:

— Poderia nos ajudar a organizar os concertos? Meu filho e minha filha são verdadeiras crianças-prodígio. Já encantaram a nobreza alemã e a austríaca. Aqui farão um enorme sucesso.

O conde pareceu embaraçado.

— Os parisienses são difíceis e volúveis. Além do mais, a música não figura entre os seus primeiros interesses. No entanto, conseguirei introduzi-los em um ou dois reputados salões.

— E... Versalhes?

— Não conte muito com isso! A corte só recebe celebridades.

— Meus filhos foram aplaudidos em Viena, em Munique, em Frankfurt, em...

— Mas não em Paris.

O otimismo de Leopold ficou abalado. Se a estada se resumisse a alguns sucessos de salão, seria um desastre.

Paris, 20 de novembro de 1763

— De onde você vem? — perguntou a Thamos, o Venerável Mestre da Loja.

— Do Oriente, onde fui procurar o que está perdido e deve ser achado.

Conhecendo o segredo do Mestrado*, o dignitário estrangeiro foi encerrado numa torre de papelão de sete pés de altura, depois libertado e admitido numa sala onde o Venerável, semelhante ao rei Ciro, o armou Cavaleiro do Oriente, ao lhe tocar os ombros com a lâmina da espada antes de lhe dar um abraço.

O medíocre ritual revelou a Thamos o deplorável estado da franco-maçonaria francesa. Diletante, versátil, ela sonhava com o igualitarismo e fazia críticas veladas à monarquia e à Igreja. As Lojas admitiam de bom grado os curiosos que queriam estabelecer relações nas altas esferas e se divertir nos jantares regados com boa bebida.

Durante a refeição, o egípcio tentou obter as informações que viera buscar:

— Como um jovem artista estrangeiro pode ter sucesso em Paris?

— Ele precisa da aprovação do pequeno meio de intelectuais com autoridade que decidem tudo — respondeu o vizinho de mesa. — Eles fazem e desfazem as carreiras, emitem julgamentos definitivos, sendo que eles mesmos não criam nada e não permitem que ninguém avance pelo território deles. Enquanto esse pequeno meio não divulgar uma boa crítica a respeito de um artista, ele não existe.

— E esse meio obedece a alguma espécie de chefe, cuja opinião predomine?

* O segredo genuíno do Mestre maçom é a resposta que o Mestre maçom dá à pergunta: "*O que é que se perdeu?*". Essa resposta é "o verdadeiro conhecimento de nós mesmos", "a realização consciente das nossas potencialidades divinas", "a Palavra". Atrás da descoberta anda perpetuamente a alma peregrina. FIGUEIREDO, Joaquim Gervásio, *Dicionário de Maçonaria,* São Paulo, Editora Pensamento, 1970. (N. T.)

— Certamente, o barão Grimm! Ele é amigo dos Enciclopedistas, secretário do duque de Orléans e juiz absoluto da vida intelectual e artística. O apelido dele é "Tirano, o Branco", de tanto pó que usa na maquiagem.

Paris, 25 de novembro de 1763

Originário de Ratisbona, Friedrich Melchior von Grimm* tinha quarenta anos e era imbuído da sua importância. Incapaz de produzir o que quer que fosse, jamais duvidava do próprio julgamento. Seu pequeno sorriso traduzia um caráter mordaz, até mesmo cruel, e uma segurança que nenhuma dúvida abalava. Venal em certas ocasiões, o barão reinava na cultura parisiense, a meia distância entrc as tendências às vezes extremas dos Enciclopedistas e o poder estabelecido.

— O conde de Tebas pede uma audiência — anunciou o secretário particular.

Grimm franziu as sobrancelhas.

— Nunca ouvi falar... Qual a aparência dele?

— Roupas caras, última moda, muita classe. Seguramente uma bela fortuna.

— Faça-o entrar no pequeno salão e sirva-nos um café.

A distinção de Thamos impressionou o barão. Raramente cruzava com um olhar tão intenso.

— Obrigado por me receber, senhor barão. Fiquei sensibilizado com esta honra. Recém-chegado do Oriente, descobri essa magnífica cidade, capital das artes e das letras. Essa fama, Paris lhe deve em grande parte.

* Sem nenhum parentesco com os irmãos Grimm, autores dos famosos *Contos*.

— Não vamos exagerar — protestou Grimm, lisonjeado.

— Não estou exagerando! Sempre que se fala de filosofia, de literatura, de música ou de pintura é o seu nome que aparece. Nenhum talento lhe escapa. Infelizmente, não possuo o seu discernimento e não consigo formar uma opinião sobre o fenômeno que acabou de chegar a Paris.

Grimm ficou intrigado.

— Um fenômeno, você disse... De quem se trata?

— De um menino de Salzburgo, Wolfgang Mozart, que veio dar concertos com a irmã mais velha. Dizem que também é compositor. Um hábil imitador ou um autêntico prodígio? Só o senhor será capaz de distinguir se é falso ou verdadeiro.

O barão concordou com um sinal de cabeça.

No dia 1º de dezembro de 1763, ele publicou na sua famosa *Correspondência Literária, Filosófica e Crítica* um artigo que teve enorme repercussão em toda a sociedade parisiense:

"Os verdadeiros prodígios são extremamente raros para que nos esqueçamos de assinalar quando temos a oportunidade de ver um... Wolfgang Mozart é um fenômeno tão extraordinário que custamos a acreditar no que vemos e ouvimos... É incrível ver essa criança tocar de cor por uma hora seguida e, então, se entregar à inspiração da sua genialidade... Ele escreve e compõe com maravilhosa facilidade."

Leopold releu o texto uma boa dezena de vezes. No dia seguinte, começaram a chover os convites. E, na véspera de Natal, ele recebeu o mais luxuoso de todos os presentes: um convite de Versalhes!

9

Versalhes, 1º de janeiro de 1764

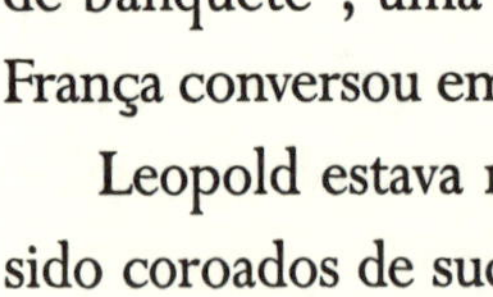

Aos oito anos, Mozart fez soar maravilhosamente o órgão da capela real de Versalhes. Em seguida, a pequena família de Salzburgo foi recebida para um "grande banquete", uma refeição de gala, ocasião em que a rainha da França conversou em alemão com a criança-prodígio.

Leopold estava nas nuvens. Finalmente, seus esforços haviam sido coroados de sucesso! E não apenas por causa da bela soma de 1.200 libras pagas pelo concerto, mas, sobretudo, devido à fama do filho.

O encontro com o compositor Johann Schobert, um silesiano de trinta e quatro anos, não lhe agradara. Bajulador diante das pessoas e soltando fel pelas costas delas, ele mostrou as suas obras para Mozart, que as apreciou e assimilou rapidamente as substâncias dessas composições. "A religião de Schobert varia de acordo com a moda", sentenciou Leopold, que, vigilante, mantinha afastado o predador.

Leopold não gostou de Paris. Tudo era muito caro, exceto o vinho, e as mulheres, de uma elegância repulsiva, pareciam as bonecas pintadas de Berchtesgaden. Quando se ia à igreja ou se andava pela rua, sempre surgia um cego, um paralítico, um coxo ou um mendigo coberto de piolhos.

Mas que felicidade quando Wolfgang deu o primeiro passo oficial de compositor com duas sonatas para cravo com acompanhamento de violino*, dedicadas à princesa Vitória, filha de Luís XV! Esse primeiro *opus* retomava elementos da produção anterior e justificaria um trabalho profissional de vários meses. Mas o menino já começava duas novas sonatas** para a condessa de Tessé***.

Paris, 9 de março de 1764

Numa fria manhã, Leopold e o filho passeavam nas proximidades da sinistra Praça de Grèves, onde, quase diariamente, os condenados à morte eram enforcados.

Um homem com a barba por fazer e sorriso mórbido abordou-os:

— Querem ver um belo espetáculo, meus caros senhores? Posso lhes conseguir um lugar na primeira fila. Vão enforcar uma

* K. 6 e 7.

** K. 8 e 9.

*** Condessa Adrienne-Catherine de Tessé (1741-1814), dama de honra da princesa. (N. T.)

camareira, uma cozinheira e um cocheiro que roubaram um cego rico.

— Aqui isso é necessário — avaliou Leopold —, porque senão ninguém se sentiria seguro. Afaste-se, amigo.

— Não está entendendo, meu caro senhor. Se for assistir ao espetáculo, deverá me pagar de acordo com os meus serviços. Sua carteira, agora! Senão...

O homem com a barba por fazer brandiu uma faca.

— Depressa, não estou brincando!

A bengala de um cavalheiro atingiu com violência o braço do ladrão e o desarmou. Imediatamente, este desatou a correr.

— Não sei como lhe agradecer — declarou Leopold, aliviado.

— No futuro — aconselhou Thamos — evite os bairros mal-afamados. Paris é uma cidade perigosa.

E o homem que os salvou desapareceu.

Wolfgang havia reconhecido o habitante do seu reino imaginário, que se disfarçara de criado e reaparecia como um nobre. Assim protegido, o jovem compositor não teria medo de mais nada.

Londres, abril de 1764

— Mais uma viagem, papai?

— É preciso, Wolfgang. Paris se tornou muito pequena para você. A sua reputação chegou à corte de Londres e você deve se apresentar na Inglaterra.

O menino suspirou e aceitou o destino com a condição de que o deixassem tocar e compor...

Assim que chegaram a Londres, Leopold entregou a Wolfgang um novo caderno onde deveria anotar os exercícios de composição.

A publicação das primeiras obras não dispensava o Aprendiz-Criador de continuar os estudos e de se aprofundar num estilo diferente do que era praticado em Salzburgo.

Não foi difícil para Thamos encontrar a Loja maçônica mais influente e, depois de se apresentar como um Irmão nobre, rico e de bons costumes, ele disse algumas palavras ao ouvido de um ministro do rei da Inglaterra. Por isso, o jovem Jorge III, um Hanôver, e a esposa, Carlota de Mecklembourg-Strelitz, receberam Mozart no dia 27 de abril de 1764, às dezoito horas. O monarca adorava órgão, e a sua mulher cantava. Grandes apreciadores de música, os soberanos tinham um comportamento extraordinariamente simples, o que era muito apreciado pelos súditos.

O talento de Wolfgang subjugou-os, e eles ficaram felizes ao constatar que um músico famoso, em breve na casa dos trinta, Johann Christian Bach, abrigava o prodígio sob suas asas. Filho de Johann Sebastian, completamente esquecido, o músico iniciou Wolfgang no estilo galante e suave apreciado pelo público inglês. Bach abriu todas as portas da alta sociedade britânica para a família Mozart e passou longas horas tocando cravo com o menino, que sempre se mostrava ansioso para aprender.

— Sabe, caro Leopold, o que o seu filho tem em mente?

— Nada de mau, espero!

— Fique tranqüilo! É impressionante, muito impressionante... Com essa idade, ele já pensa em compor uma ópera!

— Muito cedo, ainda é muito cedo.

— Tendo em vista o gênio que nascia, por que não? Vamos fazê-lo ouvir tudo o que faz sucesso em Londres, dando prioridade às minhas próprias obras.

A atitude de Johann Christian Bach tranqüilizou Thamos. Compositor medíocre, ele estava realmente fascinado por Wolfgang e só pensava em ajudá-lo. No dia 19 de maio, o rei da Inglaterra permitiu que Mozart desse mais uma audição, tão entusiasmante quanto a primeira.

Segundo os cortesãos, os Mozarts não tardaram a se tornar íntimos da família reinante. No dia 28 de maio, em St. James's Park, o monarca não havia ordenado ao cocheiro que parasse e abrisse a porta da carruagem para que, alegre, cumprimentasse Wolfgang que passeava com os pais?

No dia 5 de junho, o filho e a filha de Leopold deram o primeiro concerto público na grande sala do Spring Garden, nas proximidades do St. James's Park. Em 29 de junho, Wolfgang tocou um concerto para órgão no Ranelagh, uma apresentação beneficente quc visava arrecadar fundos para a construção de um novo hospital.

A generosidade encantou os ingleses. E Wolfgang continuaria a despertar o interesse popular se, no mês de agosto, Leopold não ficasse doente. Ele optou por morar em Chelsea, um encantador subúrbio, afastado da agitação da capital.

Wolfgang aproveitou a trégua para abordar um novo gênero: a sinfonia. Reunir vários instrumentos e fazer com que fossem tocados juntos. Que aventura!

Depois de conseguir informações, Thamos ficou tranqüilo: Leopold ia se recuperar. Ao receber uma carta de Von Gebler solicitando que fosse o mais rápido possível para a Alemanha encontrar-se com o barão de Hund, o egípcio partiu da Inglaterra. Wolfgang não corria nenhum perigo.

10

Kittlitz, dezembro de 1764

Com cinqüenta anos recém-completados, o barão Charles de Hund, senhor por hereditariedade de Lipse, na Alta Lusácia, via concretizar-se o seu sonho mais ardente. Em Kittlitz, a uns sessenta quilômetros de Dresden, ele fundava a Loja-Mãe*, dando origem a um novo rito que prometia um futuro excepcional.

A grande aventura tomara forma em 24 de junho de 1751, quando o barão e alguns Irmãos se reuniram num laboratório alquímico montado no fundo de uma gruta, perto de Naumburg.

Essa nova Ordem abrangia os verdadeiros graus superiores e se fundamentava numa tradição esotérica. Nascida no Egito, a inicia-

* As Três Colunas.

ção havia sido transmitida aos primeiros cristãos pelos essênios, depois compilada pelos clérigos do Santo Sepulcro instalados em Jerusalém. Desejando restabelecer a antiga Ordem, eles criaram a Ordem dos Templários, conferindo a iniciação suprema a alguns cavaleiros.

Confiantes demais em seu poder temporal, os Templários não suspeitaram da avidez do rei da França, Filipe, o Belo, nem da covardia do papa Clemente V. Antes de ser executado, o Grão-Mestre Jacques de Molay entregou ao sobrinho, conde de Beaujeu, os tesouros da Ordem, a coroa dos reis de Jerusalém, o candelabro de ouro com sete braços, as relíquias, os anais e os rituais iniciáticos.

Conseguindo escapar dos assassinos de Filipe, o Belo, Beaujeu uniu o seu sangue ao de nove cavaleiros elevados ao grau de "Arquitetos Perfeitos" e ordenou que seguissem o caminho do exílio para transmitir os segredos da Ordem. Eles se refugiaram na Escócia e ali criaram Lojas nas quais só eram aceitos alguns raros iniciados, cuidadosamente escolhidos. Esses cavaleiros praticavam ritos que abordavam os mistérios do Templo de Jerusalém e os hieróglifos gravados nos santuários antigos.

Charles de Hund queria devolver a vida e o poder a essa tradição, criando um sistema de altos graus que se estenderia a toda franco-maçonaria européia. Caberia à Alemanha restaurar a Ordem do Templo e fazer com que fosse reconhecida pelas autoridades.

O novo sistema maçônico receberia o nome de Estrita Observância Templária, e a data simbólica do seu nascimento ficou estabelecida em 11 de março de 1314, dia da morte de Jacques de Molay. Evidentemente, foi preciso adquirir propriedades, abrir escolas e pagar salários aos dirigentes para que cuidassem com entusiasmo da formação da Ordem.

Durante mais de quatro anos, o barão havia consagrado seu tempo e fortuna na elaboração dos estatutos e dos rituais, junto com os Irmãos convictos. Mas a horrível Guerra dos Sete Anos, desencadeada em 1756, havia posto um fim nessa primeira arrancada. Quase todos os oficiais, os novos Templários, haviam partido para o campo de batalha. Com as suas terras devastadas, ameaçado pelos prussianos, o barão de Hund havia se refugiado na Boêmia.

Depois da proclamação da paz em Hubertsburg, o barão recomeçou a trabalhar na obra e, em 1764, vários franco-maçons queriam aderir à Estrita Observância Templária.

De Hund não transigia em relação aos princípios e à disciplina. Qualquer Irmão que desejasse se "retificar" em relação à maçonaria convencional deveria assinar um ato de submissão e jurar obediência aos Superiores Desconhecidos, dos quais o barão admitia não fazer parte*.

— Vossa Graça — avisou o secretário —, o conde de Tebas, deseja vê-lo.

O barão desejava recrutar o máximo de aristocratas ricos, pois a colaboração financeira seria indispensável para a reconstrução da Ordem.

Corpulento, empertigado, rosto oval e queixo grande, De Hund não era uma pessoa fácil e, em geral, exercia imediata ascendência sobre as pessoas.

Thamos foi o primeiro nobre a impressioná-lo. Sozinho, o visitante encheu a grande sala com a sua presença e impôs uma atmosfera solene.

* As oito províncias da Ordem reproduziam as divisões administrativas dos Templários e cobriam todo o continente europeu, mais a Rússia.

— O que deseja, senhor conde?

— Subi os sete degraus do átrio e vi as nove estrelas, os nove fundadores da Ordem do Templo. As três portas da Loja são a continência, a pobreza e a obediência. Se nela encontrarmos as ferramentas, como o esquadro, o compasso, o martelo e a colher de pedreiro, é porque os cavaleiros precisaram exercer um ofício artesanal para sobreviver.

Sem sombra de dúvida, o conde de Tebas havia sido iniciado numa Loja que, aos rituais clássicos, acrescentava noções específicas do Rito Templário! No entanto, o barão de Hund não estava preparado para a declaração que ele fez em seguida:

— As etapas que acabei de citar, no seu modo de ver, não passam de uma preparação para dois altos graus. O primeiro é o de noviço, quando o iniciado bebe uma taça amarga para se lembrar das desgraças da Ordem do Templo, cujas origens lhe são reveladas. O segundo é essencial. Só ele dá acesso à Ordem Interna, quando o cavaleiro recebe um nome latino.

O barão de Hund hesitou:

— Como... como sabe? Só as pessoas que me são próximas trabalham na redação desse grau!

— Pense bem — recomendou Thamos.

— Você... você é um dos Superiores Desconhecidos?

— Eu vim do Egito para cumprir uma missão vital: permitir que o Grande Mago brilhe e ofereça a sua Luz ao mundo. Todavia é preciso que ele possa contar com os apoios indispensáveis, sob pena de pregar no deserto e de ser invadido pela desesperança.

— Eu sou... um desses apoios?

— Seu projeto não consiste em restaurar uma franco-maçonaria templária que dará um sentido a toda a Europa?

— Não existe outra solução para impedir que as sociedades se tornem escravas do materialismo — sentenciou De Hund.

— Não corre o risco de entrar em choque com as autoridades?

— Elas compreenderão a necessidade da Ordem... Essa Ordem não fará oposição aos reis nem aos príncipes. Ao contrário, vai ajudá-los a governar melhor.

— Precisará de tempo, de paciência e da adesão de muitas Lojas.

— Nada vai me faltar. Nem mesmo a Guerra dos Sete Anos me desencorajou. E, hoje, você está aqui! Isso não é uma prova da legitimidade do meu procedimento?

— Tenha perseverança, barão. A estrada promete ser longa e difícil.

— Nenhum obstáculo me assusta. Esta é a sua primeira e última visita ou vamos nos rever?

— O destino decidirá.

O barão de Hund não ousou perguntar o nome do Grande Mago. Poucos dos franco-maçons podiam vangloriar-se de ter encontrado um dos nove Superiores Desconhecidos que venciam o tempo e as provas da humanidade para dar, no momento oportuno, força e vigor à iniciação.

Esse aparecimento inesperado provava ao fundador da Estrita Observância Templária que ele estava no caminho certo.

11

Londres, dezembro de 1764

Já bem restabelecido, Leopold estava com o moral tão sombrio quanto o clima da capital da Inglaterra. É bem verdade que, no dia 25 de outubro, os Mozarts haviam sido recebidos pela terceira vez na corte, mas o jovem pianista-prodígio e sua irmã não eram mais uma novidade, e a curiosidade do público esmorecia.

Porém, as despesas continuavam, inclusive para a impressão das seis novas sonatas* de Wolfgang, dedicadas à rainha Carlota. Nelas, Leopold constatou a influência do hipócrita Schobert e dos músicos italianizantes de Londres, sendo que Johann Christian Bach ocupava um lugar na primeira fila. Apesar dos seus dons extraordinários e da

* De K. 10 a 15.

sua capacidade de assimilação, Wolfgang trabalhava muito e a cada dia percebia a imensa dificuldade que encontraria para se tornar um verdadeiro compositor sem se afogar na multidão dos anônimos.

Graças a Johann Christian Bach, Wolfgang se iniciou na arte da ária italiana e do bel canto. Ele ouviu as obras do mentor, outras óperas e os oratórios de Haendel, cuja majestade o deslumbrou.

Foi um inverno de estudos, muito pouco mundano, no qual Wolfgang terminou várias sinfonias, leves e vibrantes*. Embora feliz por ver o filho desabrochar, Leopold não esquecia os problemas financeiros. Se insistisse, conseguiria organizar concertos?

De volta a Londres, Thamos observava de longe a família Mozart. Apreciava a seriedade da criança e preferia vê-la compor a se apresentar como um macaco amestrado. Supondo que atingisse a maturidade, o Grande Mago só poderia ser um criador e não um saltimbanco em busca de aplausos. Quanto tempo ainda levaria para que o pai o deixasse em paz?

Hamburgo, janeiro de 1765

Recebido como franco-maçom em Hamburgo**, em 1761, Johann Joachim Christoph Bode estava orgulhoso em se tornar Cavaleiro*** da Estrita Observância Templária, da qual seria ardente propagandista. Nascido a 16 de janeiro de 1730, Bode havia sido

* De K. 16 a 19.

** Na Loja de Absalão.

*** Com o nome de *a Lilio Convallium.*

oboísta na orquestra militar do ducado de Brunswick, depois professor de música e de línguas estrangeiras em Hamburgo, tradutor de peças de teatro italianas, francesas e inglesas, de livros de humoristas britânicos e dos *Ensaios* de Montaigne, além de livreiro e editor.

Tudo isso não passava de brincadeira diante da sua verdadeira paixão: a luta contra a influência secreta dos jesuítas. Na opinião dele, os jesuítas eram totalmente responsáveis pela decadência e corrupção que degradava toda a Europa.

Bode não conseguia segurar a língua, era depressivo, queria ignorar os casamentos desfeitos e a morte de crianças pequenas. Já que ninguém levava o seu diagnóstico a sério, ele teria de agir e convencer os Irmãos a ajudá-lo.

Com o aparecimento da franco-maçonaria templária nascia uma nova esperança! Se os adeptos quisessem realmente combater o papa, ele também atacaria os protegidos deste, os jesuítas. Ao aderir à Estrita Observância, Bode não pensava em permanecer como um Irmão inativo, afogado numa disciplina sufocante. Ser cavaleiro lhe dava direitos que ele contava usar, denunciando a influência dos jesuítas na franco-maçonaria inglesa e francesa. Por sorte, parecia que a Alemanha acordava e seguia um outro caminho! Os Templários não haviam sido guerreiros indomáveis?

Nenhum grande dignitário faria Bode se calar. E sua voz de tribuno acabaria arrastando todos os maçons para o ataque à fortaleza clerical.

Londres, junho de 1765

Leopold ruminava sua raiva contra os ingleses, desprovidos de qualquer religião. E que maldito nevoeiro úmido, causa de gripes persistentes! O concerto dado pelos filhos no dia 21 de fevereiro rendera uma módica quantia; depois da apresentação de 13 de maio nenhum outro compromisso havia sido marcado.

Sempre sonhando com a ópera, Wolfgang havia composto uma *aria di bravura* para tenor* e um moteto para coro a quatro vozes, "Deus é nosso refúgio"**, sobre o texto do Salmo 46, que Leopold, generoso, doou ao Museu Britânico.

Logo em seguida, uma dura prova esperava pelo jovem prodígio. Um magistrado inglês, Daines Barrington, que também era arqueólogo e naturalista, quis examiná-lo. Temendo as críticas desse alto e influente dignitário, Leopold consentiu em lhe abrir a porta.

— Senhor Mozart?

— Eu mesmo.

— Barrington. Posso ver o seu filho Wolfgang?

— No momento ele está trabalhando.

— Excelente! É exatamente esse surpreendente trabalho juvenil que me interessa. Escrevi a Salzburgo para me certificar da idade dele: nove anos e não oito, como o senhor dá a entender.

— Senhor...

— Se ele for realmente o autor das obras que assina, trata-se de um fenômeno! O rigor científico me obriga a comprovar o fato.

— Fique à vontade.

Achando tudo muito divertido, Wolfgang se submeteu aos testes aplicados pelo austero visitante. Decifrou uma partitura complexa sem nenhum erro, compôs uma ária de amor em cima da palavra *affeto,* outra de furor sobre o termo *perfido* e tocou a sua última obra, que Barrington julgou possuir enorme riqueza de invenção.

---

* K. 21.

** K. 20.

A entrada de um gato interrompeu a prova. Como adorava animais, o menino se levantou do piano, brincou com o felino, depois pegou um bastão e, fingindo se tratar de um cavalo, galopou pela sala.

Satisfeito com o que tinha visto e ouvido, o magistrado não insistiu.

— Vou enviar um relatório para a Royal Society — anunciou ele a Leopold. — O senhor não mentiu. Seu filho é um verdadeiro prodígio.

Londres, julho de 1765

Compor era também se divertir. Então Wolfgang inventou uma sonata para cravo a quatro mãos, que tocou com a irmã Nannerl*. A partitura valorizava a virtuosidade dos dois, sobretudo quando a mão esquerda de Nannerl, responsável pela parte baixa, passava por cima da mão direita do irmãozinho, encarregada do alto do teclado.

Leopold não gostava dessas infantilidades. Mesmo que Wolfgang houvesse recebido uma notável e intensa formação artística durante a estada em Londres, o balanço financeiro se mostrava catastrófico. E já que não lhe propunham nenhum concerto, era preciso fazer as malas e partir para a conquista de um novo território.

Finalmente chegou a resposta para uma das inúmeras providências tomadas por Leopold: o embaixador da Holanda avisava que seu país aguardava as crianças Mozarts.

* K. 19d.

12

Haia, novembro de 1765

Quando chegaram à Holanda no mês de agosto, Wolfgang teve a certeza de reconhecer o habitante do seu reino do *Rücken*. Ele usava uma bela roupa e montava um cavalo branco. Quanto ao seu sorriso bondoso, não se parecia com nenhum outro!

Entre eles havia total cumplicidade selada pelo silêncio e pelo segredo. Nem ao pai, nem à mãe, nem mesmo à Nannerl, Wolfgang revelaria a existência desse personagem que surgira do invisível.

Uma grave preocupação abalou a família Mozart.

— Como vai minha irmã?

— Mal — respondeu Leopold.

— O médico vai curá-la, não vai?

Leopold não respondeu. Começava a detestar aquele país onde, no entanto, tudo deveria lhe sorrir.

Grande admirador da pintura flamenga, sobretudo de Rubens, Leopold sentira imenso prazer ao descobrir os tesouros artísticos da Holanda. E quantos órgãos admiráveis soaram sob os dedos de Wolfgang, que, no fim de setembro, dera um concerto sem a irmã e obtivera um enorme sucesso.

Magoada, Nannerl estava de cara amarrada. Como uma desgraça nunca vem sozinha, ela caiu gravemente doente em virtude de uma congestão pulmonar que a medicina não conseguia curar.

Não foi para um médico que Leopold abriu a porta e sim a um padre. Ele administraria à sua filha os últimos sacramentos.

Leopold tentava acalmar a esposa em prantos.

— Não se preocupe, mamãe — declarou gravemente o pequeno Wolfgang —, Nannerl vai sarar.

Anna Maria beijou o filho.

— Não estou dizendo isso para reconfortá-la — explicou ele. — Tive uma visão, ela havia voltado a tocar piano. Portanto, ela vai sarar. Basta acreditar com força!

Wolfgang não estava enganado. Apesar do prognóstico pessimista dos homens da ciência, aos poucos Nannerl recuperou a saúde, saiu da cama, comeu com apetite e, finalmente, respirou a plenos pulmões.

Quando a cura da menina ficou comprovada, febril, Wolfgang caiu de cama. A ronda dos médicos recomeçou.

A gravidade da doença infecciosa não dava muita esperança.

Desesperado, vendo o filho definhar dia a dia, Leopold aceitou receber um médico completamente diferente dos outros.

— Wolfgang está dormindo. Ele não se alimenta mais.

— Não o acorde e trate de fazer com que ele tome este líquido.

— Não... não quer examiná-lo?

— De nada vai adiantar. Dez gotas todas as noites, durante uma semana. Em seguida, o organismo dele reagirá por si próprio.

— Que remédio é este?

— Uma poção energética fabricada no Oriente.

— Deve custar muito caro!

— Permita-me dá-la de presente. Sou admirador do seu filho e garanto a cura dele.

Leopold gostaria de fazer outras perguntas, mas o terapeuta já havia desaparecido.

Cético, mesmo assim o salzburguês administrou o tratamento, sem se esquecer de escrever ao seu proprietário, Hagenauer, solicitando que mandasse rezar uma série de missas de ação de graças para pedir ao céu o restabelecimento de Wolfgang. Nannerl também tivera direito ao mesmo privilégio, porém em menor quantidade.

No dia 10 de dezembro, Wolfgang dava a impressão de estar menos pálido. Pele e osso, parecia perto da morte. Lentamente, ele foi se afastando do túmulo.

O milagre se devia à intervenção divina, aos medicamentos holandeses ou à poção oriental?

No dia 20 de dezembro, apesar do seu estado de fraqueza, o garoto começou a compor uma sinfonia alegre e séria, ao mesmo tempo, cujo movimento lento, em sol menor*, privilegiava os instrumentos de sopro.

Wolfgang se aproveitou da convalescença para demonstrar em várias obras o que havia aprendido e assimilado em Paris e em Londres. Sem reclamar da doença e da meditação que lhe era imposta, ele continuou a progredir.

* K. 22.

Viena, dezembro de 1765

Em consideração à sua seriedade e absoluta lealdade, Joseph Anton havia sido autorizado pela imperatriz Maria Teresa a organizar um serviço secreto, encarregado de seguir as pegadas da evolução das Lojas maçônicas.

Satisfeito, o policial formou uma equipe reduzida, composta de colaboradores discretos e competentes. A primeira missão que eles receberam foi a de ampliar a rede de informantes, ainda que fosse preciso pagar um alto preço por isso. Evidentemente, Anton também contava com a ajuda dos traidores, dos decepcionados e dos ressentidos que, ao se desligarem das Lojas, teriam muitos segredos para contar.

Numa manhã, ele abriu um dossiê intitulado "Estrita Observância Templária". De acordo com vários relatórios, essa nova Ordem maçônica começava a conquistar cidades importantes, como Berlim, Hamburgo, Leipzig, Rostock, Brunswick e até Copenhague!

Joseph Anton convocou seu braço direito, Geytrand, um curioso sujeito indolente e virulento a um só tempo, que odiava a franco-maçonaria por uma excelente razão: apesar das suas manobras, haviam-lhe recusado a função de Venerável Mestre! Invadido por uma dignidade, no entanto, inexistente, Geytrand havia batido a porta do Templo prometendo vingança.

Funcionário medíocre do governo, ele vegetava quando Joseph Anton o descobriu. Agora, Geytrand estava pronto para trabalhar dia e noite para o seu novo patrão.

— Sabemos o nome dos dirigentes dessa Estrita Observância Templária?

— Só um merece atenção — avaliou Geytrand —, o barão de Hund. Migalhas de fortuna, antiga nobreza e franco-maçom convicto. Esse novo Rito é obra dele, à qual se consagra em tempo integral.

— Um hábil propagandista, é o que parece.

— Mais provavelmente um crente convencido da importância da sua missão.

— Em que ela consiste realmente?

— Em restaurar a Ordem do Templo.

Joseph Anton franziu o cenho.

— Está brincando!

— Infelizmente não.

— Essa ordem de cavaleiros foi destruída no século XIV!

— Essa não é a opinião do barão de Hund. Na ocasião, alguns Templários sobreviveram; ele recolheu os seus tesouros e continua a obra deles.

— Ele e seus fiéis não se limitam a cerimônias grotescas, quando se consideram cavaleiros da Idade Média?

— O barão quer recriar a franco-maçonaria, impondo a disciplina que ela não possui e fazendo dela uma nova cavalaria, apta a reinar na Europa. Não podemos esquecer que a Ordem do Templo formou guerreiros terríveis. Se a Estrita Observância atingir um nível suficiente, vai atacar os regimes vigentes.

— Não está exagerando o perigo?

— Todos os que encontram De Hund constatam a sua determinação — explicou Geytrand. — Ele não tem nada de sonhador ou de um simples místico perdido na própria loucura e se comporta como um sensato administrador. De acordo com os meus primeiros registros, vários nobres com fortuna e alguns ricos comerciantes aderiram à obscura teoria. Em outras palavras, ele está juntando uma reserva financeira.

A gravidade dos fatos impressionou Joseph Anton. As suas intuições se confirmavam.

— Quero uma lista de todas as Lojas da Estrita Observância Templária e outra de todos os Irmãos que dela fazem parte.

— Difícil, senhor conde, mas possível.

— Seus esforços serão recompensados.

Geytrand concordou. A missão o encantava.

Joseph Anton passou a noite em claro. De sociedade mais ou menos secreta na qual circulavam idéias mais ou menos subversivas, a franco-maçonaria ameaçava se transformar numa força política que visava se apoderar de porções inteiras do poder.

O policial compreendeu que o seu papel seria primordial. Caberia a ele travar uma luta ferrenha e impiedosa contra o terrível monstro.

13

Haia, março de 1766

Completamente curado, Wolfgang se distraiu escrevendo um "galimatias musical"*, cheio de efeitos burlescos sobre temas populares, para a festa de entronização do príncipe de Orange, Guilherme V. Os Mozarts voltaram para a capital holandesa depois de dois concertos de Wolfgang, então com dez anos de idade, e de Nannerl, quatorze, em Amsterdã, nos dias 29 de janeiro e 24 de fevereiro. O menino havia tocado as suas recentes composições, variações para cravo** e sonatas para piano e violino dedicadas à princesa de Nassau-Weilburg***. Fortemente marcadas pelo

* K. 32.

** K. 24 e 25.

*** K. 26 a 30.

estilo de Johann Christian Bach, essas pequenas obras testemunhavam a volta à vida de um menino que estivera a dois passos da morte.

No dia 16 de abril, Wolfgang tocou uma última vez na Holanda. Os problemas de saúde haviam prejudicado a estada e impedido as crianças Mozarts de se imporem com todo o seu brilho. Impossível recuperar o tempo perdido. Melhor seria esquecer os maus momentos e recomeçar em condições melhores.

— Vamos viajar de novo, papai?

— A Holanda é um país pequeno, Wolfgang, e já esgotamos todos os recursos aqui existentes.

— Aonde vamos?

— Versalhes foi um triunfo. Vamos voltar para a França. Devido aos seus progressos, você vai deslumbrar o auditório.

Hanôver, março de 1766

A Estrita Observância Templária já contava com vinte e cinco Lojas e se implantava, inabalável, no ducado de Brunswick. Ainda não era o sucesso esperado, mas não se podia desistir, apesar dos graves problemas.

O primeiro, de ordem espiritual.

Alguns franco-maçons não se satisfaziam com os novos rituais dos cavaleiros. Não se devia aos clérigos, peritos em ciências ocultas, a imemorável sabedoria herdada pelos Templários? Acontece que tais ensinamentos não constavam de forma importante no processo dos altos graus. Por isso, haviam proposto a De Hund três rituais que formassem um sistema à parte e que melhor resumissem o pensamento dos Templários. Esse sistema abrangia um retiro de quarenta dias, um noviciado e a leitura de vários textos cristãos, restabelecendo um verdadeiro contato com o mistério divino.

Acrescentar o status de "cônego" ao de "cavaleiro"? O barão hesitava. Não estaria correndo o risco de orientar a Ordem para um misticismo muito distanciado da realidade e das conquistas a realizar?

O segundo problema, bem material, dizia respeito ao financiamento da Estrita Observância. Até o momento, apesar do número crescente de Lojas que aderiam ao Rito Templário, as cotizações ainda não estavam sendo pagas. O barão, sozinho, carregava nos ombros a maior parte das despesas. Sem conseguir manter a mesa sempre aberta para os vinte cavaleiros e lhes pagar gordos salários, De Hund havia sido obrigado a vender suas terras e a se endividar, cedendo seus bens a banqueiros em troca de uma renda vitalícia. Ele viveria na pequena propriedade de Lipse.

Ali, em Hanôver, tentaria convencer o seu estado-maior a sanear as finanças da Ordem. Já que o barão não conseguia mais prover todas as necessidades, as Lojas e os Irmãos deveriam pagar as indispensáveis contribuições aos Grão-Mestres provinciais.

O futuro da Estrita Observância dependia disso.

Paris, 12 de junho de 1766

— Acabei, papai.

Leopold examinou a partitura.

— Música sacra?

— Um *kyrie* para quatro vozes*. Quando voltarmos para casa, o príncipe-arcebispo certamente vai encomendar uma missa. Então, eu me antecipei!

Leopold não se opôs a esse novo procedimento.

* K. 33.

De volta a Paris em maio e instalados na rua Traversière graças ao barão Grimm, os Mozarts sofreram uma terrível desilusão. Apesar de darem alguns concertos, sendo um deles em Versalhes, o sucesso não foi o esperado.

Por esse motivo, Leopold aguardava impaciente a entrevista que Grimm lhe prometera há vários dias. Muito ocupado, o juiz da vida cultural parisiense finalmente aceitou recebê-lo.

— Está gostando da segunda estada na nossa bela capital, senhor Mozart?

— O medo do futuro me impede de apreciá-la, barão.

— Por que se atormenta?

— Wolfgang está crescendo. Preciso pensar na carreira dele e pleitear um cargo fixo com remuneração adequada.

Grimm pareceu ficar aborrecido.

— Aqui, em Paris?

— Eu ficaria honrado e feliz se isso ocorresse.

— Seu filho é um músico extraordinário, porém jovem demais para se candidatar ao tipo de cargo que o senhor pretende conseguir.

— Sabe que ele compõe e...

— Eu sei, eu sei! Mas precisa ser paciente, senhor Mozart, muito paciente, se quiser conquistar Paris. Vou escrever outro artigo que dará a conhecer melhor o seu menino maravilhoso. Se ele continuar a trabalhar, a recompensa chegará.

Ao sair da mansão de Grimm, Leopold se conscientizou do seu fracasso. Wolfgang tocaria em salões cada vez menos concorridos e acabaria por sair completamente de moda.

Teria de tomar uma decisão urgente: esquecer o sonho francês, inglês e holandês, e voltar a Salzburgo.

No dia 9 de julho, os Mozarts saíram de Paris. No dia 15, foi publicado o segundo artigo de Grimm: "Wolfgang Mozart, a criança maravilhosa, fez enormes progressos na música... O que há de mais incompreensível é o profundo conhecimento da harmonia e das suas passagens mais secretas, que ele possui em alto grau."

Suíça, setembro de 1766

Um concerto em Dijon, em julho, outro em Lyon, em agosto, e depois em Genebra, em setembro. Para grande descontentamento de Leopold, Voltaire se recusou a receber o seu filho. O filósofo ateu e pretensioso não era nada cortês.

Chamado a Lausanne, Wolfgang ali se apresentou com sucesso no fim de setembro, antes de uma viagem por toda a Suíça, entrecortada por vários concertos em Berna, Zurique e Schaffhousen. A etapa em Donaueschingen foi estafante: nove *soirées* musicais em doze dias! O príncipe da cidade pagou 24 luíses de ouro a Leopold, satisfeito por rechear a carteira.

Munique, 9 de novembro de 1766

Pela terceira vez na sua jovem carreira, Wolfgang tocou para o príncipe Maximiliano, radiante por ouvi-lo.

Na saída do concerto, esgotado, o menino cambaleou.

— Um mal-estar! — preocupou-se Leopold. — É preciso deitá-lo.

Imediatamente um quarto foi posto à disposição dos Mozarts e um médico foi chamado.

Enquanto Leopold corria para buscar água, Thamos entrou no cômodo. Consciente, Wolfgang não respirava direito.

O egípcio fez com que ele engolisse uma pílula dourada.

Assim que foi ingerida, a criança logo se sentiu melhor e quis falar sobre o reino secreto com o seu protetor. Mas ele já havia desaparecido.

No dia 30 de novembro de 1766, a família Mozart voltou a Salzburgo depois de uma ausência de quase três anos. Graças à turnê final, Leopold possuía um capital de 7.000 florins*, soma relativamente considerável e que constituía uma boa reserva financeira.

No entanto, ele estava preocupado: como seria recebido pelo seu patrão, o príncipe-arcebispo?

---

* A cunhagem do "florim" de ouro, em 1252, representando no anverso a figura de São João Batista e no reverso um lírio, símbolo de Florença, tornou-se a moeda mais popular da Europa, devido à crescente atividade comercial do continente. (N. T.)

14

Salzburgo, 1º de dezembro de 1766

— Que viagem interminável, senhor Mozart! — lamentou o príncipe-arcebispo de Salzburgo. — Pelo menos, ficou satisfeito?

— Meu filho Mozart foi aplaudido em toda a Europa. Os reis da França e da Inglaterra o receberam na corte e as suas primeiras composições foram muito apreciadas.

— Muito bem, muito bem! Essa fama nascente vai refletir sobre nossa querida Salzburgo. Mas gostaria de verificar por mim mesmo os dons do nosso jovem talento. Aceitaria um programa de composições para o meu palácio?

Leopold não podia recusar.

Depois de alguns dias de relativo repouso, Wolfgang se viu sobrecarregado de trabalho. No fim do ano, o príncipe-arcebispo pôde admirar a *Licenza* para tenor*, uma obra destinada a honrar o governante da cidade por ocasião da sua presença num concerto.

Janeiro viu o nascimento de uma sinfonia em quatro movimentos** que sintetizou tudo o que o jovem compositor de onze anos havia aprendido nas suas viagens. Libertando-se do estilo italianizante de Johann Christian Bach, Mozart mergulhou na música alemã depois de ouvir os compositores famosos e reconhecidos pela crítica, como Eberlin, Fux e Hasse***.

Salzburgo, fevereiro de 1767

O comerciante de tecidos Anton Weiser era um homem rico e uma das personalidades mais conhecidas de Salzburgo. Fornecedor do palácio do príncipe-arcebispo e das principais famílias nobres, o comerciante não se limitava a aumentar os lucros. Convencido de que devia sua fortuna à bondade divina, ele lia e relia a Bíblia, lembrando-se diariamente de louvar o Todo-Poderoso.

Weiser não conhecia o homem elegante que entrou na sua loja. Alto, imponente, só podia ser um aristocrata de alta linhagem.

— Posso ajudá-lo, senhor?

— Certamente.

— Nem em Munique ou em Viena vai encontrar tecidos tão bonitos! Quer decorar sua casa?

— Isso mesmo. A velha construção exige muito trabalho e gosto dos tecidos com desenhos.

— Tenho tudo de que precisa!

---

* K. 36.

** K. 76.

*** Nenhuma das obras desses compositores resistiu ao tempo.

— Então, eu lhe entrego essa tarefa. Mas tenho outro pedido a lhe fazer.

Anton Weiser ficou atento.

— Às ordens, meu senhor!

— Ouvi dizer que escreve textos notáveis sobre a grandeza de Deus e o necessário respeito aos Seus mandamentos.

O comerciante de tecidos enrubesceu.

— É verdade, confesso... Não devo render graças ao meu Criador, que me concede tantas dádivas?

— Deixar Suas obras adormecidas seria lamentável. Uma delas não poderia ser musicada?

Anton Weiser ficou boquiaberto.

— Que compositor estaria interessado?

— Conheço pelo menos três: Michael Haydn*, um técnico experiente; Aldgasser, o organista da corte; e o pequeno Wolfgang Mozart, que voltou de uma turnê triunfal pela Europa. Eles darão à sua prosa um brilho que o deixará encantado.

O comerciante de tecidos baixou os olhos.

— Há um texto que eu gosto muito... Aceitaria lê-lo?

— Com prazer.

— Poderia passá-lo a quem de direito?

— Sem dificuldade.

Não se tratava de nenhuma obra-prima, mas era o tipo de texto sério e doutoral de que Thamos precisava. Já era tempo de pôr o Grande Mago à prova e verificar se ele sabia expressar um pensamento em música. Havia chegado a hora de sair do *Rücken*, o maravilhoso reino imaginário, e enfrentar o mundo real.

---

* Irmão de Joseph Haydn (1737-1806).

Salzburgo, março de 1767

O ofertório para quatro vozes* composto por Wolfgang para a Festa de São Benedito e dedicada a um abade, amigo da família Mozart, chocou um pouco o religioso, pois o estilo se parecia com o da ópera cômica. Em compensação, a seriedade da música que ilustrava a primeira parte do *Dever do Primeiro Mandamento***, drama sacro de Anton Weiser, surpreendeu o auditório da universidade beneditina de Salzburgo.

Eis que aparecia um cristão tão apático, que acabava adormecendo num arbusto florido. Por sorte, a Justiça celeste punia os maus e recompensava os virtuosos! E essa Justiça escutava o Espírito Cristão, descontente com a apatia da maioria dos humanos. Como torná-los lúcidos, a não ser abrindo-lhes os olhos para os castigos reservados aos danados, condenados ao inferno?

Infelizmente, o cristão apático e adormecido corria o risco de escutar o pernicioso espírito mundano e de se entregar a mil e um prazeres proibidos. Cabia à Justiça acordá-lo, ao espírito cristão guiá-lo.

E o milagre ocorria: fim da apatia! Finalmente consciente dos seus deveres, o cristão desperto recebia Justiça e Misericórdia, e respeitava o preceito do evangelista Marcos: "E amarás o Senhor teu Deus de todo o coração, com toda a tua alma, com toda a tua inteligência e com todas as tuas forças."***

Nessa linha impressionante para uma criança de onze anos, Wolfgang compôs uma cantata fúnebre****, tocada no dia 7 de abril, Quinta-Feira Santa.

---

* K. 34.

** K. 35.

*** Mc 12, 30. *Bíblia, Mensagem de Deus,* São Paulo, Edições Loyola, 1993.

**** *Grabmusik* K. 42 (35a).

Encarnada por uma voz de baixo e passando diante de um túmulo, a Alma dialogava com o Anjo, uma soprano vinda do além.

Destruindo muitos sonhos infantis, a morte irrompia no pensamento do músico. Apesar da imperfeição e ingenuidade dessas obras, Thamos ficou tranqüilo a respeito da capacidade do Grande Mago. Ele conseguia pegar palavras inanimadas e lhes dar um pouco de vida.

O momento do primeiro contato com a iniciação se aproximava.

Quando voltava para casa, o egípcio foi abordado por dois homens de fisionomia séria.

— Alguém importante deseja vê-lo — declarou o mais velho.

— Não faço nada à força.

— Perder tempo seria prejudicial, Irmão. A Rosa-Cruz exige a nossa constante dedicação, e fazer o Imperador esperar seria uma injúria imperdoável.

— Ele reside em Salzburgo?

— Siga-nos, meu Irmão. A violência não seria admissível entre nós.

Thamos poderia se livrar facilmente dos dois rosa-cruzes. Mas, provavelmente, não estavam sozinhos e ele esperava por um novo confronto com o chefe da Ordem.

15

Salzburgo, abril de 1767

A expressão do Imperador dos rosa-cruzes havia mudado. Não havia o menor vestígio de simpatia ou de calor fraternal. O chefe do movimento secreto mal continha a hostilidade.

— Acabamos de tomar uma grande decisão — revelou a Thamos. — Vamos nos infiltrar ao máximo nas Lojas maçônicas, enxertando nelas os altos graus. Nossos adeptos conseguirão se integrar facilmente aos diversos ritos praticados e, além do grau de Mestre, irão complementá-los com os nossos ensinamentos. A Estrita Observância Templária nos parece um excelente adubo. Jacques de Molay, o Grão-Mestre dos Templários assassinado por um tirano, não é o nosso herói comum? Muitos de nossos Irmãos consideram você um Superior Desconhecido. Eu, ao contrário, acho-o um impostor.

— O fundador da Ordem, Christian Rosenkreutz, viveu no Egito, onde os segredos da iniciação lhe foram revelados para que os transmitisse ao Ocidente, onde morreu em 1494, com a idade de cento e seis anos. Seus textos alquímicos alimentaram os Cavaleiros da Pedra do Ouro, de onde você veio.

Abalado, o Imperador lançou a última flecha:

— Se você é realmente discípulo do abade Hermes, conhece o verdadeiro nome de Elie Artista, nosso gênio protetor e guia.

— Trata-se do alquimista Schmidt de Sonnenburg, nascido na Boêmia — declarou calmamente Thamos. — Foi ele quem decidiu que uma parte da tradição iniciática seria ensinada no contexto da Rosa-Cruz de Ouro.

— Você é mesmo um Superior Desconhecido — concordou o Imperador, emocionado. — Agora, posso compartilhar com você a minha mais íntima convicção: o Grande Mago está entre nós. E é você quem vai iniciá-lo, hoje à noite, fazendo-o passar por todos os graus de um só fôlego.

— Ainda é muito cedo. Uma criança não poderia agüentar.

— Está enganado sobre a identidade do Grande Mago. Não se trata de uma criança e sim de um alquimista que chegou ao fim da prática pessoal e que devemos elevar ao mais alto ponto dos nossos mistérios. Ele está aqui, eu o confio a você.

Se, por um lado, o Imperador submetia Thamos a uma prova difícil, para saber se ele conhecia bem todos os rituais da Rosa-Cruz de Ouro e se era capaz de dirigi-los, por outro, supondo que fosse sincero, talvez houvesse descoberto o verdadeiro Grande Mago...

O adepto era alto, sério e estava compenetrado. Franco-maçom e “Mestre Escocês”, ele respondeu sem errar às perguntas feitas por Thamos, na presença de seis rosa-cruzes de ouro. Em seguida, o egípcio procedeu ao início do trabalho alquímico concreto. Primeiro, o pretenso Grande Mago fabricou a prata. Pouco a pouco, o enxofre começou a brilhar, e o sol filosófico apareceu.

O candidato ficou desnorteado quando Thamos lhe apresentou a pedra incandescente. A luz da pedra se apagou, ela se tornou estéril. E o adepto se mostrou incapaz de fazer surgir a verdadeira pedra filosofal que permitia a um rosa-cruz de ouro entrar em contato com o espírito por intermédio do fogo criador.

Não, aquele medíocre alquimista não era o Grande Mago.

Salzburgo, 13 de maio de 1767

A grande sala da universidade estava em efervescência. Um grupo de amadores esclarecidos representava *Apollo et Hyacinthus**, cantata dramática com cinco personagens, nove números e um coro. Para Leopold, orgulhoso e preocupado ao mesmo tempo, aquela não era nada menos do que a primeira experiência na ópera com que Wolfgang sonhava desde o encontro com Johann Christian Bach. Mas como, aos onze anos, poderia dominar uma arte tão complexa?

Inspirada no Livro X das *Metamorfoses* de Ovídio e em outros autores antigos, a intriga não desagradou à platéia. Apaixonado pela bela Melia, prometida a Apolo, o abominável Zephyrus mata o infeliz Hyacinthus para que Apolo fosse acusado de assassinato. Agonizante, Hyacinthus consegue revelar a verdade, acabando com

* K. 38.

a estratégia do assassino. E Apolo consola os parentes do morto, transformando em flor seu corajoso aliado.

— Esse menino já sabe compor graciosas pequenas árias — observou um aristocrata.

— E como ele descreve bem! — acrescentou a esposa, encantada. — Quando o texto fala de um leão, a orquestra ruge; de sono, ela boceja; da tempestade e do mar em fúria, ela se enfurece! Eu compreendi tudo.

O triunfo de Leopold foi modesto. Como técnico, ele não podia estar satisfeito; no entanto, a recepção dos habitantes de Salzburgo o tranqüilizou. Talvez seu filho estivesse começando a invejável carreira de compositor de ópera... No entanto, precisava de obras mais consistentes para se ter certeza.

Wolfgang brincava com o seu melhor amigo, Anton Stadler, de quatorze anos. Orientado para o estudo de teologia moral, Anton preferia a música e se divertira enormemente cantando o papel de um personagem na *Apollo* de Wolfgang.

Leopold não se opunha a algumas distrações, desde que fossem breves. Por causa de um novo projeto que havia concebido, seu filho deveria voltar ao trabalho.

16

Salzburgo, 11 de setembro de 1767

Acontragosto, Anna Maria terminou de fazer as malas.

— Não estou com a menor vontade de ir a Viena, Leopold. Essa cidade grande me dá medo. Aqui, em Salzburgo, o outono é tão agradável!

— Não temos escolha. Você sabe tanto quanto eu que serão celebradas as bodas da arquiduquesa Maria Josefa, filha da imperatriz, com Ferdinando, rei de Nápoles. Já imaginou a extensão das festas? Impossível faltar!

— Nós não fomos convidados!

— Inúmeros concertos serão organizados. Nesse clima de festa, Wolfgang vai superar os concorrentes e seremos convidados pela corte. Ele conseguirá um posto fixo e bem remunerado.

— Tem certeza, meu caro marido?

— Tanto quanto o possível.

Ao subir na carruagem com destino a Viena, os Mozarts ignoravam que seria a última viagem que os quatro membros da pequena família fariam.

Viena, 16 de setembro de 1767

Cidade sinistra, atmosfera carregada, tristeza opressiva.

Leopold não reconhecia Viena. Por que a cidade não se alegrava com a aproximação de um acontecimento tão feliz?

— Depois da morte do imperador Francisco I, em agosto de 1764 — explicou o cocheiro —, Sua Majestade Maria Teresa vive na mais profunda tristeza e proibiu demonstrações ostensivas de alegria em Schönbrunn. Quanto ao co-regente, José II, ele só tem duas palavras na boca: economia e austeridade. Segundo ele, são condições necessárias para manter a prosperidade da Áustria. Isso não entusiasma os festeiros!

— De qualquer forma, o casamento...

— Apesar de tudo, esperamos ter bons momentos! Um pouco de alegria não faria mal aos vienenses.

Leopold tentou elevar o moral da sua pequena família. Não só Wolfgang e Nannerl iam brilhar numa sucessão de concertos, como seriam recebidos na corte que certamente reconquistariam.

Berlim, outubro de 1767

Ao contrário de Leopold, Thamos não esperava nada da segunda viagem a Viena da família Mozart, pois continuar a exibir

Wolfgang retardaria seus progressos como compositor. Mas ele compreendia a preocupação de um pai que, paradoxalmente, fazia o filho levar uma vida de saltimbanco para garantir uma situação estável, conseguindo para ele um cargo fixo e bem pago numa das maiores cortes da Europa.

O Imperador dos rosa-cruzes havia reconhecido o próprio erro. Só um Superior Desconhecido poderia identificar o Grande Mago. Doravante, todos os círculos da Rosa-Cruz de Ouro estariam abertos para Thamos, que dispunha, tanto em Viena quanto em Salzburgo, de um laboratório alquímico, onde produzia os metais necessários para manter o seu padrão de conde de Tebas.

Uma carta do Irmão Von Gebler o avisava de um acontecimento provavelmente de importância capital: em Berlim havia surgido o Rito dos Arquitetos Africanos, isto é, dos egípcios, com o apoio de Friedrich von Köppen, um oficial do exército prussiano de trinta e três anos.

Proeza sem futuro ou uma construção que prometia? Thamos não negligenciaria nada. Qual dos projetos maçônicos serviria, no futuro, de cenário para a formação iniciática do Grande Mago? Depois de um profundo exame, o egípcio escolheria o melhor.

Não sem um certo assombro, Thamos se deparou, no centro de Berlim, com um prédio oficial que possuía um templo, uma biblioteca, um centro de estudos de história natural e um laboratório de química.

Friedrich von Köppen recebeu-o num suntuoso escritório, onde reinava uma impressionante quantidade de manuscritos e de livros consagrados às ciências herméticas e ao cristianismo.

O criador do novo Rito era um homem espadaúdo, franco e direto. Ele consultou pela terceira vez o cartão do visitante.

— Conde de Tebas... Não me diga, você veio do Egito?

— O nome que você dá ao Grande Arquiteto do Universo e que também é a palavra secreta do primeiro grau, "Discípulo dos Egípcios", é Amon, o deus da antiga Tebas*.

O oficial prussiano ficou tenso e empertigado.

— Eu lhe entregarei imediatamente a chave desse escritório e a direção da Ordem.

— Cabe a você, e só a você, ampliar a sua iniciativa. Eu vim lhe entregar os documentos que deve estudar com calma e ver o que deve ser impresso. A ressurreição dos mistérios egípcios é uma tarefa vital.

As mãos trêmulas de Friedrich von Köppen receberam o precioso manuscrito.

— Este prédio magnífico me surpreendeu — confessou Thamos. — Pelo visto, você é apoiado pelas autoridades.

— Frederico II me encorajou a fazer intensas pesquisas e forneceu os meios materiais indispensáveis.

— Não teme uma eventual reviravolta?

— Concordo que ele é um monarca imprevisível! Mas Frederico conhece todo o meu projeto e não vê nele nada de perigoso para o trono. Os ritos me interessam menos do que a pesquisa em si — confessou ele. — É preciso estudar os textos antigos, encontrar os mil e um aspectos da sabedoria perdida, fazer experiências alquímicas e descobrir os segredos da natureza. Os adeptos da minha Ordem trabalharão noite e dia.

— Desejo-lhe sucesso.

* Os outros graus previstos eram: Iniciado nos Mistérios Egeus, Cosmopolita, Filósofo Cristão e Cavaleiro do Silêncio.

— Aceitaria... me ajudar um pouco?

— Com muito prazer.

— Então, ao trabalho!

Viena, 1º de outubro de 1767

Geytrand pôs um magro dossiê em cima da mesa de Joseph Anton. Dentro, algumas páginas sobre a organização e os objetivos da Ordem dos Arquitetos Africanos.

— Autorização e proteção de Frederico II... Desagradável. É preciso ser cuidadoso.

— Não se preocupe muito — recomendou Geytrand. — O imperador pode mudar rapidamente de opinião. Além do mais, o fundador desse Rito não deve ir muito longe.

— Por que esse otimismo?

— Porque o programa dele prevê longas horas de pesquisas diárias. Um dos Irmãos descontentes se queixa de trabalhar demais para conseguir resultados insignificantes. Ele já se voltou para uma Loja onde poderá dormir tranqüilo. Esse bom homem me ajudará a fazer um retrato calamitoso de Von Köppen. Nenhum franco-maçom o levará a sério.

— Excelente. Por enquanto, vamos manter esse Rito sob observação.

— Como todos os outros, senhor conde.

17

Viena, 15 de outubro de 1767

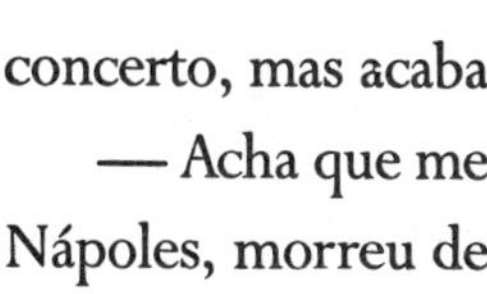

Apavorada, Anna Maria acordou Leopold.

— Leopold, é horrível, cruel, inimaginável!

— Acalme-se! Sei muito bem que ainda não demos nenhum concerto, mas acabarei organizando algum.

— Acha que me refiro à música? Maria Josefa, a noiva do rei de Nápoles, morreu de varíola. Desta vez não se fala de alguns poucos casos, mas de uma verdadeira epidemia. Haverá centenas, milhares de mortos! Temos de sair da cidade o mais rápido possível.

— Vamos manter o sangue-frio, em geral os boatos exageram. Vou a Schönbrunn conseguir informações confiáveis.

Mesmo com a confirmação da morte de Maria Josefa, a corte pediu à população que não entrasse em pânico e aos músicos que permanecessem em Viena, pois havia a perspectiva de uma nova cerimônia com outra noiva, que se apressavam a procurar.

Leopold também procurou tranqüilizar a família, mas não conseguiu acalmar os temores da esposa. Todos os dias ela lhe pedia para sair de Viena antes que fosse tarde demais.

Quando, por sua vez, a arquiduquesa Elisabeth morreu de varíola, o pânico foi geral.

— Vamos partir imediatamente — decidiu Leopold, no dia 26 de outubro.

Berlim, 26 de outubro de 1767

Friedrich von Köppen estava encantado. Thamos lhe abria horizontes desconhecidos e lhe permitia alimentar seu Rito de uma maneira que ele não esperava.

O comunicado que o secretário lhe entregou diminuiu esse otimismo.

— Más notícias de Viena — anunciou ele ao egípcio.

— O que houve?

— Epidemia de varíola. Várias personalidades já morreram e muitos vienenses estão partindo para a Morávia, poupada pela doença.

Thamos sentiu um frio sinistro. Wolfgang corria perigo de morte.

— Existe algum médico local capaz de tratar essa afecção?

— Um médico e Irmão! Ele já tem uma grande reputação.

— Continue as pesquisas, eu preciso partir.

— Já? Mas...

— Dê-me o nome e o endereço desse médico.

Olmütz (Morávia), 28 de outubro de 1767

Aliviada, Anna Maria Mozart segurou a mão dos dois filhos. Em apenas dois dias haviam chegado a essa pequena cidade, a salvo da epidemia.

No jantar, Wolfgang estava sem apetite.

Às vinte e duas horas, ele se queixou de uma forte dor de cabeça. E, horrorizada, a mãe descobriu as primeiras pústulas.

— Varíola!

Leopold correu até a casa de um dos admiradores do seu filho, o conde Podstatsky, para lhe pedir ajuda.

Imediatamente o aristocrata ofereceu casa e comida à família Mozart. Apesar dos riscos que corria, ele não abandonou a criança-prodígio.

Na mesma noite, com febre alta, Wolfgang começou a delirar. Inchado, com dor nos olhos, ele dizia palavras incompreensíveis, com exceção de *Rücken*, nome do reino onde vogava sua alma, desligando-se pouco a pouco da Terra.

Ao comparecer à cabeceira da criança musicista, famosa na região, o doutor Wolff pensava no estranho encontro que o levara a Olmütz.

Um Irmão maçom, de estatura impressionante e olhar magnético, lhe dera uma grande quantia para as despesas da viagem e do tratamento. Em troca, o experiente médico de quarenta e três anos deveria se dedicar quase exclusivamente ao pequeno doente e acrescentar aos medicamentos oficiais uma poção à base de plantas orientais. A princípio reticente, o médico recebera a garantia de que aquelas substâncias não tinham nada de nocivo.

Olmütz, início de dezembro de 1767

— Como se sente nesta manhã?

— Muito melhor — respondeu Wolfgang, sorrindo.

— A febre desapareceu — constatou o doutor Wolff —, e as pústulas também.

— Vou ficar com marcas?

— Muito poucas, o céu o protege.

— Então, estou realmente curado?

— Está.

— Posso tocar piano?

— Eu ficaria feliz em ouvi-lo.

Wolfgang não se fez de rogado. Inicialmente hesitantes, seus dedos encontraram rapidamente os maravilhosos caminhos do teclado e as notas soaram com uma vivacidade surpreendente. A grave doença não havia afetado os dons do menino.

— Você me faria um grande favor? — perguntou o doutor Wolff.

— O senhor salvou a minha vida! Respondo sim, antecipadamente.

— Minha filha tem uma bela voz e eu seria o mais feliz dos pais se pudesse lhe oferecer uma ária assinada por Wolfgang Mozart.

— Tem algum texto?

— Sim, este curto poema: *Oh, alegria, rainha dos sábios que, com flores em torno da cabeça, lhe dirigem louvores nas suas liras de ouro, tranqüilos, enquanto a maldade reina, ouça-me do alto do seu trono.*

Intrigado, depois seduzido, Wolfgang se pôs ao trabalho, recuperando assim os longos dias vazios e febris. O menino não desconfiava que, pela primeira vez, fazia música para um texto maçônico transmitido por Thamos e oferecido pelo Irmão Wolff*. Essa oração à alegria serena, um dos objetivos da iniciação, era formulada em palavras floridas que não chamavam a atenção dos profanos. No entanto, elas comoveram a alma de Wolfgang, como desejava Thamos, mostrando-lhe um horizonte longínquo.

No dia 23 de dezembro, a família Mozart voltou para Viena. A epidemia de varíola havia terminado. Eles fizeram uma parada na casa do irmão do príncipe-arcebispo de Salzburgo, onde passaram as festas antes de continuar viagem.

Sempre obcecado pelo desejo de conseguir um posto fixo na corte de Viena, Leopold mandou que o filho compusesse um dueto para dois sopranos, sem acompanhamento**. O lamento sobre a morte prematura da infanta Josefa provava a afeição dos Mozarts pela família reinante. Mas seria preciso que fossem recebidos na corte.

---

* *An die Freude,* de J. P. Uz, K. 53.

** K. 43a.

18

Viena, 2 de janeiro de 1768

O barão de Hund deveria estar feliz. A Estrita Observância Templária contava com cerca de quarenta Lojas espalhadas pela Áustria, Alemanha, Suíça, Polônia, Hungria e Dinamarca.

Apesar do sucesso, o descontentamento aumentava nos grupos.

Isso porque a anunciada recuperação econômica não ocorria. É bem verdade que as contribuições entravam um pouco mais, porém muitos Irmãos haviam contado com uma Ordem rica e poderosa, da qual eles próprios, como os dignitários templários da Idade Média, pudessem tirar vantagens substanciais.

Charles de Hund e seus conselheiros exploravam diversos meios para conseguir dinheiro, mas nenhum deles dava resultado.

Outros protestos chegavam: uma grande quantidade de Irmãos se queixava da pobreza dos rituais.

Além disso, um temível predador, Zinnendorf, caçava nas suas terras. Ele havia introduzido na Alemanha um novo Rito, o Sistema Sueco, hostil à Estrita Observância Templária, à qual, no entanto, o renegado pertencera!

O objetivo do Rito Sueco consistia em pôr o espírito dos adeptos em contato com a divindade, na expectativa do reaparecimento do santo patrono, João Evangelista. Ao evocarem os poderes invisíveis, os Irmãos esperavam conseguir a iluminação interior.

Mística demais, essa atitude desagradava a De Hund. No entanto, ele levava o adversário a sério e, atacado em várias frentes, gostaria de rever o Superior Desconhecido, de cuja sabedoria sentia falta.

Viena, 9 de janeiro de 1768

Em cima da mesa de Joseph Anton havia um novo dossiê: "Rito Sueco. Zinnendorf." Esse médico* de trinta e sete anos, chefe do setor de saúde do exército prussiano, era bem interessante. Decidido a se vingar da Estrita Observância Templária e do barão de Hund, falava bastante e havia revelado tudo o que sabia a Geytrand, adulador e compreensivo ao extremo. Para o serviço secreto vienense era um recruta inestimável e... gratuito!

— A ofensiva contra os templários alemães é realmente séria?

— É possível — avaliou Geytrand. — Zinnendorf me parece muito determinado e dispõe de um movimento maçônico nada desprezível. Além disso, os problemas financeiros da Estrita Observância tão cedo não serão resolvidos e fala-se até em conflitos internos.

* Seu verdadeiro nome era João Guilherme Ellenberg.

— Excelente! Se os franco-maçons se devorarem uns aos outros, eles nos pouparão um grande trabalho. De Hund conseguirá resistir a essa tempestade?

— A Ordem Templária é a obra da vida dele. Quaisquer que sejam as dificuldades, ele não vai desistir.

Viena, 10 de janeiro de 1768

Quatro meses inúteis.

A doença, muitas despesas, nenhuma receita. Leopold precisava se render às evidências: em breve Wolfgang faria doze anos. Não poderia mais apresentar o filho como criança-prodígio. A carreira estagnava. Futuro compositor? Não havia nenhuma certeza. As primeiras tentativas eram encorajadoras, é verdade, mas se impor nessa profissão cheia de armadilhas e de invejas ferozes era especialmente difícil. Wolfgang, um virtuose? Bem improvável. Com dezesseis anos, Nannerl, insípida e sem talento, mostrava mais velocidade.

Wolfgang se mostrava frágil e sonhador, muito distante da realidade, cujos aspectos impiedosos e sórdidos Leopold conhecia muito bem. Como fazer um adolescente compreender que essa realidade não se reduzia a um reino imaginário?

Quem, na ocasião, conseguia agradar em Viena? Gluck e Joseph Haydn. Compositores experientes, eles haviam cedido às exigências dos poderosos e eram suficientemente senhores da própria arte para se adaptarem às circunstâncias sem perder a personalidade.

Wolfgang navegava a mil léguas desses músicos. No entanto, era preciso dar um grande golpe nos vienenses, apaixonados pela frivolidade e detestando o sério e o razoável.

Leopold procurava, Leopold encontraria.

Wolfgang ouvia muita música, sobretudo a de Haydn, à qual se mostrava especialmente sensível. O menino não se comportava como um ouvinte passivo e sim como um criador que bebia na obra do outro para criar, aos poucos, sua própria linguagem.

No dia 16 de janeiro, ele terminou uma sinfonia em ré maior*, no estilo de Joseph Haydn. O pai gostou da pureza técnica, mas não seria com imitações que Wolfgang chegaria à frente da cena.

Deixando o filho com suas experiências artísticas, ele acionou todas as suas relações e os admiradores da ex-criança-prodígio para conseguir uma audição na corte, único acontecimento que poderia mudar a situação e pôr Wolfgang de volta no caminho da fama.

Leopold dormia mal, não tinha apetite e mostrava-se irritado. Havia perdido a capacidade de convencer as pessoas?

Finalmente, chegou a notícia tão esperada!

Os Mozarts haviam sido convocados para comparecer na corte, no dia 19 de janeiro, às quinze horas.

* K. 45.

19

Viena, 19 de janeiro de 1768, às quinze horas

Para espanto de Leopold, o co-regente José II em pessoa foi receber os visitantes na antesala. De rosto comprido, sério, sem expressão e sem brilho, vestido com simplicidade, o futuro chefe do Império Austríaco não inspirava alegria. Apesar do imobilismo crescente de Maria Teresa, triste e retraída, ele a incitava a fazer as reformas indispensáveis, como a liberalização do Código Penal, repressivo demais. Além disso, ele queria economizar, e economizar mais, reduzindo as despesas do Estado antes que este entrasse em falência.

Leopold nunca imaginou que pudesse ser introduzido num dos salões de Schönbrunn por um personagem tão importante!

Outra surpresa: não havia nenhum *pianoforte* nem instrumentos de corda.

— Sentem-se — ordenou secamente José II.

Wolfgang olhou em volta, Leopold adotou uma atitude submissa.

— Deseja que meu filho toque sua última obra, Majestade?

— Hoje, não. Desejo apenas falar sobre música. Apesar da terrível epidemia de varíola e das mortes que nos atingiram, a corte de Viena deve manter sua posição de capital artística da Europa. Eu não gostaria que a reputação de Londres ou de Paris fosse maior do que a nossa.

— Conhecendo essas duas cidades, Majestade, acho pouco provável!

— Governar é prever, senhor Mozart. A imperatriz e eu temos de cuidar de todos os aspectos da vida social, inclusive da música. Meus vienenses são frívolos, mas faço questão de dar a eles obras de qualidade.

— Isso dignifica Vossa Majestade.

— Disseram-me que seu filho é compositor.

— Ele trabalha dia e noite e as primeiras obras são de alto nível. Não digo isso como pai, Majestade, e sim como técnico exigente e objetivo.

— Muito bem, senhor Mozart. Acho que Viena apreciaria uma ópera inédita. Um menino tão jovem seria capaz de compor uma?

— Wolfgang já passou na prova com *Apollo et Hyacinthus*, representada em Salzburgo. Desde então, seus progressos são tantos que o senhor ficará plenamente satisfeito.

— Como se trata de uma encomenda oficial, um contrato será assinado de acordo com as regras. O jovem Mozart deve começar o trabalho desde já. Quero essa ópera para o fim do mês de abril, o mais tardar.

— Seus desejos serão realizados, Majestade. Posso... posso lhe fazer uma pergunta?

— Faça.

— O compositor mais famoso de Viena, Gluck, não fará oposição a um músico tão jovem?

— Por melhor que seja, Gluck trabalha para mim.

Leopold lamentou ter tocado nesse ponto delicado. A resposta do imperador não o tranqüilizou nem um pouco, porque, apesar de querer controlar tudo, José II não podia desenredar o emaranhado de rusgas entre os músicos.

Mesmo assim, ao sair de Schönbrunn, Leopold sentiu vontade de dançar. O futuro imperador em pessoa não havia encomendado uma ópera a Wolfgang? Um dia antes, nunca teria imaginado um milagre desses.

Quase indiferente à situação, o adolescente assobiava, feliz.

— Anote bem — recomendou o pai. — A partir desta noite, você começará a trabalhar.

Viena, fim de janeiro de 1768

Diante do jovem barão Van Swieten, filho do médico pessoal da imperatriz Maria Teresa, Gluck havia afirmado a Leopold Mozart que não via nenhum inconveniente no fato de o seu filho, tão moço, compor uma ópera ao gosto italiano, *La Finta Semplice* (*A Falsa Ingênua*), para um libreto de Goldoni. O contrato, intermediado por um empresário, Affligio, foi assinado por cem ducados*. Tratava-se de uma grande quantia, que consagrava Wolfgang Mozart como profissional.

A Falsa Ingênua seria uma ópera-bufa em três atos**, que contava uma história rebuscada pela qual o compositor não se interessou. Mas como lhe deram a oportunidade de, musicalmente, dar vida aos personagens, ele se entusiasmou pela árdua tarefa.

Dois irmãos, avaros, tímidos e intratáveis. Uma irmã mais moça, encantadora, alegre e que sonhava com um grande amor. Chega um oficial com a irmã, bela e sedutora. Eles se hospedam na casa dos dois avaros. O oficial se apaixona pela irmã dos dois mal-humorados, que, por sua vez, são seduzidos pela falsa ingênua, ou seja, pela irmã do oficial. A intriga termina bem, pois a irmã dos dois velhotes se casa com o oficial.

Tratava-se de Goldoni, e Leopold nem pestanejou. Wolfgang teria de se adaptar e se adaptou.

Viena, 2 de fevereiro de 1768

Entre Von Gebler e Thamos, a fraternidade não era uma palavra vã. O primeiro pressentia que o segundo ia desempenhar um papel essencial na evolução da franco-maçonaria e fazia questão de

* Emitida pela primeira vez em meados do século XII, por Rogério II da Sicília, duque de Apúlia, a moeda recebeu esse nome por ter sido cunhada por ordem de um duque. Mais tarde, o ducado passou a ser usado em todos os países do sul da Europa. (N. T.)

** K. 51.

informá-lo sobre os importantes acontecimentos que lhe haviam chegado aos ouvidos.

Por isso narrou em detalhes os problemas do barão de Hund e as crises que agitavam a Estrita Observância Templária.

— Não tenho muita certeza de que ele conseguirá atingir o objetivo de restaurar a Ordem do Templo. A nostalgia nem sempre é uma boa conselheira e, ao querer ressuscitar o passado, ele pode chegar a um impasse. A formação do Grande Mago já começou?

— Ele já deu os primeiros passos, mas ainda ignora a sua verdadeira natureza. Talvez nunca a descubra.

— Por que esse pessimismo?

— Os obstáculos são muitos.

— Se vê tudo tão preto, como a Luz poderá brilhar nas nossas Lojas?

— Fique tranqüilo, ainda não me dei por vencido.

— Dois dos nossos Irmãos poderiam lhe dar uma ajuda preciosa, mas nem um nem outro são fáceis de lidar. O primeiro se chama Mesmer. Ele é médico, músico e rico. O segundo é o barão Van Swieten, que parece ter uma brilhante carreira diplomática, servindo o Estado austríaco. Sou praticamente o único a saber que ele foi iniciado na Alemanha e esse segredo deve ser preservado. Embora pareça hostil, Van Swieten quer proteger a franco-maçonaria, sobretudo em Viena. Por isso não freqüenta nenhuma Loja. As autoridades devem ignorar seu verdadeiro engajamento.

— Obrigado pela confiança.

— Seja extremamente prudente. Mais cedo ou mais tarde pode correr algum perigo. E, se lhe acontecer alguma desgraça, o Grande Mago não poderá desabrochar.

20

Viena, 3 de fevereiro de 1768

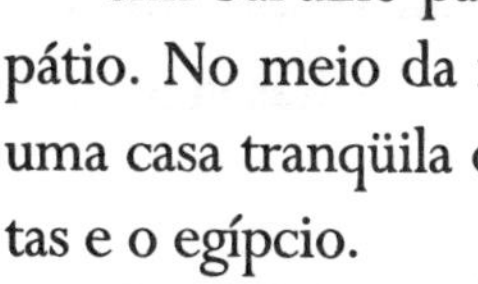

Thamos completava uma transmutação no laboratório alquímico de Viena no momento em que um ruído diferente o alertou.

Um barulho parecido com saltos de botas pisando as lajes do pátio. No meio da noite, o som perturbava o silêncio habitual de uma casa tranqüila onde só moravam um casal de velhos aristocratas e o egípcio.

Fiando-se no seu instinto, Thamos sabia que precisava fugir o mais rápido possível. Ele derramou um líquido vermelho na pedra em fusão, vestiu um casaco grosso e saiu por uma porta secreta no momento em que os policiais entravam.

Era a primeira operação de envergadura feita sob a égide de Joseph Anton. A imperatriz Maria Teresa lhe ordenara que prendesse os alquimistas, destruísse o material e queimasse as suas obras.

No caso, os policiais não tiveram trabalho, pois o forno explodiu na frente deles.

Ao se afastar num passo tranqüilo, Thamos compreendeu que fora denunciado por um dos Irmãos ou pela vizinhança. Doravante precisaria ser mais prudente e disfarçar mais as suas atividades secretas.

Viena, fim de março de 1768

Ministro na corte de Luís XV, depois embaixador da Rússia em Viena desde 1762, o príncipe Dimitri Galitzin pertencia a uma família de dezessete irmãos, dos quais era, sem contestação, o representante mais ilustre. Com quarenta e sete anos, ele havia perdido a mulher em 1761 e não se casara novamente.

Desempenhando um papel determinante nas relações diplomáticas entre a Áustria e a Rússia, Galitzin levava uma vida de fausto e abria à nobreza vienense as portas do seu palácio com onze cômodos principais, na Krugerstrasse. Era proprietário de quatorze carruagens, onze cavalos, tinha vários empregados, uma residência de verão com jardins ornamentados de grutas, fontes e falsas ruínas: o príncipe amava o luxo e a beleza.

— Ele já chegou? — perguntou o príncipe, impaciente, ao mordomo.

— Ainda não, Alteza.

— Está atrasado!

— Ainda não, Alteza.

— Está tudo pronto?

— Nos mínimos detalhes.

Finalmente o jovem prodígio chegou. Fazia muito tempo que o príncipe Dimitri Galitzin ouvira falar desse músico assombroso e queria ouvi-lo, na sua casa, a sós.

Bem-vestido, bem-educado, o pequeno Wolfgang o impressionou. Já não era uma criança, mas faltava muito para ser um homem, e o seu olhar era iluminado por uma luz de seriedade nada habitual.

Quando Wolfgang tocou uma sonata, apesar de muito inferior às de Joseph Haydn, o príncipe sentiu que um gênio incomparável movia aquele homenzinho.

Algum dia, se necessário, ele o ajudaria a se tornar uma das personalidades mais destacadas da sociedade vienense e a conquistar a capital artística da Europa.

Viena, abril de 1768

Leopold estava furioso. Novamente a representação de *A Falsa Ingênua* havia sido transferida. Affligio, o empresário, se comportava como um escroque, incapaz de conseguir um teatro. E José II estava na Hungria, na fronteira do Império Turco, cujo espírito belicoso ele temia. Seria preciso esperar que ele voltasse para mudar essa terrível situação: uma ópera pronta, uma encomenda oficial executada na data prevista e nenhuma trupe nem teatro!

Wolfgang não estava inativo. Usufruindo da ajuda e das relações do príncipe Galitzin, dava concertos nos salões da nobreza vienense, nos quais a sua fama se espalhava.

E continuava a ouvir muita música, que ele assimilava compondo e incorporando-a ao seu próprio estilo.

— Quando voltaremos para casa? — perguntou Anna Maria, que preferia a calma Salzburgo à agitada Viena.

— Assim que a ópera do nosso filho for apresentada. Um sucesso o consagraria como compositor e lhe abriria todas as portas.

Como sempre, Anna Maria concordou. O seu marido tinha toda a razão, pois cuidava sempre do interesse da família.

No entanto, Salzburgo o atormentava. Fazia seis meses que deixara o posto, e o príncipe-arcebispo não poderia lhe pagar indefinidamente, sem que ele fizesse alguma coisa na corte de Sigismund von Schrattenbach.

A carta oficial que havia recebido era o menor dos males. O patrão não o despedia nem o intimava a voltar imediatamente para Salzburgo. Entretanto, a partir de 31 de março, não lhe pagaria mais o salário.

Graças às apresentações de Wolfgang, os Mozarts cobriam as despesas da estada em Viena. E ainda restava o pequeno tesouro proveniente da turnê pela Europa. No entanto, de forma alguma Leopold poderia perder a confortável situação na corte do príncipe-arcebispo!

Dividido entre a necessidade de voltar para Salzburgo sem demora e a eventualidade de um sucesso de Wolfgang em Viena, Leopold hesitava.

21

Viena, julho de 1768

O barão Gottfried van Swieten, nascido na Holanda, tinha uma bela carreira diplomática que o levara a Bruxelas, Paris e Londres. Ele esperava por um posto em Berlim, bastante cobiçado.

Mas um outro ideal preenchia a sua vida: a franco-maçonaria. Numa Europa dilacerada por vários distúrbios e cujo futuro o preocupava, ele apreciava o clima de certas Lojas onde a palavra ainda era livre. Mentes esclarecidas insistiam na necessidade de reformas urgentes, sem se esquecerem de oferecer um conforto espiritual, além de dogmas e de crenças. Porém, elas formavam um pequeno grupo, cuja voz corria o risco de ser sufocada.

Por causa da hostilidade da imperatriz Maria Teresa à franco-maçonaria, Gottfried van Swieten não freqüentava nenhuma das raras Lojas vienenses, extremamente discretas. Ao contrário, tinha o cuidado de manifestar desprezo e desconfiança em relação a essa linha de pensamento, ligeiramente subversiva e completamente estéril.

Restaurar a iniciação em Viena prometia ser particularmente árduo e até mesmo impossível. Mas Van Swieten era paciente e obstinado.

De volta a Viena por algumas semanas, ele restabeleceu contato com amigos e relacionamentos. O primeiro visitante do dia era um desconhecido: o conde de Tebas. O visitante o impressionou, devido à sua distinção e ao seu olhar.

— Tenho um pedido a lhe fazer, senhor barão.

— Pode falar.

— O senhor conhece o jovem músico Wolfgang Mozart, que concluiu uma ópera solicitada pelo imperador. Devido à incompetência e ao mau uso do dinheiro por parte de um escroque chamado Affligio, tem sido impossível representar a obra. Poderia ajudar Mozart?

— Por que se interessa por esse menino?

— Porque ele é o Grande Mago.

Van Swieten permaneceu em silêncio por um longo tempo.

— Conde de Tebas... quem é você realmente?

— Um Irmão que veio do Egito para que renasça a iniciação que tanto o preocupa. Fique tranqüilo, o seu segredo está bem guardado e assim continuará. O Grande Mago precisa de ajuda.

Abalado, o barão Van Swieten deveria ter feito mil perguntas ao estranho visitante. Mas deixou-o partir sem nada lhe perguntar.

Alguns dias depois, o aristocrata convocou Wolfgang Mozart e o pai, além de alguns músicos e cantores à sua casa, para ouvir *A Falsa Ingênua*.

Nem o libreto nem a música o encantaram, mas ele percebeu aqui e ali alguns rasgos de talento que mereciam ser levados em consideração.

No fim da representação, Leopold quis ouvir a crítica do barão.

— Interessante, partindo de um menino dessa idade. No entanto, essa representação corre o risco de ser a primeira e a última.

— Mas... trata-se de uma encomenda do imperador!

— Eu me informei, senhor Mozart. Os músicos da corte não querem o sucesso de um menino que poderia ofuscá-los. Seria melhor voltar para Salzburgo.

Leopold insistiu:

— Quero falar com o imperador. Já que o senhor assistiu à ópera, poderia me conseguir uma entrevista?

— Vou tentar.

Viena, 20 de setembro de 1768

Durante o verão, Leopold havia se dedicado a escrever um relato em que narrava as desventuras das quais Wolfgang e a *A Falsa Ingênua* haviam sido vítimas. "Todo o inferno musical", escreveu ele, "se movimentou para que não se pudesse reconhecer o talento de uma criança."

Finalmente, na entrada do outono, José II aceitou recebê-lo.

— Essa é a verdade, Majestade! Meu filho trabalhou com determinação, respeitou o prazo combinado e fez uma obra digna de ser ouvida. Acontece que um empresário desonesto e colegas com ciúmes nos condenaram a um fracasso injusto.

José II continuou impassível. Ao se expressar de maneira tão categórica, Leopold não estaria provocando a fúria do soberano?

— Eu lhe dou razão em todos os pontos. Um processo vai pôr um fim às maquinações desse Affligio.

Um grande sorriso enfeitou o semblante ansioso de Leopold.

— Devo compreender, Majestade, que a ópera de Wolfgang será finalmente representada num palco vienense?

— Não, senhor Mozart. Infelizmente o momento certo já passou e, agora, tenho outras preocupações. Se o seu filho continuar a trabalhar, o destino lhe será favorável.

Ao sair do palácio, Leopold foi tomar cerveja numa taberna. Não só *A Falsa Ingênua* caía no esquecimento, como, ainda por cima, o monarca não havia encomendado uma nova obra, mesmo a título oficioso. E o filho chegara tão perto do sucesso...

Pensar numa nova série de concertos em Viena ou voltar para Salzburgo? A segunda opção vencia. Mais valia preservar um cargo fixo e corretamente remunerado do que ficar preso a um sonho.

Assim que abriu a porta do apartamento, Anna Maria correu ao seu encontro.

— Um médico... um médico quer ver Wolfgang o mais rápido possível! Ele está gravemente doente e você me escondeu esse fato, não é?

— Claro que não!

— No entanto, um médico...

— Qual o nome dele?

— Mesmer. O criado virá buscar Wolfgang amanhã de manhã e o levará para almoçar na casa do patrão.

Ainda sob o choque da decepcionante conversa com José II, a mente enevoada pela cerveja, Leopold se jogou numa poltrona.

Amanhã seria outro dia.

22

Viena, 21 de setembro de 1768

Nascido na Suábia em 1734, morando em Viena desde 1759, Franz-Anton Mesmer havia estudado medicina sob a orientação de Van Swieten pai. A sua tese versava sobre a influência dos astros nos corpos vivos, e ele havia obtido o diploma de médico em 1766. Casado com uma mulher muito rica, tenor, pianista e violoncelista, iniciado na Loja vienense da Verdade e União, Mesmer havia conversado longamente com o amigo Gottfried van Swieten.

Cedendo aos argumentos de Van Swieten, ele convidou o tal jovem Mozart, que o deixara profundamente intrigado, para almoçar.

A empatia foi imediata.

Em compensação, Leopold lhe pareceu rabugento e desconfiado. Mesmer tranqüilizou-o, oferecendo um excelente almoço no luxuriante jardim da sua propriedade.

— A música é uma arte superior — declarou Mesmer. — Como toda criação, ela se nutre do fogo universal de que toda vida depende.

— Mesmo a das plantas e a das pedras? — perguntou Mozart.

— Sem dúvida! E nós, os humanos, somos dotados de um sentido especial que nos põe em conexão com todo o universo. É preciso ter consciência disso e desenvolvê-lo.

— Compondo, por exemplo?

— Sim, porque um músico pode propagar boas energias! Como vê, meu filho, todo corpo é sensível à atração universal, à gravidade, a esse fluido que serve de veículo entre os seres. No nosso mundo, ele age por atração ou por repulsão e mantém o equilíbrio geral.

— Existem notas que se atraem e geram a harmonia — comentou Wolfgang.

— Respeitá-la e preservar a circulação da energia positiva contribui para a manutenção da nossa saúde — acrescentou o médico. — Por isso, eu estudo o magnetismo. Essa terapia provoca no doente um movimento dos fluidos, que acaba com os distúrbios.

— Qual o procedimento que usa?

— Ainda não desenvolvi uma técnica que possa ser usada num grande número de pessoas. Mas é fácil constatar a eficiência do magnetismo. Sente dor em algum lugar?

— Um pouco no cotovelo esquerdo. Dei uma pancada hoje de manhã.

Mesmer pôs a mão direita no local dolorido. Imediatamente Wolfgang sentiu um calor suave, e, em seguida, a sensação de dor desapareceu.

— É possível restabelecer a circulação dos fluidos num organismo enfraquecido — explicou Mesmer. — Essa ciência vem do Antigo Egito e desejo adaptá-la à nossa época.

— Nem meu filho nem eu estamos doentes — interveio Leopold, que não gostava dos conceitos do médico. — Por que queria ver Wolfgang?

— Para encomendar uma obra de curta duração — respondeu o magnetizador, sorrindo. — Ela será bem paga e representada aqui mesmo, neste jardim.

— Do que se trata? — perguntou Wolfgang, seduzido.

— De uma pequena história a ser musicada, um *Singspiel*, como se diz na Alemanha. Uma jovem, Bastienne, está apaixonada por Bastien e teme a sua infidelidade. Por isso, ela pede ajuda ao adivinho do povoado. "Faça de conta que não se interessa mais por ele", aconselha o homem. E, do seu lado, o adivinho revela a Bastien que Bastienne encontrou um novo amor! Temendo perder um ao outro, os dois jovens se reconciliam e vivem em perfeita felicidade.

O roteiro agradou Wolfgang. A moça tomava a iniciativa, e a história terminava bem! Assim que saiu da casa de Mesmer, ele começou a trabalhar.

Viena, outubro de 1768

Um belo fim de tarde, um jardim com as cores do outono, uma assembléia qualificada... Condições perfeitas para a representação do *Singspiel* de Wolfgang Mozart, *Bastien und Bastienne**!

O adolescente havia trabalhado rápido, com a seriedade de um profissional.

---

* K. 50.

— Está satisfeito, senhor conde? — perguntou Mesmer a Thamos, que se mantinha afastado dos admiradores.

— Obrigado pela sua acolhida, Irmão.

— Esse menino me surpreende — reconheceu o médico. — Em certos momentos poderia jurar que ele não é deste mundo. No meio de uma sociedade tão medíocre quanto a nossa, como ele encontrará o caminho?

— Criando.

Viena, dezembro de 1768

Uma primeira *opera seria*, *Apollo et Hyacinthus*; uma primeira *opera buffa*, *La Finta Semplice*; um primeiro *Singspiel*, *Bastien und Bastienne*; num ano e meio, o menino havia composto três obras cantadas em três estilos diferentes. Leopold não podia deixar de se admirar, mas, como bom pedagogo que era, não devia manifestar esse sentimento diante do aluno.

Foi com satisfação que o chefe de família recebeu a encomenda de um jesuíta. Destinada à inauguração da capela de um orfanato sob a alta proteção de José II, a missa* permitiria a Wolfgang melhorar a prática da música religiosa.

No dia 7 de dezembro, ela foi executada sob a regência do compositor de doze anos, no novo prédio, diante da corte. Graças à sua precisão como maestro, ele foi aplaudido e admirado. Leopold tivera razão em perseverar e continuar em Viena. Wolfgang não dava plena e inteira satisfação ao imperador, pela segunda vez? Ele provava

* Missa solene em *ut* menor, K. 139. *Ut* significa dó, em alemão. (N. T.)

que era um compositor sério em quem a Igreja — ou seja, a imperatriz Maria Teresa — poderia confiar.

Continuando nessa mesma linha, Wolfgang escreveu uma *missa brevis** para quarteto vocal, quarteto de cordas e órgão, e no dia 13 de dezembro terminou uma sinfonia** marcada pelo estilo de Joseph Haydn.

Só havia uma sombra naquele quadro, infelizmente invasiva: nenhuma proposta para um posto fixo! Mesmo que José II gostasse de Wolfgang, os músicos oficiais barravam o seu caminho, encabeçados por Gluck. Segundo Leopold, era um complô armado contra um compositor, com dons tão evidentes, que ofuscaria todos os outros!

Como é que ele, um vice-mestre-de-capela de Salzburgo, poderia vencer um clã tão poderoso? E, depois, o príncipe-arcebispo acabaria perdendo a paciência e despedindo o empregado. De medíocre, o balanço da estada vienense tornara-se catastrófico.

Já que Viena se fechava, teriam de voltar a Salzburgo.

No entanto, Leopold já tinha outro projeto em mente.

* K. 49.

** K. 48.

23

Viena, fevereiro de 1769

A proposta da imperatriz Maria Teresa deixara o barão Charles de Hund perplexo. Ela era o melhor apoio da Igreja e inimiga jurada da franco-maçonaria; ele, o fundador da Estrita Observância Templária. E, no entanto, a imperatriz lhe havia proposto uma alta função em Viena!

Uma armadilha... Só podia ser uma armadilha.

A imperatriz queria neutralizá-lo, encerrá-lo num cargo oficial que o impediria de continuar a aventura maçônica. Conselheiro de Estado da imperatriz e conselheiro pessoal do imperador? Títulos honoríficos, sim. Prisão dourada na corte, jamais!

Usando as formas mais respeitosas, De Hund recusou a oferta de Maria Teresa. O futuro da Estrita Observância continuaria a ocupar todo o seu tempo.

Viena, março de 1769

Ao lado de Tobias von Gebler, Thamos havia participado da fundação da Loja vienense A Esperança. Um grande mérito naqueles tempos difíceis em que os Irmãos se contentavam com cerimônias sucintas e evitavam fazer qualquer crítica ao poder vigente.

— A franco-maçonaria está adormecida — constatou Von Gebler. — E não é o barão de Hund, apesar das suas convicções e do seu engajamento, que lhe devolverá a amplitude necessária.

— A Estrita Observância Templária está em dificuldades?

— Ela progride, mas de maneira muito formal. Falta um fundamento e não acredito que a referência templária seja a mais justa. Brigas internas, concorrência com outros sistemas rituais... De Hund ainda não conquistou a Europa. Infelizmente, Viena não me parece ser o meio favorável para o desabrochar do Grande Mago. A não ser que você forneça à Esperança ou a outra Loja os rituais que as tornem iniciáticas...

Thamos não respondeu.

Ainda era muito cedo. Cedo demais.

Salzburgo, primavera de 1769

Com a idade de treze anos, Wolfgang escapava de vez em quando para jogar, brincar e conversar com o amigo Anton Stadler. A corte, a catedral, os salões da nobreza e da burguesia... O espaço em Salzburgo era reduzido. Missas, passeios, jogos de salão e concertos eram distrações que satisfaziam a grande maioria dos súditos do príncipe-arcebispo.

Porém, Leopold exigia trabalho e mais trabalho. Desde que voltara para a sua cidade natal, no dia 5 de janeiro, Wolfgang não havia parado de compor.

Austeridade dos velhos mestres alemães, estilo galante, formas sonatas do Sul e do Norte, contraponto, *opera seria,* ópera-bufa, técnicas de Schobert e de Johann Christian Bach... Wolfgang experimentava todas essas expressões e as usava à vontade. Como falava correntemente o italiano e corretamente o francês, ele lia muito, inclusive autores considerados sérios*.

Missas, minuetos para dançar, cassações formadas de uma série de pequenas peças tocadas em banquetes oficiais, em recepções de casamento e sessões solenes da universidade: as encomendas se sucediam. Ao escrever sua primeira serenata**, peça mais elegante e mais distinta do que uma cassação, Wolfgang sabia que ela só seria tocada uma vez, ao ar livre e no fim da noite, para a glória de quem a havia encomendado. Uma pessoa ilustre de Salzburgo queria a *sua* música, nunca ouvida antes e consumível como um prato saboroso. Em seguida, ela desapareceria. Executá-la uma segunda vez seria ofender profundamente o comprador e depreciar o compositor.

Esse trabalho intenso obrigava Wolfgang a compor depressa, dominando as múltiplas facetas do discurso musical. A conseqüência foi triste: o adolescente rasgou o mapa do *Rücken*, o reino imaginário, agora desaparecido.

A realidade de Salzburgo não permitia sonhar.

---

* O poeta alemão Christian Gellert, o escritor suíço Salomon Gessner e o francês Fénelon.

** K. 100.

O Grande Mago

Berlim, verão de 1769

A tensão entre a Áustria e a Prússia tornava-se perigosa. O que estava em jogo: uma eventual partilha da Polônia. Depois de acabar com vários mosteiros da Áustria, cujos bens seriam destinados a obras de caridade e a projetos educativos, José II decidiu se encontrar com Frederico II, que reinava na Prússia desde 1740.

Falando francês com os humanos e alemão com os cavalos, admirador dos Enciclopedistas e de Voltaire, franco-maçom, Frederico não hesitava em usar seu exército, exigindo dos soldados uma "disciplina mortal".

José II queria evitar um novo conflito, um golpe fatal na paz dificilmente conseguida após a Guerra dos Sete Anos. Conseqüentemente, precisava descartar a ameaça prussiana para poder se preocupar com o verdadeiro perigo, a expansão turca.

Enquanto as negociações se iniciavam, o sucessor ao trono da Prússia, Frederico Guilherme, se dedicava ao ocultismo. A franco-maçonaria mundana e superficial o entediava. Em compensação, o especialista que havia se instalado em Berlim o fascinava e ele lhe facilitaria a vida concedendo-lhe o posto de conservador na biblioteca.

Seu novo protegido, dom Antoine-Joseph Pernety, nascido em Roanne, no dia 13 de fevereiro de 1716, não era um homem comum. Ex-capelão do navegador Bougainville, defensor dos índios, Pernety largou a ordem beneditina para se dedicar à franco-maçonaria, à Cabala, ao hermetismo e à alquimia. Autor de *Fables égyptiennes* (Fábulas egípcias) e do *Dictionnaire mytho-hermétique* (Dicionário mito-hermético), no qual pretendia decifrar o ensino dos Antigos, Pernety teve de sair de Avignon devido às investigações policiais cada vez mais embaraçosas.

Já ali, na Alemanha, desenvolveria livremente o seu Rito Hermético, com a esperança de contatar espíritos que lhe revelassem a técnica de fabricação do ouro alquímico. Ele ensinaria os iniciados a interrogarem a Santa Palavra e a interpretarem as declarações enigmáticas graças à numerologia hebraica. Na sua Loja, A Virtude Perseguida, ele foi além da franco-maçonaria convencional, introduzindo dois graus superiores, o de Noviço e o de Iluminado.

Informado por Von Gebler, Thamos esperava que dom Pernety se mostrasse à altura de suas ambições.

No primeiro encontro, o ex-monge ficou na defensiva. O carisma do egípcio o incomodava, mas a origem e o conhecimento de Thamos sobre os mistérios orientais poderiam lhe ser úteis. Por isso, concordou em iniciá-lo no Rito Hermético começando com a celebração de uma missa. Em seguida, ele consagrou o novo adepto no alto de uma colina onde havia um "altar de poder", de relva, no centro de um círculo traçado no chão.

Thamos foi convidado a contemplar o nascer do sol nesse local durante nove dias e a queimar incenso no altar. Caberia a Deus reconhecer o novo iniciado, manifestando-se sob a forma de um anjo que doravante lhe serviria de guia e com quem poderia dialogar.

Quando Thamos desceu da colina pela nona vez, dom Pernety soube que ele havia passado na prova. Então, ele revelou ao egípcio a extensão dos seus projetos:

— Seguindo a via reta, o verdadeiro franco-maçom se tornará Cavaleiro da Chave de Ouro. Ele fará a viagem dos Argonautas e descobrirá o Velocino de Ouro. Elevado à categoria de Cavaleiro do Sol, lerá as legendas mitológicas com um olho de alquimista. E, quando a pedra filosofal brilhar, o iniciado renderá um culto à Santíssima Virgem.

Dom Pernety precisaria de meses, até mesmo de anos, para redigir todo o seu Rito Hermético, desde que Frederico II tolerasse a presença dele e que Frederico Guilherme continuasse a protegê-lo.

Esse duro trabalho forneceria resultados convincentes? A caminho de Salzburgo, Thamos esperava que sim.

24

Salzburgo, 5 de novembro de 1769

Ao entrar no gabinete do príncipe-arcebispo Sigismund von Schrattenbach, Leopold Mozart ainda pensava no disparate cometido pelo filho. No dia 15 de outubro, na igreja de São Pedro, havia sido cantada a sua missa solene em honra da ordenação e da primeira celebração do Reverendo Padre Cajetan Hagenauer. Uma encomenda bem banal... se um dos solos do *kyrie* não tivesse começado em ritmo de valsa! Wolfgang não via nada de errado nisso. Por que a música religiosa deveria ser aborrecida?

Por sorte, as autoridades não perceberam essa falta grave e, no dia 27 de outubro, Wolfgang havia sido nomeado "mestre-de-concerto da corte", um título honorífico sem remuneração.

O que não era suficiente para modificar o projeto com o qual Leopold sonhava há quase um ano.

— Problemas, senhor Mozart?

— Nenhum, Vossa Graça. No entanto...

— No entanto?

— Tenho um pedido a lhe fazer.

— A respeito do seu filho, suponho.

— Exatamente.

— Eu não dei a ele um título que deveria satisfazer plenamente um músico tão jovem?

— Wolfgang já é um técnico notável, mas ainda não possui os elementos essenciais para se tornar um grande compositor, e a fama dele enriqueceria a do nosso querido principado.

— Está solicitando autorização para viajar novamente?

— Estou, Vossa Graça.

— Qual seria o destino desta vez?

— A Itália. A tradição e os tesouros musicais desse país completariam a formação do meu filho.

Com um nó na garganta, Leopold aguardava a decisão do príncipe-arcebispo.

— Concordo, senhor Mozart. Mas durante a sua ausência nenhum salário lhe será pago.

Salzburgo, 11 de dezembro de 1769

— Quando vai voltar? — perguntou Anton Stadler a Wolfgang.

— Dentro de alguns meses. Só vai depender do sucesso dos concertos.

— Por um lado, eu lhe desejo um triunfo; por outro, gostaria de revê-lo o mais breve possível.

— Meu pai decidirá, como sempre.

— Às vezes, não tem vontade de se revoltar?

— Logo abaixo de Deus vem papai! Sem ele, eu não seria músico. E ir para a Itália é uma felicidade!

Os dois amigos se separaram, Wolfgang beijou a mãe e a irmã. Desta vez, elas ficariam em casa. Com dezoito anos, Nannerl não era mais uma criança-prodígio, não compunha e não tinha personalidade suficiente para se impor como solista. Em compensação, era uma boa professora de piano e ajudaria a mãe a manter a casa.

Wolfgang se deparou com uma carruagem equipada de pranchetas, tinteiro e papel de música. Não teria nenhuma chance de sonhar com o reino imaginário. Durante a viagem, o adolescente deveria escrever as partituras destinadas aos futuros concertos na Itália.

Assim que as rodas se puseram em movimento, ele começou a trabalhar. E quatro delicadas sinfonias nasceram ao longo da estrada.

Mântua, 16 de janeiro de 1770

Num concerto-maratona, Wolfgang havia tocado quatorze obras, muitas delas escritas por ele. Exausto, o adolescente só queria dormir, enquanto Leopold se alegrava com o sucesso e com a receita apurada.

— Bravo, meu filho, nossa campanha italiana começa da melhor maneira possível! Acredite em mim, isso é apenas o começo. Não gosto muito do nome de Amadeus que lhe deu a gazeta de Verona. É uma tradução de Gottlieb, "amado por Deus", mas prefiro o original. Amadeus não parece sério, é mais uma brincadeira italiana. Lembre-se de que o seu nome, Mozart, vem do alemão antigo *muotharti* e significa "corajoso", "voluntarioso".

Milão, 23 de janeiro de 1770

Governador-geral da Lombardia e sobrinho do antigo príncipe-arcebispo de Salzburgo, o conde Karl von Firmian recebeu os Mozarts calorosamente e hospedou-os confortavelmente no seu palácio.

— Milão é uma cidade rica, apaixonada por música. Você vai agradar, ainda mais porque o Carnaval está começando! Como presente de boas-vindas, eis os nove volumes que reúnem os libretos de ópera do grande Metastasio.

Embaraçado, Leopold se desmanchou em agradecimentos.

— Evidentemente — acrescentou o governador — vocês darão vários concertos aqui mesmo e também ouvirão uma bela música, sobretudo a de Piccinni e de Sammartini.

A alegria de Wolfgang seduziu os famosos colegas que controlaram a inveja e chegaram a murmurar alguns vagos elogios.

No dia 3 de fevereiro, alguns dias depois de festejar seu aniversário, o adolescente de quatorze anos compôs uma ária sobre as palavras latinas do Evangelho, destinada a um *castrato** da sua idade.

* Voz masculina de registro agudo, muito semelhante às vozes femininas. Os *castrati* eram treinados antes da puberdade e tinham os órgãos genitais mutilados para impedir o desenvolvimento hormonal e, conseqüentemente, as características vocais de um homem adulto. DOURADO, Henrique Autran, *Dicionário de Termos e Expressões da Música*, São Paulo, Ed. 34, 2004. (N. T.)

Com uma ironia devastadora, ele destacou a frase: "Busque as coisas do alto e não as de baixo."

Depois de um grande concerto no dia 23 de fevereiro, pai e filho admiraram as excentricidades do Carnaval de Milão. No último dia das festividades, 3 de março, vários carros desfilaram pelas ruas da cidade, onde circulavam muitos personagens mascarados.

Um deles se aproximou de Wolfgang.

— Está se divertindo muito?

— Um pouco barulhento, mas as cores são fantásticas e eu gosto deste fim do inverno.

— Está satisfeito com as suas últimas composições?

— Elas agradam aos italianos.

— Acho que não entendeu minha pergunta.

Wolfgang reconheceu aquela voz.

— Você é o habitante do *Rücken*, não é?

— Uma simples máscara...

— Meu reino da infância não existe mais, destruí o mapa.

— Eu sei, Wolfgang. É por isso que peço que reflita sobre a minha pergunta.

Milão, 12 de março de 1770

No concerto de despedida no palácio do conde Von Firmian foram interpretadas várias árias de Wolfgang*, sobre textos de Metastasio. Como outros técnicos, Leopold notou nítidos progressos. Seu filho começava a aprender a manipular a voz, esse instrumento excepcional.

* K. 77, 78, 79 e 88.

Assombrado com a atuação do jovem alemão, o conde puxou Leopold de lado.

— Magnífico, senhor Mozart, magnífico! Seu filho conquistou Milão. Deve prosseguir a sua viagem, eu compreendo e o encorajo. Mas terá de voltar, e vou lhe dar uma boa razão: uma ópera.

— Quer dizer... uma encomenda?

— Diante dos dons de Wolfgang, é um gênero que deverá ser conveniente para ele. Os italianos são loucos por ópera! A idéia o seduz?

— Claro, claro! Qual seria o tema?

— A história de um rei, Mitridate, escrita pelo libretista profissional Cignasanti, baseada na peça um tanto quanto enfadonha de Racine, um dramaturgo francês. Estou convencido de que Wolfgang saberá aproveitar o melhor dessa história sombria.

— É... urgente?

— Não se preocupe! Conheçam Bolonha, Roma e Nápoles, admirem as maravilhas da Itália e depois voltem. Terão o libreto no momento oportuno.

À beira da embriaguez, Leopold agradeceu ao Todo-Poderoso. A viagem prometia ser o maior sucesso.

25

Lodi, 15 de março de 1770

Nessa parada a caminho de Parma e de Bolonha, Wolfgang se lembrou da pergunta do homem mascarado.

Então, ele compreendeu.

Depois do jantar, fechou-se no quarto e lançou no papel notas estranhas.

Quando Leopold foi acordar o filho pela manhã, examinou a partitura.

— Do que se trata, Wolfgang?

O adolescente esfregou os olhos.

— De um quarteto de cordas*.

* K. 80.

— Um gênero estranho, sem grande interesse... De qualquer forma, não é aconselhável para um concerto!

— Não pensava num concerto.

— Então... no que pensava?

— Em compor para mim mesmo, sem nenhuma obrigação, só para fazer música. Esse primeiro quarteto não passa de um divertimento, sei que sou capaz de fazer ainda melhor!

— Vista-se, vamos partir em uma hora.

Leopold atribuiu a um capricho do adolescente essa má conduta, provavelmente sem futuro. Um músico profissional não devia satisfazer as exigências do seu auditório?

Bolonha, 26 de março de 1770

Por ocasião do grande concerto organizado na casa do conde Pallavicini ocorreu um fato raríssimo que atraiu a atenção da assistência tanto quanto a atuação do jovem alemão.

Um musicólogo de reputação internacional, o padre Martini, saiu do convento para ouvir o prodígio vindo de outro país! Que os bolonheses se lembrassem, poucas vezes o austero erudito havia comparecido a um concerto. Mozart devia tê-lo deixado muito intrigado para arrancá-lo de suas pesquisas!

Com sessenta e cinco anos, o monge franciscano nunca saíra de Bolonha, sua cidade natal, recusando até mesmo um posto de mestre-de-capela em São Pedro de Roma e se contentando com as funções no convento de San Francesco. Os músicos de toda a Europa vinham consultá-lo porque, ao trabalhar na monumental *História da Música*, cujos dois primeiros volumes haviam sido recentemente publicados, ele adquirira um saber inigualável. A biblioteca do padre Martini não possuía partituras únicas, algumas delas datando do século XVI?

Quando o monge se aproximou de Wolfgang, Leopold temeu que ele recebesse críticas e repreensões.

O religioso não manifestou nenhuma animosidade e convidou o adolescente para visitá-lo.

Wolfgang não perdeu a oportunidade. Nas duas conversas com o ilustre sábio, aprendeu a aperfeiçoar a arte do contraponto e dos recitativos de ópera. Escreveu uma fuga em tempo recorde, que o professor teria levado um dia inteiro para compor.

Wolfgang lamentou deixar aquele lugar tranqüilo voltado para a pesquisa e prometeu ao padre Martini que voltaria.

Roma, 11 de abril de 1770

Depois de passarem por Florença, os Mozarts chegaram a Roma ao meio-dia e foram direto para a basílica de São Pedro, não em razão de um arroubo de religiosidade, mas para admirar o famoso monumento.

Foi lá que o adolescente ouviu o *Miserere* de Allegri, cuja partitura não podia sair da capela Sistina. Apesar da complexidade da obra, Wolfgang memorizou todas as notas, desvendando, assim, um dos segredos da Cidade Eterna.

— Todo esse cerimonial é realmente indispensável para se conhecer Deus? — perguntou Wolfgang, observando o balé dos dignitários da Igreja.

— Roma é um teatro — respondeu Leopold. — Essa devoção ostentatória não é garantia de uma crença boa e sensata.

Wolfgang também se sujeitou à experiência preferida dos turistas e em seguida escreveu à irmã:

Tive a honra de beijar os pés do Santo Padre, na igreja de São Pedro, mas, como tenho o azar de ser muito baixo, precisaram me levantar até ele, a mim, o velho farsante Wolfgang Mozart!

O músico, que habitualmente chamava a si mesmo de "amigo da Liga do Número" a tal ponto que gostava dos jogos matemáticos, pediu a Nannerl que lhe enviasse as regras de aritmética, que ele havia perdido, com muitos exemplos.

Assim que a carta partiu para Salzburgo, Wolfgang e o pai cruzaram com um cavalheiro, cuja aparência intrigou Leopold.

Thamos cumprimentou-os.

— Acho que perdeu este documento.

Wolfgang examinou o documento: as regras de aritmética! E elas estavam acompanhadas de uma outra folha que trazia a Divina Proporção e o Número de Ouro, com alguns exemplos de uso no ritmo musical.

— Não foi você quem nos salvou em Paris? — admirou-se Leopold.

— Roma me parece mais segura. Mesmo assim, desconfie dos ladrões e que Deus os proteja.

Leopold não ousou segurar o aristocrata por mais tempo. E o seu filho não revelou que conhecia esse enviado do outro mundo há muito tempo.

Naquele mês de abril, Wolfgang não ficou só perambulando pelas ruas de Roma: também compôs um *kyrie* para cinco sopranos, contradanças destinadas a Salzburgo, duas árias para soprano e uma sinfonia em ré maior*.

Apesar das riquezas da grande cidade, Leopold queria prosseguir viagem e conhecer o sul da Itália.

Viena, 19 de abril de 1770

Filha caçula de Francisco I de Lorena e de Maria Teresa, a arquiduquesa Maria Antonieta, nascida em Viena em 1755, tinha charme e inteligência. Em razão das decisões tomadas por sua mãe e José II, sua vida, até então confortável, tomava uma direção implacável.

Naquele dia decisivo foi celebrado, por procuração, o casamento de Maria Antonieta com o Delfim, que estava em Versalhes. Pondo um fim às guerras incessantes entre os Habsburgos e os Bourbons, a união consolidaria a paz na Europa.

As alegres perspectivas não tranqüilizaram José II. Despreocupada, a jovem não tinha consciência das dificuldades do seu papel. Teria de deixar o casulo vienense e conquistar um país que não gostava de estrangeiros e menos ainda dos austríacos, uma França dominada por intelectuais perigosos que questionavam as bases seculares do poder, da religião e da sociedade.

Maria Antonieta sonhava com uma vida fácil e luxuosa, à frente de uma corte brilhante. Ela não iria passar a maior parte do seu tempo se divertindo e usufruindo de mil e um prazeres? A jovem não previa as baixezas, as invejas e os ódios.

Quando se viu sozinha, tão longe de Viena, não havia ninguém para socorrê-la.

---

* K. 89, 123, 82, 83, 81.

26

Estrada de Nápoles, 12 de maio de 1770

Um sol ardente tornava o trajeto muito penoso. Na carruagem, Leopold e Wolfgang Mozart sufocavam.

De repente, o veículo parou.

Uma conversa acalorada, alguns berros, um grito de dor.

Armados de facas, três homens barbudos abriram a porta do veículo.

— Desçam — ordenou o chefe dos assaltantes. — Se entregarem tudo o que têm, talvez sejam poupados.

Um tiro.

Um dos agressores caiu, o ombro ensangüentado. Um segundo tiro assobiou na orelha do chefe.

— Vamos dar o fora! — ordenou ele.

O trio desapareceu num campo de trigo.

— Não se mexa, Wolfgang. Vou ver o que aconteceu.

Leopold desceu e observou os arredores.

Ninguém. Quem os salvara? Por sorte, o cocheiro estava apenas desmaiado. Ele voltou a si e achou que podia conduzir a berlinda até a próxima estalagem.

Escondido atrás de uma velha acácia, Thamos viu o veículo se afastar, recarregou a pistola, acariciou o cavalo e continuou a seguir os seus protegidos.

Nápoles, 15 de maio de 1770

Suja, barulhenta, perigosa, a cidade não agradou aos Mozarts. E a corte, agitada e medíocre, não melhorou em nada o cenário. Entretanto, era preciso seduzir um público novo, e Wolfgang se vestiu com um traje de palco de chamalote rosa, cintilante, enfeitado de renda prateada e lapela azul-céu.

Depois de uma primeira passagem em que a virtuosidade assombrou os mais céticos, um ouvinte interveio:

— Esse menino é um mágico! Eu conheço o responsável pelo seu poder: o Maligno! Seu anel... o feitiço está no anel! Que ele tire o anel e veremos se vai continuar a devorar o teclado!

O adolescente tirou a jóia e atacou a segunda passagem, mais difícil do que a anterior.

Envergonhado, seu acusador foi o primeiro a aplaudir, gritando: "Amadeo, Amadeo!" Não era o diabo que movimentava os dedos do menino, e sim Deus.

Versalhes, 16 de maio de 1770

A corte celebrou o casamento do Delfim com a austríaca Maria Antonieta, que se tornou Delfina oficialmente. Essa união ratificava uma paz com que muitos sonhavam sem acreditar nela.

Mil boatos circulavam. Segundo alguns, a estrangeira era tola, mimada e insuportável; segundo outros, calculista, autoritária e impiedosa. Insípida e banal, diziam seus adversários; fascinante e bonita, afirmavam os admiradores. Aceitaria viver em Versalhes ou ia preferir Viena?

Esquecendo a personalidade controvertida da futura rainha da França, milhares de foliões assistiram a uma gigantesca queima de fogos. Infelizmente, a multidão, embriagada e delirante, pisoteou cento e trinta e dois infelizes, que morreram esmagados.

Para a austríaca foi profetizado um reinado sinistro, já culpado de uma catástrofe.

Pompéia, 13 de junho de 1770

O guarda das ruínas ficou admirado.

— Quer fazer uma visita?

— Se for possível — respondeu Leopold.

— É meio perigoso... E seu filho me parece muito novo para se interessar por antiguidades.

— Está enganado — retorquiu Wolfgang, ofendido. — Por favor, conduza-nos.

— Como queira! Não é nada divertido, estou avisando, e é difícil avançar por causa dos buracos. Muitos desistem.

— Vamos — teimou Wolfgang.

À luz das tochas, os Mozarts exploraram as grutas da Sibila de Cumas. Cansado, Leopold quis parar.

— Eu vou continuar — decidiu o filho.

— Seja prudente, vou esperá-lo aqui.

A profundidade do subterrâneo surpreendeu o adolescente, que sentiu uma atmosfera sagrada, impregnada pelo além. Sem dúvida, o corredor deveria levar até o invisível, até a origem de todas as coisas!

Sentado diante de um baixo-relevo que representava a iniciação de uma mulher nos mistérios de Ísis estava Thamos, o egípcio.

Wolfgang experimentou uma intensa sensação de bem-estar, como se tivesse chegado ao seu reino imaginário.

— Estudou os documentos que lhe dei? — perguntou Thamos.

— Até os usei! Graças à Divina Proporção, as notas se harmonizaram melhor e as frases se uniram sem se contrapor.

— Que essa proporção possa viver no seu coração e na sua mão. Senão será apenas uma técnica inerte. Ao respirar o ar da Itália, ao se nutrir com o sol, você vai passar por uma nova etapa. Mas o objetivo ainda está longe de ser atingido.

— Qual é ele?

— Olhe esta cena. Depois de um longo período de provas, esta mulher deixa o mundo profano para explorar o dos Grandes Mistérios. Você avança por este caminho, mas terá coragem suficiente para explorar o desconhecido sem vender a própria alma?

— Terei!

— Que os deuses o ouçam, Wolfgang.

— Quem é você que me protege?

— Até logo.

Thamos desapareceu numa galeria, na qual o guia se recusou a entrar, apesar de Wolfgang desejá-lo.

— É muito arriscado — decretou ele. — E o seu pai deve estar impaciente.

Roma, 5 de julho de 1770

Os Mozarts saíram felizes da corte de Nápoles e voltaram para Roma. Uma sinfonia, um *Miserere* para três vozes, cânones, minuetos, uma missa breve*... Leopold não ficou descontente com o balanço do verão. Quaisquer que fossem as circunstâncias, seu filho continuava a compor.

Naquele dia ensolarado, vestidos com suas roupas mais bonitas, pai e filho honravam o convite do cardeal Pallavicini para almoçar no palácio do Quirinal. À excelência dos pratos foram acrescentadas duas surpresas, que o prelado destilou solenemente:

— Primeiro, eu lhe entrego um decreto de Sua Santidade o Papa, nomeando Wolfgang Mozart Cavaleiro da Espora de Ouro.

Leopold achou que não tinha entendido bem.

— Vossa Eminência...

— Trata-se de uma alta distinção, que coroa um jovem talento de quem Sua Santidade ouviu falar muito bem. A Igreja espera que seu filho componha grandes obras religiosas à sua glória.

— Cuidarei disso, Eminência.

— Em seguida — prosseguiu o cardeal — vocês serão recebidos no dia 8 de julho, em audiência particular, por Sua Santidade Clemente XIV, no palácio de Santa Maria Maggiore.

* K. 84, 85, 89a, 94, 122, 115.

Bolonha, 20 de julho de 1770

Bem formal, a audiência havia aborrecido Wolfgang. Como esses religiosos eram imbuídos da própria importância! Representar Deus e serem donos da verdade absoluta não lhes davam nenhum senso de humor. Viver ao lado deles, naqueles palácios sufocantes, devia tornar estéril o mais fecundo dos compositores.

Em compensação, no caminho de Roma para Bolonha, o adolescente se divertiu lendo *As Mil e Uma Noites,* em italiano, um livro cheio de peripécias. Sem dúvida alguma, um presente do seu misterioso protetor! Magia e fantasia alimentavam a sua imaginação, e ele descobriu uma série de personagens dignos de figurar numa ópera.

Assim que chegou à casa de campo do conde Pallavicini, Wolfgang, curioso, recebeu o libreto de *Mitridate, Rei de Ponto,* que estava ansioso para musicar. O início desse árduo trabalho não o impediu de andar num burro, na companhia de uma das moças da família da mesma idade que ele.

Tratado como um rei, finalmente Leopold teve o tempo de que precisava para cuidar de uma horrível ferida na perna. E Wolfgang continuou o sonho italiano.

27

Praga, agosto de 1770

O renascimento de uma Loja de Praga*, decidida a questionar o sentido dos símbolos, devolvia um pouco de esperança a Ignaz von Born.

Nascido em 1742, na Transilvânia, ele havia sido educado pelos jesuítas, antes de estudar filosofia, direito, ciências naturais e mineralogia na Universidade de Praga. Desde muito cedo, Von Born se interessou pela alquimia, e as pesquisas o levaram para a franco-maçonaria, onde esperava descobrir as chaves do conhecimento.

Von Born sofreu uma relativa decepção, devido à mediocridade da maioria dos Irmãos e da deficiência dos rituais. Contudo, seus pressentimentos foram confirmados: com pobres indumentárias,

* Loja dos Três Pilares Coroados.

a franco-maçonaria era a forma contemporânea da iniciação aos mistérios nascidos no Antigo Egito. Portanto, era preciso voltar às origens.

Com uma incansável perseverança, Ignaz von Born seguiu a pista que levava ao tesouro esquecido.

Grande leitor dos antigos iniciados, como Plutarco e Apuleu*, dos tratados de alquimia e dos textos herméticos vindos do Egito e conhecidos no Ocidente desde o século XI, ele se debruçou sobre os textos de *Hieroglífica*, de Horapolon, traduzidos para o alemão no século XVI. O autor, cujo nome era composto de Hórus e Apolo, dois deuses do sol, transmitia uma pequena parte da ciência sagrada e revelava que os hieróglifos veiculavam um conhecimento esotérico de grande importância. Osíris aparecia como a alma do Universo e fonte da sabedoria. Várias outras obras publicadas ao longo do século XVII também forneceram a Von Born preciosas informações**.

Uma nova contribuição surgiu em 1731: a publicação do romance do abade Jean Terrasson***, *Sethos,* "obra na qual encontramos a descrição das iniciações aos mistérios egípcios".

Mas tudo isso não era suficiente. Convencido de que a transmissão oral nunca havia sido interrompida, Von Born se perguntava se

---

* O tratado *Sobre Ísis e Osíris,* do grego Plutarco (46-120), e o romance *O Asno de Ouro,* do latino Apuleu (125-180), contêm informações essenciais sobre as iniciações egípcias.

** Por exemplo, a primeira compilação de inscrições hieroglíficas reunidas por Horwart von Hohenburg, em 1606; a revelação do conteúdo alquímico dos hieróglifos por Michael Maier, em 1622, os quatro volumes de *Oedipus aegyptiacus,* de Athanasius Kircher, publicados de 1652 a 1654.

*** Traduzido para o alemão em 1732. Professor de filosofia grega e latina no Collège de France, o abade misturava a erudição e o romanesco.

algum dia teria a sorte de encontrar um dos seus depositários. Eles não eram designados pelo nome de Superiores Desconhecidos?

Von Born tinha três certezas: a primeira, a de que sem a iniciação o mundo corria para o caos; a segunda, de que ela vinha do Antigo Egito e permitia ter acesso ao conhecimento; e, finalmente, de que a franco-maçonaria poderia servir de cadinho, de ligação com o passado e de via de transmissão para o presente e o futuro.

De saúde frágil, em conseqüência de uma grave intoxicação adquirida numa mina de Chomnitz, onde exercia a função de consultor técnico, Ignaz von Born também sofria de uma dor ciática crônica. Apesar do problema, impunha a si mesmo um ritmo de trabalho intenso. Detestando a vida mundana, sem nenhuma aptidão carreirista, o cientista vivia pobremente e administrava o tempo entre o trabalho de mineralogista e a associação maçônica.

A maior parte das Lojas estava adormecida. A que acabara de acordar em Praga, cidade de alquimistas, seria um centro de pesquisas que receberia os Irmãos desejosos de suplantar esse torpor e de caminhar na direção dos mistérios de Ísis e Osíris. Juntos, analisariam os símbolos e os ritos a fim de discernir o seu sentido profundo.

A reconstrução do templo começava.

28

Bolonha, 10 de outubro de 1770

Os membros da austera Academia Filarmônica estavam reunidos em sessão solene para examinar uma candidatura. O rigor do julgamento assustava os músicos mais experientes, e muitos deles preferiam desistir a sofrer uma humilhante recusa.

Por isso, os acadêmicos se surpreenderam ao ver o padre Martini chegar acompanhado de um adolescente de quatorze anos que lhes foi apresentado como um futuro colega. Alguns ficaram surpresos, outros riram disfarçadamente.

Wolfgang Mozart ficou sozinho numa pequena sala e recebeu um trecho de canto gregoriano que deveria transcrever para quatro vozes.

Ele teria três horas.

Trinta minutos depois, o candidato saiu da sala e, para surpresa geral, apresentou o trabalho para a douta assembléia.

Após examinado, o voto foi unânime: menção "suficiente"*. Wolfgang tornava-se membro da Academia Filarmônica, e o padre Martini lhe entregou uma espécie de diploma: "Achei Mozart muito versado em todas as qualidades da arte musical. Além disso, ele me forneceu a prova, especialmente no cravo, quando lhe dei vários temas, que desenvolveu em seguida, de forma magistral e de acordo com as regras."

Milão, 20 de outubro de 1770

De tanto escrever os recitativos da sua ópera, os dedos de Wolfgang estavam doloridos. E ainda restavam todas as árias para compor!

Desta vez, parecia que o projeto ia além da sua capacidade. Em certos momentos, o cansaço quase o fazia desistir. Mas, ao pensar na oportunidade que o destino lhe oferecia, o adolescente voltava ao trabalho esquecendo as distrações e o repouso.

Como Leopold revelou à esposa: "Wolfgang agora trabalha em coisas sérias, que o tornam muito aplicado."

No início do mês de novembro, o filho se revoltou:

— Produzir árias dos cantores que me são impostos ainda passa! Mas não poder mexer em nada do libreto eu não suporto. E esta história não me agrada!

* Segundo C. de Nys, o padre Martini havia corrigido o trabalho de Mozart, que ele achou original demais.

— Acalme-se — recomendou Leopold. — É a lei do gênero: o libretista de um lado, o compositor do outro.

— Uma lei malfeita deve ser mudada!

— Costume é costume, Wolfgang. Adapte-se ao tema.

— Um pai e um filho apaixonados pela mesma mulher, o rei que morre num ataque dos romanos e perdoa o filho apaixonado por outra mulher, e o monarca moribundo que concede a mão da mulher amada a outro filho... É difícil entender e se interessar por um tal *imbroglio*! Seria preciso lapidar, cortar, dar consistência aos personagens principais, distribuir melhor as intervenções e...

— Tarde demais, o prazo é curto. E você precisa aprender a se dobrar às exigências da profissão.

Milão, 26 de dezembro de 1770

Ao fim da primeira apresentação de *Mitridate, Rei de Ponto**, um espectador gritou: *Viva el maestrino!* E os aplausos espocaram. Entronizado como *signore cavaliere filarmonico,* Wolfgang passou um inverno feliz: vinte representações da sua ópera, um concerto na casa do conde Von Firmian e alguns dias de descanso em Turim. Wolfgang escreveu uma sinfonia despretensiosa, a primeira de uma série de seis**, terminando com uma exclamação: "Acabei, graças a Deus!"

No fim desse período desgastante, Wolfgang pensou novamente na pergunta que lhe fizera o misterioso amigo. Estaria realmente pronto para escrever, desligado de todas as influências externas?

---

* K. 87.

** K. 74.

A dificuldade parecia uma montanha com um pico inalcançável. Mas ele não ia desistir de escalá-la.

Berlim, 27 de dezembro de 1770

Thamos não assistiu à primeira representação de *Mitridate*, porque uma carta de Von Gebler pedia que fosse a Berlim onde ocorriam alguns fatos na maçonaria. O egípcio deveria julgar que importância tinham e detectar os eventuais aspectos positivos para o futuro do Grande Mago.

Thamos foi recebido pelo barão Gottfried van Swieten, nomeado embaixador na corte de Frederico, o Grande. O posto de alto nível lhe permitia procurar as partituras de um músico esquecido, Johann Sebastian Bach, e de participar, com a máxima discrição, da vida maçônica.

— O que veio fazer em Berlim, conde de Tebas?

— Saber o que realmente está ocorrendo aqui.

— No momento, está nascendo a Grande Loja maçônica da Alemanha.

— Na sua opinião, ela vai facilitar o desabrochar do pensamento iniciático?

— Não acredito nisso. Pensa em intervir de alguma maneira?

— Ainda não.

Viena, 31 de dezembro de 1770

O tempo gelado não incomodava Joseph Anton. Indiferente à tempestade de neve, classificava suas fichas quando Geytrand se apresentou para fazer um relatório. Ele também gostava do inverno e execrava o calor e o verão. Grande comilão, nunca se resfriava e sentia um imenso prazer em perseguir os franco-maçons.

— Uma boa e uma má notícia, senhor conde.

— Comece pela boa.

— Nasceu a Grande Loja maçônica da Alemanha. Essa rígida estrutura vai facilitar a identificação e o controle dos franco-maçons. O imperador gosta de ordem e quer uma organização administrativa bem estruturada que possa controlar facilmente. Evidentemente, ele eliminou dos cargos de direção as pessoas suspeitas ou pouco estimadas pelas autoridades, como o barão de Hund e os partidários declarados da Estrita Observância Templária. O grande vencedor se chama Zinnendorf, nomeado Deputado Grão-Mestre. Ele vai implantar o Rito Sueco, já praticado por várias Lojas alemãs.

— O imperador admira esse Rito?

— Não lhe desagrada. Seu sucessor designado, Frederico Guilherme II, é fascinado pela Rosa-Cruz de Ouro. Ele se cerca de um clã formado de Irmãos que pertencem a essa Ordem e fortalece o luteranismo com o objetivo de combater o racionalismo e o cientificismo que invadem a Europa. As lutas de influência serão implacáveis. Felizmente, Frederico, o Grande, controla bem o leme e não permitirá que ninguém se desvie por caminhos transversais. A disciplina prussiana não é uma palavra vã... Se for preciso eliminar estorvos e parasitas, o imperador não hesitará.

— E a má notícia?

— Ontem foi aberta em Viena mais uma Loja*.

— De que Rito?

* Loja As Três Águias.

— Estrita Observância Templária.

— Parece perigosa?

— Temos fichas de todos os seus fundadores. Bons cristãos, pertencem à pequena nobreza e à burguesia abastada. Devem respeitar a lei e as autoridades. Além do mais, como muitas outras, essa Loja provavelmente não viverá por muito tempo.

— Mesmo assim, temos de ficar atentos. A restauração da Ordem do Templo está sendo feita e não quero ver essa loucura se espalhar pela Áustria. Prepare uma ficha de cada novo Irmão e continue a ampliar a rede de informantes.

29

Milão, 31 de janeiro de 1771

As festas de fim de ano deram aos Mozarts agradáveis momentos de repouso. É claro que sofreram por estar longe de Anna Maria e de Nannerl, mas o afeto dos anfitriões milaneses preenchia, em parte, essa ausência.

Leopold não se decidia a voltar para Salzburgo e tinha toda a razão. O pequeno sucesso de *Mitridate* havia chamado a atenção dos melômanos e provado à Itália que não faltava talento ao jovem de Salzburgo. Logicamente, não iriam parar por aí.

As previsões estavam certas: Milão encomendou a Wolfgang uma nova ópera para a abertura da temporada de 1772-1773.

Eufóricos, pai e filho podiam deixar a Itália com a certeza de que voltariam em breve e seduziriam um enorme público.

Veneza, 20 de fevereiro de 1771

Quando chegaram à cidade dos Doges no dia 10 de fevereiro, terça-feira de Carnaval, os Mozarts decretaram que reservariam vários dias para festas, recepções e concertos... como ouvintes! Eles tiveram de se sujeitar às gôndolas para locomoção. Nas primeiras noites, ao deitar, Wolfgang tinha a sensação de que a cama balançava.

Numa ocasião em que passeava de gôndola sozinho, o adolescente cantarolou uma ária da sua futura ópera.

— Alegre e vibrante — observou o gondoleiro, cuja voz Wolfgang reconheceu imediatamente.

— Está... está hospedado em Veneza?

— Como você — disse Thamos —, eu viajo muito.

— Não me esqueci da sua pergunta, mas raramente tenho tempo para mim! Estou sobrecarregado de pedidos, e meu pai não me concede um momento de descanso. Veneza é uma exceção.

— Não pedi uma resposta rápida. Não se deixe iludir pelo sucesso nem pelo fracasso e não dê nenhum valor às ostentações deste mundo. Tentar seduzir o mundo não o levará a lugar algum, porque você não será criado por ele. E você ainda não viu a luz, Wolfgang.

— Mas eu... eu nasci em Salzburgo!

— Um nascimento físico. Depois, você nasceu para a música e, em seguida, para a composição. A morte da infância e, em breve, da adolescência farão você renascer na condição de um homem. E todas essas etapas provavelmente o levarão ao nascimento espiritual.

— O que quer dizer com isso?

— Chegamos. Seu pai o aguarda no cais.

Pádua, 12 de março de 1771

Depois de um grande concerto em Veneza no dia 5 de março, os Mozarts pegaram o caminho de volta para Salzburgo. A nobreza da cidade dos Doges havia se apaixonado por Wolfgang, mas detestara o pai, considerado um eterno insatisfeito. Irritado, Leopold nunca mais voltaria a essa cidade úmida e pretensiosa.

Na estada em Pádua, Wolfgang deu uma série de pequenos concertos e recebeu a encomenda de um oratório para a Quaresma. No dia 17 de março, dia seguinte de uma parada em Verona, Leopold recebeu excelentes notícias: ratificada por um contrato, Milão confirmava a encomenda de uma nova ópera, e a corte de Viena desejava uma obra para o casamento do arquiduque Ferdinando da Áustria com uma princesa italiana.

Tudo ia o melhor possível, no melhor dos mundos.

Salzburgo, 28 de março de 1771

Anna Maria pulou no pescoço do marido, ausente há quinze meses, e beijou Wolfgang ternamente. Transformada já numa mulherzinha, Nannerl se mostrou mais reservada. No fundo, não sentira muito a falta do irmão.

Wolfgang não ficou particularmente alegre em voltar para casa, e o seu quarto de adolescente lhe pareceu um pouco pequeno depois de várias estadas em suntuosos palácios.

Na mesma tarde ele foi rever o amigo Anton Stadler e lhe narrou em detalhes a sua viagem à Itália.

— Então, você é um Cavaleiro da Espora de Ouro... não é pouco!

— Acho que é — concluiu Wolfgang.

— Uma condecoração tão importante na sua idade! Todo o principado vai se prostrar aos seus pés.

— Temo que não.

— Que tal o papa, gostou dele?

— Muito formal. Poderia jurar que os grandes prelados engolem todos os dias uma dose excessiva de vaidade.

— Evite esse tipo de crítica em Salzburgo! Poderia ter sérios aborrecimentos.

— Fique tranqüilo, você é o meu único confidente.

Sabendo que não demoraria a rever a Itália, Wolfgang aproveitou esse interlúdio em Salzburgo para compor música de igreja apreciada pelo príncipe-arcebispo e, também, sinfonias alegres destinadas aos seus futuros concertos na península.

Praga, abril de 1771

Logo depois de encerrar os trabalhos da Loja, Ignaz von Born convidou o Irmão visitante, o conde de Tebas, para conhecer a sua biblioteca.

De rosto comprido, testa grande, olhos pretos e brilhantes, um ligeiro sorriso nos lábios, o mineralogista de vinte e nove anos não se parecia com os outros franco-maçons que Thamos havia conhecido. Desta vez, ele percebia uma profundidade autêntica, um fogo interior de rara intensidade e uma vontade ardente de viver os grandes mistérios.

— Você veio realmente do Egito?

— Do mosteiro do abade Hermes, o mestre que me ensinou tudo.

Thamos leu os títulos dos volumes reunidos pelo anfitrião.

— A nossa biblioteca tinha esse tipo de saber e muitos outros mais. O abade Hermes recebeu manuscritos de seus antecessores que revelavam a sabedoria dos iniciados do Antigo Egito.

Von Born enfiou as unhas na palma das mãos para ter certeza de que não estava sonhando. Jamais havia esperado ouvir uma afirmação tão nítida, coroação de longos anos de pesquisa.

— Aceitaria transmitir esses conhecimentos secretos?

— Essa é a minha missão. Segundo o abade Hermes, a tradição iniciática reviverá aqui, na Europa.

— O canal seria a franco-maçonaria?

— Um dos canais — retificou Thamos —, desde que algumas Lojas escolham o caminho da iniciação. A exemplo dos nossos pais, será preciso formular, transmitir e revelar sem trair. Além disso, há o Grande Mago. Ele saberá criar uma nova forma de expressão, capaz de gerar um ncvo horizonte.

— Esse indivíduo existe?

— Ele tem quinze anos e se chama Wolfgang Mozart. Apesar da carreira de criança-prodígio admirada em Viena, Paris e Londres, que poderia tê-lo destruído, ele constrói aos poucos a sua verdadeira natureza. Antes que ele se conscientize plenamente e faça da Luz o material mais importante de sua obra, a estrada será longa. Sem ele, só conseguiremos resultados medíocres. Por isso, você e eu nos consagraremos ao desabrochar de Mozart, que deverá brilhar muito além da sua vida e da sua época.

A seriedade do tom de voz e a amplidão da profecia impressionaram Ignaz von Born.

— Como posso ajudá-lo?

— Amplie sua Loja de pesquisas em Praga com a ajuda dos elementos do *Livro de Toth* que lhe vou entregar. Aprofunde os rituais, desperte as percepções dos seus Irmãos e oriente-os para o conhecimento. Mais cedo ou mais tarde, você terá de ir a Viena e precisará desempenhar um papel determinante. Caberá a você construir um templo de onde a alma do Grande Mago alçará vôo. De minha parte, eu o protegerei tentando afastar ao máximo os obstáculos e evitar que ele caia em armadilhas mortais. Mas as chaves do destino de Wolfgang só os deuses e ele próprio possuem.

Depois que Thamos partiu, Ignaz von Born ficou por longas horas imóvel no escuro. Estaria à altura das novas tarefas?

30

Salzburgo, 24 de junho de 1771

Ao escrever duas obras por ocasião das cerimônias em honra da Virgem*, Wolfgang havia sentido um verdadeiro enlevo místico, mesmo que sua música, às vezes lembrando uma ópera, se afastasse sensivelmente do costume. Nesse São João do verão** foi executada uma nova obra religiosa, um ofertório para quatro vozes***, no qual ele expressava um tocante fervor.

---

* K. 108 e 109.

** A franco-maçonaria costuma celebrar duas grandes festas anuais em honra a São João Batista e São João Evangelista, considerados os seus santos patronos. No hemisfério Norte, a do verão, no dia 24 de junho, é dedicada a São João Batista, e a do inverno, no dia 27 de dezembro, a São João Evangelista. (N. T.)

*** K. 72.

Na saída da igreja, João Batista, monge no convento de Seeon, se aproximou do compositor e disse:

— Somos amigos, meu caro Wolfgang, e sinceramente faço questão de felicitá-lo. Como estou feliz por constatar que continua a ser um cristão fiel, particularmente devotado ao culto de Maria! Algumas más línguas o acusaram de tratar levianamente algumas das suas missas, mas não acredito numa só palavra. Em compensação, óperas e sinfonias em excesso podem desvirtuar a sua inspiração.

— Ah... E por quê?

— Porque músicas frívolas afastam de Deus.

— Ele não gosta de ópera?

— Wolfgang! Como ousa fazer uma pergunta dessas?

— E você, como ousa tentar recrutar-me e restringir a minha liberdade em nome de uma fé?

— Uma fé, uma fé... Mas é a religião, meu amigo, a verdade!

— Volte para o seu convento. Eu estou compondo um oratório para a Itália.

Ofendido, o monge lhe deu as costas.

Wolfgang já pensava no tema trágico que musicaria para Pádua. Mais um libreto do ilustre Metastasio, cuja poesia o jovem músico julgava medíocre. Uma opinião que devia manter em segredo.

Wolfgang teria de enaltecer a figura de Judite, que venceu os assírios. Encarnação da mão de Deus, ela mata o tirano Holofernes e leva a cabeça dele para Betúlia, libertando assim o país oprimido*.

* *Betulia liberata,* K. 118.

Milão, 31 de agosto de 1771

Felizes com a segunda viagem à Itália, Leopold e Wolfgang haviam chegado a Milão no dia 21. Como o casamento do arquiduque Ferdinando da Áustria estava previsto para meados de outubro, Wolfgang, novamente, teria de subir uma montanha escarpada e realizar um trabalho titânico.

Por isso, compunha dia e noite numa ampla casa cheia de músicos que afinavam seus instrumentos, ensaiavam, liam as músicas e cantarolavam. Apesar do barulho contínuo, Wolfgang conseguia se concentrar e só encontrava um único obstáculo: os dedos cansados de tanto escrever.

Sua única distração consistia em conversar por sinais com o filho do anfitrião, um surdo-mudo. Os dois adolescentes se entendiam às mil maravilhas e aquela alegria comunicativa descontraía o ambiente.

No entanto, Leopold continuava preocupado. O tempo era muito curto para terminar a ópera! E quando Veneza, por sua vez, encomendou outra, ele foi obrigado a recusar.

O filho tentou reconfortá-lo:

— Prometo que ficará pronta a tempo.

— Confio em você, mas existem os outros, todos os outros! E são tão incapazes e invejosos... Atacada de todos os lados, uma pessoa corre grande perigo!

— Nós os venceremos.

Milão, 17 de outubro de 1771

A música de *Ascanio in Alba** foi terminada no dia 23 de setembro, os ensaios começaram no dia 28 e a estréia dessa "serenata teatral" em dois atos ocorreu na data marcada, no dia do casamento do arquiduque Ferdinando da Áustria com Maria Beatriz Ricciardia d'Este, de Modena.

Uma vez mais, Wolfgang havia feito um milagre. A cada nova façanha, Leopold se admirava da capacidade de criação do filho. Será que ele não tinha limites?

O autor do libreto, Giuseppe Parini, havia produzido um desses textos rebuscados com os quais o músico batalhava intensamente. A deusa Vênus queria que o filho Ascanio se casasse com Silvia. Matrimônio fácil? Não, porque era preciso passar por uma prova. Então, Cupido leva Silvia para ver Ascanio, que ela não conhecia e cujo nome não lhe é revelado. Imediatamente ela se apaixona. Infelizmente, a jovem já havia sido prometida para um certo... Ascanio! Fiel ao amor prometido, ela jura rejeitar esse desconhecido. E eis que ela vence a prova! Ascanio se casa com Silvia, sob a proteção de Vênus.

Os espectadores do Teatro Régio Ducal de Milão ovacionaram a música do *maestrino* vindo da Alemanha. O mais entusiasmado havia sido o arquiduque Ferdinando, que aplaudiu entusiasticamente e foi o primeiro a felicitar o jovem compositor e o seu pai.

— Senhor Mozart, seu filho terá uma grande carreira! Vou escrever uma carta para minha mãe, a imperatriz, para que ela conceda a ele um posto permanente na corte de Viena.

* K. 111.

Nenhuma declaração poderia ser mais agradável aos ouvidos de Leopold.

Milão, 2 de novembro de 1771

Depois de terminar uma sinfonia em fá maior*, Wolfgang escreveu à irmã: *Hoje será a apresentação de* Ruggiero, *a ópera de Hasse; mas, como papai não quer sair, não poderei assistir. Felizmente, sei todas as árias de cor; assim, em casa, posso ouvir tudo e ver tudo.*

Leopold saía pouco e se corroía esperando com impaciência crescente a resposta da imperatriz. Graças a esse primeiro grande sucesso e ao apoio do arquiduque iria atingir o objetivo estabelecido há muito tempo: conseguir para Wolfgang, em Viena, um posto estável e bem pago.

Andando de um lado para outro como um urso na jaula, Leopold foi diversas vezes ao palácio do arquiduque para saber se a carta de Maria Teresa finalmente havia chegado.

Ao voltar, mais uma vez decepcionado, ele encontrou o filho tocando clarinete.

— De que adianta isso? Nunca usamos esse instrumento em Salzburgo!

— Ele vai figurar num divertimento** encomendado por um apreciador desse instrumento.

Diante da quantia recebida, Leopold não fez mais oposição. E Wolfgang ficaria ocupado durante a interminável espera.

---

* K. 112.

** K. 113.

Ao oferecer o magnífico clarinete ao Grande Mago, Thamos havia enfatizado o quanto seria importante nas obras futuras. A profundidade da sua melodia não expressava os mistérios da alma, com ardor e solenidade? Cheio de melodias, um universo se revelava.

Milão, 30 de novembro de 1771

Leopold estava com um humor massacrante. Apesar da chuva glacial, fez questão de levar Wolfgang para ver o arquiduque e defender melhor a própria causa. Ao atravessarem a praça do Duomo, eles viram quatro bandidos serem enforcados. Lembrando-se do contratempo em Paris, Leopold apressou o passo.

O secretário particular do arquiduque consentiu em recebê-los.

— Sinto muito, senhor Mozart, Sua Alteza não está.

— Deixou algum recado para mim?

— Nenhum recado.

O arquiduque Ferdinando evitava os Mozarts. Já que a resposta de Viena não chegava, e talvez nunca chegasse, de nada adiantava continuar em Milão.

— Vamos voltar para Salzburgo — decidiu Leopold.

31

Milão, 12 de dezembro de 1771

O arquiduque Ferdinando se alegrou com a partida dos Mozarts. Ele apreciava muito o talento do filho, mas não suportava o mau humor e a obstinação do pai. E ele não era responsável pela demora da resposta da mãe! A imperatriz tinha outras preocupações além da contratação de um músico.

Finalmente, a decisão de Maria Teresa chegou. Ao lê-la, o arquiduque empalideceu: "Você me pede para tomar a seu serviço o jovem salzburguês. Não sei por quê, pois não acredito que necessite de um compositor ou de pessoas inúteis... O serviço é indigno quando as pessoas correm o mundo como mendigos! Além de tudo, Mozart tem uma grande família."

Pelo visto, enquanto a imperatriz vivesse, Wolfgang jamais seria contratado para a corte de Viena.

Ferdinando chamou o secretário.

— Mande avisar Leopold Mozart de que Sua Majestade não vai recrutar mais músicos. Ela está satisfeita com o número de empregados e não tem intenção de aumentá-lo.

Salzburgo, 16 de dezembro de 1771

O humor de Leopold não havia melhorado. Fracassar, tão perto do objetivo... Ele não tinha dúvidas de que a decisão da imperatriz seria necessariamente negativa, supondo que ela se desse ao trabalho de responder! E não seria o filho mundano que ousaria contrariá-la, lutando por um pequeno músico de Salzburgo.

Tantos esforços reduzidos a nada! Apesar do sucesso de *Ascanio in Alba*, o balanço da segunda viagem à Itália era decepcionante. De que serviam os aplausos do público se não podiam ser traduzidos numa situação estável?

Restava Salzburgo. O bom príncipe-arcebispo certamente ofereceria a Wolfgang um emprego assalariado se ele aceitasse não sair mais da cidade...

Ao entrar no seu apartamento, Leopold percebeu imediatamente a atmosfera pesada.

Com um lenço na mão, os olhos vermelhos, Anna Maria não se atirou no pescoço do marido e continuou sentada na poltrona. Ao lado dela, Nannerl também parecia abatida.

— O que houve?

— Nosso bom príncipe-arcebispo está morrendo, e ele ia comemorar os cinqüenta anos de sacerdócio no dia 10 de janeiro próximo com uma grande festa! Como o destino é injusto... Toda a cidade de Salzburgo chora.

Leopold correu ao palácio.

Sigismund von Schrattenbach havia acabado de deixar este vale de lágrimas para comparecer diante do Criador.

Aflito, Leopold viu o futuro negro. Com aquele prelado amável e conciliador sempre havia sido possível se entender. Como seria com o sucessor? Além disso, havia o *Sonho de Cipião*, preparado por Wolfgang para o príncipe-arcebispo. Seria preciso mudar a dedicatória e talvez a própria obra, em função do gosto do novo chefe de Salzburgo.

Nos corredores circulava o nome do conde Hieronymus Colloredo. Pelos rostos compridos e olhares de cachorro que apanhou, o pessoal já sentia saudades de Von Schrattenbach.

Viena, 30 de dezembro de 1771

— Criação de uma nova Loja* em Viena — anunciou Geytrand a Joseph Anton.

— Quem é o responsável?

— Barriochi, um vendedor de sedas.

— Qual o Rito?

— Rosa-Cruz de Ouro. Os místicos estão lançando uma ofensiva sobre Viena, mas as chances de sucesso são mínimas. Muitos franco-maçons os detestam, e o recrutamento não será fácil.

— Dispomos de bons informantes?

— Ainda não, mas não vai demorar. Sempre haverá decepcionados com a língua solta.

— Mande vigiar o local permanentemente. Quero o nome de todos os Irmãos que participarem dos trabalhos dessa Loja.

* Loja As Três Irmãs.

Salzburgo, janeiro de 1772

Nevava. Na casa dos Mozarts a tristeza imperava. Doente, Wolfgang não compunha desde que terminara uma pequena sinfonia em lá maior*. Por causa da febre, nem Anton Stadler tinha autorização para ver o amigo.

Leopold sabia que a corte de Viena continuava fechada para Wolfgang. E a situação em Salzburgo o deixava imensamente preocupado. Colloredo lhe concederia uma promoção por antiguidade ou o despediria? Que destino reservava para Wolfgang? O novo príncipe-arcebispo permitiria que seus músicos viajassem?

Para obter as respostas teria de esperar a eleição, marcada para 14 de março. Os habitantes de Salzburgo não gostavam do conde Hieronymus Colloredo, pois a família dele era submissa aos Habsburgos. Sob o reinado desse homem, o principado corria o risco de perder grande parte da sua autonomia e de depender ainda mais de Viena. Talvez esse obstáculo fosse intransponível. Nesse caso, quem ficaria com o poder?

Pouco depois do seu décimo sexto aniversário, a saúde de Wolfgang melhorou. Ele compôs uma pequena sonata a quatro mãos**, que tocou com Nannerl, em seguida sonatas de igreja, *divertimenti* para quarteto de cordas*** e sinfonias que seriam executadas em Milão numa próxima viagem.

Sob a batuta de Leopold, muito atento ao classicismo absoluto e ao bom gosto das melodias, o adolescente trabalhou no *Sonho de*

---

* K. 114.

** K. 381.

*** K. 136, 137, 138.

Cipião, um presente que os Mozarts ofereceriam ao novo príncipe-arcebispo.

Salzburgo, 14 de março de 1772

— A decisão já foi tomada? — perguntou Leopold a um dos colegas.

— Ainda não. Já foram feitas cinco rodadas de escrutínio, e ainda vai continuar. Temos de reconhecer que o conde Colloredo não representa a unanimidade: altivo, desprezível, autoritário, seguro de si, submisso aos Habsburgos... bons motivos para ser detestado pelos habitantes de Salzburgo! Infelizmente, eliminou os concorrentes e ninguém ousa se opor a ele. Além do mais, ele proclamou que está de pleno acordo com os projetos de reforma de José II, entre os quais estão severas medidas de economia. Nós, os músicos, seremos diretamente afetados!

Leopold sentiu uma queimação no estômago. Ele já se via na rua, obrigado a deixar o apartamento e a lutar contra a miséria.

De repente, uma agitação. Todos se espremiam na porta da sala do conselho que, finalmente, se abria.

Imbuído da sua importância, o porta-voz esperou por completo silêncio antes de revelar o resultado da votação:

— Depois de várias rodadas de escrutínio, Hieronymus Franz de Paula, conde de Colloredo, foi eleito príncipe-arcebispo de Salzburgo.

32

Salzburgo, 18 de março de 1772

Anna Maria releu a primeira página do *Salzburger Intelligenzblatt,* o jornal oficial que todas as quartas-feiras publicava os fatos importantes da corte. Essa página se referia à difícil eleição de Colloredo, cuja entronização estava marcada para o fim do mês de abril.

— Será que esse novo príncipe-arcebispo será complacente conosco? — preocupou-se ela.

— Admirador desse cão raivoso do Voltaire e desse imbecil do Rousseau... Temos muito o que recear.

— E, se você perder o emprego, o que será de nós?

— Rezemos ao Senhor para que nos proteja.

Mesmo antes de assumir o poder, Colloredo procedeu à reorganização de diversos serviços da corte, principalmente do corpo de músicos.

Leopold foi convidado a comparecer ao palácio para tomar conhecimento do seu posto. Devido à notoriedade local, ao sucesso do seu método de ensino do violino e à excelente folha de serviço, ele merecia o posto de mestre-de-capela. Segundo alguns boatos, os seus amigos haviam conseguido persuadir Colloredo a lhe conceder o cargo.

Todos os músicos da corte estavam reunidos na sala de concertos do palácio. Nervosos, esperaram por mais de uma hora o aparecimento do porta-voz do príncipe-arcebispo.

— Sua Eminência nomeou para mestre-de-capela o italiano Fischietti, um artista de estilo excelente. Leopold Mozart foi confirmado na sua função de vice-mestre-de-capela. Por medida de economia, a Ópera será fechada e a duração das missas, reduzida à metade. No entanto, a qualidade da produção musical deverá ser mantida. O príncipe-arcebispo espera seriedade e dedicação de todos. Senhores, ao trabalho.

Salzburgo, 29 de abril de 1772

Decepcionado por não ter sido promovido e, ao mesmo tempo, satisfeito por conservar o seu posto, Leopold se resignou. Ao menos, Salzburgo continuava a ser um sólido porto seguro, no qual Wolfgang também acabaria ancorando.

Conforme as instruções do pai, ele havia composto Litanias* bem convencionais, mas foram pedidas muitas correções antes de serem apresentadas ao príncipe-arcebispo.

* K. 125.

A primeira obra do filho de Leopold ouvida por Colloredo não provocou nenhuma reação negativa, nem um interesse especial. Apreciador do estilo italiano, o chefe de Salzburgo pensava em remodelar o gosto da sua capela e conseguir obediência total.

Desde o início do mês de abril, várias academias*, das dezessete às vinte e três horas, permitiam que as pessoas ilustres ouvissem Johann Christian Bach, Sammartini e outros compositores superficiais e mundanos.

Esse 29 de abril, data da sua entronização, seria o dia de glória para Hieronymus Colloredo. Ele subiria ao poder e retificaria os erros dos antecessores, tolerantes demais. Apesar de querer controlar as despesas, ofereceu a si mesmo uma cerimônia suntuosa, na qual apareceu com roupas de gala.

*O Sonho de Cipião***, serenata dramática em um ato e doze números, do jovem Mozart, com libreto de Metastasio, não o interessou. Por isso, a pequena obra nunca foi representada, embora a história fosse digna de interesse.

Cipião vê em sonho duas deusas, Constanza e Fortuna. Elas exigiam que ele escolhesse uma delas para protegê-lo. Querendo refletir bem, ele é transportado ao céu para visitar os antepassados. Cipião precisava fazer uma escolha: ao voltar para a Terra, ele pede à mais bela das deusas, Constanza, que o proteja, sem se preocupar com a fúria de Fortuna.

Leopold não emitiu nenhuma opinião contra a decisão do augusto patrão. Quanto a Wolfgang, tal e qual Cipião, superou a má

* Nome dado aos concertos.

** K. 126.

fortuna para continuar a viver a constância da sua inspiração. Em maio e em junho nasceram três sinfonias*, uma brilhante *Regina Coeli***, cujo estilo se aproximava da ópera, e um divertimento***, recheado de novas combinações instrumentais, que não chegaram a impressionar o príncipe-arcebispo.

O adolescente pensava sempre nos breves encontros com o enviado do outro mundo. Cada palavra dita por ele contava mais do que centenas de horas de sermões, mas Wolfgang não conseguia perpetuá-las em música.

Contudo, ele nunca desistiria.

Kohlo, 4 de junho de 1772

Em Kohlo, nas proximidades de Pfoerdten, foi realizado um convento****, decisivo para o futuro da Estrita Observância Templária. O barão Charles de Hund gostaria muito de ter evitado essa provação, mas os altos dignitários da Ordem exigiram a reunião para esclarecer vários pontos obscuros.

A crítica vinha de um aristocrata apaixonado por ciências secretas, o duque Ferdinando de Brunswick, vencedor da batalha de Minden*****

---

* K. 128, 129, 130.

** K. 127.

*** K. 131.

**** Reunião geral e solene dos delegados das Lojas maçônicas. (N. T.)

***** Seu nome de Cavaleiro era *Eques a victoria*.

Uma grave crise ameaçava ser deflagrada e destruir a construção.

Entre duas sessões dos acalorados debates, De Hund e Ferdinando de Brunswick foram dar uma volta no grande parque, à sombra dos carvalhos.

— Diante das persistentes dificuldades financeiras — disse o duque Ferdinando — somos obrigados a aumentar as contribuições das Lojas e dos Irmãos. O principal motivo de descontentamento se refere à origem da sua autoridade maçônica. Temos de admitir, meu caro Irmão, que elegeu a si mesmo como líder. Devido ao progresso da Ordem, convém proceder a uma eleição, como ditam as regras.

— Mas fui eu que encontrei um Superior Desconhecido vindo do Egito!

— Esse argumento não lhe dá muita vantagem, ao contrário! Nossos Cavaleiros não querem mais ser dirigidos por personagens misteriosos que ninguém pode ver. Eles preferem uma pessoa pública, de honrada reputação, cujo renome possa ter reflexos na Ordem.

— Você, suponho!

— Estou preparado para me dedicar totalmente e garantir o desenvolvimento e a fortuna da Estrita Observância Templária — afirmou o duque de Brunswick.

De Hund pigarreou. Esse guerreiro arrogante queria roubar a sua filha, a Ordem que ele havia concebido, criado e ampliado!

33

Viena, julho de 1772

— A Estrita Observância Templária tomou um novo impulso — anunciou Geytrand ao seu superior. — Os Cavaleiros puseram no poder o duque Ferdinando de Brunswick, um ilustre personagem de reputação imaculada.

— Com a anuência do barão de Hund? — surpreendeu-se Joseph Anton.

— Levado ao banco dos réus, o barão engoliu todos os sapos para manter o título de Grão-Mestre provincial. De Hund está acabado, ninguém mais o escutará.

— A não ser que ele se revolte e fomente um complô contra o duque!

— Não será nada fácil.

Anton admitiu que um aristocrata de tal dimensão dava à Estrita Observância uma força inesperada.

— Brunswick conseguiu o que queria — continuou Geytrand —, mas saberá usar o instrumento que roubou do caro Irmão? Segundo os meus informantes, os Templários estão divididos quanto ao caminho a seguir. O ramo clerical preconiza as ciências ocultas e o misticismo, e o ramo dos Cavaleiros quer fazer fortuna e restaurar o poder temporal da Ordem do Templo. Que confusão!

— De qualquer maneira, ficaremos de olho — recomendou Joseph Anton. — De Hund não passa de um sonhador, Brunswick é um homem de ação. Precisaremos vigiar bem de perto a evolução da Estrita Observância na Áustria e intervir, se necessário.

Geytrand se deleitava por antecipação.

Salzburgo, 15 de agosto de 1772

Depois de terminar três pequenas sinfonias*, Wolfgang disputou com o amigo Anton Stadler o jogo-da-bola**.

Rápido e preciso, Wolfgang ganhou facilmente a partida.

— Você recuperou muito bem a saúde! Mas, com certeza, não tem consciência do fato grave que ocorreu sem o nosso conhecimento.

— Você me deixa curioso... Do que se trata?

— Quer mesmo saber?

* K. 132, 133, 134.

** Jogo de origem alemã que consiste em lançar bolas de madeira para derrubar um certo números de pinos colocados em pé. (N. T.)

— Não me faça sofrer!

Anton Stadler assumiu um ar solene.

— Eu tenho dezenove anos e você, dezesseis. Já não somos crianças e sim rapazes. Portanto, precisamos nos afirmar e não nos comportar mais como menininhos, sobretudo diante dos...

O discurso de Stadler foi interrompido pelo aparecimento súbito de Leopold.

— Excelente notícia! — bradou ele. — O príncipe-arcebispo nomeou Wolfgang mestre-de-concerto da capela da corte com um salário de cento e cinqüenta florins.

O título era tão modesto quanto a sua remuneração; no entanto, esse primeiro emprego assalariado foi festejado com suculentos pratos, cujos segredos pertenciam à cozinheira dos Mozarts.

Wolfgang recebeu um estranho presente — três pequenos poemas, intitulados *A Generosa Resignação, Secreto Amor* e *A Felicidade dos Humildes* —, que ele musicou em seguida*, refletindo sobre a mensagem que o misterioso protetor lhe transmitia.

Aceitar o próprio destino, resignar-se sem se desumanizar, não sentir raiva nem inveja, continuar a se mostrar generoso independentemente das circunstâncias: essa regra de vida implicava um desprendimento e uma libertação de si mesmo que o rapaz ainda não se sentia capaz de praticar. Manter secreto o amor pela verdade e pelo absoluto, compreender que esse amor é o verdadeiro segredo, tentar viver esse segredo como a principal força de criação: todos os dias Wolfgang progredia nessa direção, sem ter certeza de atingir o objetivo. A felicidade que a humildade fornecia, um verdadeiro

* K. 149, 150, 151.

orgulho que consistia em ter consciência de que era autêntica... Trabalho perpétuo, marcado por múltiplos fracassos.

Em poucas palavras, Thamos havia aberto as portas para a vida adulta do Grande Mago.

Alt-Sedlitsch, setembro de 1772

Devido à saúde precária, Ignaz von Born já não conseguia descer nas minas. Por isso, havia pedido demissão e mudado para uma pequena localidade na Boêmia onde preparava um catálogo descritivo da sua excepcional coleção de fósseis. Na modesta casa, ele montara um minúsculo laboratório de alquimia, onde continuava pacientemente a fazer experiências, usando os textos entregues por Thamos.

Reconhecido como um cientista de alto nível, Von Born se tornara membro das academias de Siena, de Pádua e de Estocolmo. Esses títulos não lhe traziam nenhuma vantagem material e, privado das remunerações regulares, precisou cogitar na venda da sua coleção.

Um especialista inglês que pertencia à Royal Society foi o primeiro a contatá-lo. Contra a vontade, obrigado a se separar do seu tesouro, Von Born teria, ao menos por algum tempo, a necessária independência financeira. Poderia pagar as despesas de viagem e manter acesa a chama da Loja de Praga, sem negligenciar a busca de outros Irmãos que quisessem vivenciar uma autêntica iniciação.

Salzburgo, 24 de outubro de 1772

— A caminho, Wolfgang. A carruagem nos espera.

O adolescente se arrastava.

— Não tem vontade de rever a Itália?

— Tenho, claro que tenho!

— Não parece. Vamos, rápido.

Alguns dias antes, Leopold havia saído aliviado do palácio de Colloredo. O príncipe-arcebispo autorizara os seus dois empregados a deixarem Salzburgo para uma rápida viagem a Milão, honrando a encomenda de uma ópera. Como se tratava da Itália, o jovem Mozart aprenderia melhor os estilos musicais com os quais alegraria a corte de Salzburgo.

Assim que o veículo começou a andar, Wolfgang, triste e calado, começou a pensar no enviado do outro mundo e nas recomendações que lhe fizera. Por isso, começou a compor um quarteto em ré maior*, que terminou em 28 de outubro, na parada em Botzen.

"Mais um quarteto", resmungou Leopold. "Espero que agrade aos milaneses." Essa era uma preocupação secundária diante da encomenda do Teatro Régio Ducal, que esperava por uma obra brilhante do jovem compositor alemão.

Por sorte, Wolfgang já havia terminado os recitativos de *Lucio Silla***, sobre o libreto de Giovanni de Gamerra***, poeta na corte de Viena. Faltavam as árias e o coro; em outras palavras, um enorme trabalho!

---

* K. 155.

** K. 135.

*** Autor da primeira tradução italiana de *A Flauta Mágica*.

A história deixou Wolfgang impressionado por causa da onipresença da morte. Tirano odiado e cruel, Silla queria se casar com a bela Giunia, apaixonada por Cecilio, um senador exilado. Apesar de correr um grande risco, ela rejeita Silla. Um único amor ocupava o seu coração.

Então, o tirano decide eliminar o rival. Cecilio, que regressara a Roma em segredo, lidera uma conspiração ao lado da bem-amada. Matariam Silla e libertariam o povo da tirania.

Mas o complô fracassa. Silla anuncia o futuro casamento com Giunia, desesperada a ponto de bradar que o monstro planejava assassinar Cecilio. A grandeza da alma e a obstinação da jovem deixam Silla abalado. Mudando radicalmente de atitude, ele perdoa os inimigos e desiste de reinar.

Antes condenados à morte por causa da sua fidelidade, Giunia e Cecilio se vêem agraciados *in extremis* e vivenciam uma perfeita felicidade.

Quando chega a Milão, a má notícia deixa Wolfgang abatido: os recitativos haviam sido modificados sem que pedissem sua opinião! O trabalho realizado em Salzburgo não serviria de nada. Teria de compor uma ópera completa antes de 26 de dezembro.

34

Milão, 26 de dezembro de 1772

Wolfgang ficou tão exausto que não sabia mais o que escrevia. As últimas notas de *Lucio Silla* foram adicionadas à partitura em 18 de dezembro, e os ensaios haviam começado no dia seguinte. Nessa noite gelada do dia 26 aconteceria a estréia.

O músico gostava de algumas partes do libreto, como a última ária da heroína, Giunia, composta na trágica tonalidade de *ut* menor. Ela exprimia a dor diante da injustiça, a paixão pela vida mesclada à angústia da morte, a profundidade de uma alma presa ao seu ideal, mais do que à própria vida.

Os tempos fortes da obra contrastavam com as passagens fracas do texto, que não cativaram o compositor e que usou as vozes como verdadeiros instrumentos. Consciente de que explorava apenas uma ínfima parte das possibilidades dessas vozes, ele prometeu a si mesmo que levaria adiante a sua exploração.

— A música do meu filho não é notável? — perguntou Leopold ao diretor do teatro.

— Algumas belas *arias di bravura,* uma ornamentação florida, incontestável riqueza orquestral... Mas eu lhe confesso, senhor Mozart, que os cantores, o público e eu mesmo ficamos um pouco desconcertados. Seu filho se mostrou trágico demais. Antes de tudo, uma ópera deve agradar e distrair.

A segunda representação de *Lucio Silla* chegou à beira da catástrofe: vários incidentes na encenação, cantores medíocres ou tensos, platéia agitada e cansada por ter esperado demais o início da representação.

Enquanto Leopold se referia a um enorme sucesso nas cartas enviadas a Salzburgo, Wolfgang sofria uma derrota cruel. Sua primeira ópera não seria mantida no repertório do Teatro Régio Ducal de Milão e cairia bem depressa no esquecimento.

O jovem compôs um pungente adágio em mi menor para quarteto de cordas, a sua forma preferida de meditação e aprofundamento.

Subitamente, ele manteve a pena suspensa. Alguém havia entrado no quarto.

— Quem está aí?

Wolfgang se levantou.

Ninguém.

Atento, ele sentiu uma presença. O amigo do outro mundo lhe murmurou ao ouvido: “Continue assim, esqueça a crítica, construa a si mesmo.”

Milão, 17 de janeiro de 1773

Leopold se perguntava se a estréia de um moteto de Wolfgang, na igreja dos teatinos*, seria apreciada. Apesar de agradáveis, os três últimos quartetos** do filho tinham muitos movimentos lentos e tonalidades sombrias. Nada que seduzisse um grande auditório!

Na véspera, Leopold havia escrito uma carta tranqüilizadora para a esposa. Temendo a intromissão da censura austríaca, que abria a maior parte das correspondências, usara uma linguagem codificada.

Na verdade, tudo ia mal. Milão se transformara num beco sem saída, a corte não se interessava por Wolfgang, e o estilo de *Lucio Silla* não motivara o teatro a lhe encomendar uma nova obra.

Será que a Toscana se mostraria mais acolhedora e as tentativas de Leopold dariam frutos?

Escrito para o *castrato* Rauzzini, "*primo* que não era *uomo*"***, o moteto *Exsultate Jubilate***** transportou o auditório, num clima de júbilo, para o céu alegre dos anjos. Leopold esqueceu as preocupações e se sentiu renovado. Seu filho teria o dom de abrandar as almas?

---

* Congregação de clérigos fundada em Roma, em 1524.

** K. 156, 157, 158.

*** Na maioria das vezes, a voz masculina principal era interpretada por um *castrato*, também denominado *primo uomo*, que significa "primeiro homem". Daí a ironia do autor, pois o *castrato* não era um homem no sentido literal da palavra. (N. T.)

**** K. 165.

Milão, 27 de fevereiro de 1773

Enquanto Wolfgang compunha novos quartetos mais aceitáveis*, chegou a má notícia.

Nenhuma esperança em relação a Florença e a Toscana. Desta vez, não adiantava se iludir. Na Itália, Wolfgang não era mais aquele. Outros compositores da moda ocupavam a frente da cena.

— Meu filho, precisamos voltar para Salzburgo. Aqui, o horizonte se fecha.

— Dê-me dois ou três dias.

— Qual o motivo?

— A encomenda de um aristocrata que quer um divertimento** para ser tocado ao ar livre.

— Bem pago?

— Sobretudo uma bela ocasião para inovar! Vou compor para uma orquestra formada só por instrumentos de sopro. Fascinante, não acha?

— Se lhe agrada... Mas não demore!

Ao executar a encomenda do conde de Tebas, Wolfgang deu um alegre adeus à Itália.

Salzburgo, 13 de março de 1773

Apesar de se sentir feliz por se reunir à mulher, à filha e voltar à vida tranqüila, Leopold sentia um profundo ressentimento. Tantas viagens, tanto esforço, tanto trabalho, para voltar ao ponto de partida!

* K. 159 e 160.

** K. 186.

Talento não faltava ao seu filho, mas os poucos sucessos conseguidos aqui e ali não eram suficientes para ele ser considerado um grande compositor, a quem uma corte pudesse conceder um posto fixo e bem pago. Nem Munique, nem Londres, nem Paris, nem Viena haviam contratado Wolfgang. Restava Salzburgo, sempre Salzburgo! Afinal, por que não?

Sem se dar definitivamente por vencido, Leopold começava a achar que não se podia forçar o destino. O principal não era ganhar a vida, comportar-se como um homem honesto e levar uma existência decente sob o olhar de Deus?

O sonho de glória se dissipava. Por várias vezes, Wolfgang chegara a respirar esse perfume. Atualmente, com dezessete anos, transformava-se num homem e devia adquirir senso de responsabilidade, seguindo os passos do pai. O que havia de vergonhoso em servir um príncipe-arcebispo, uma nobreza esclarecida e burgueses sedentos de belas músicas?

Leopold se preocupava com as demonstrações de circunspecção do filho, que transpareciam nas últimas composições. Provavelmente, tratava-se de uma crise de adolescência bem compreensível, destinada a desaparecer no seio de uma família equilibrada.

— Como se comporta Colloredo? — perguntou Leopold à esposa.

— Como um verdadeiro tirano! Ele controla tudo, exige que suas ordens sejam imediatamente cumpridas e não suporta a menor insubordinação. O novo príncipe-arcebispo torna-se cada vez menos popular, porém somos os seus súditos. Todos sentem falta do antecessor, tão humano e tão caridoso!

Leopold tivera razão em voltar para Salzburgo. Esse Colloredo era capaz de despedir o vice-mestre-de-capela se, a despeito da antiguidade, não o satisfizesse plena e totalmente. Quanto a Wolfgang, ele teria de evitar qualquer demonstração do seu temperamento e realizar os desejos do augusto patrão.

35

Salzburgo, fim de março de 1773

— É a sua vez de jogar — disse Anton Stadler, um pouco tenso.

Se Wolfgang errasse, perderia a partida e pagaria um jantar para o amigo.

O rapaz fixou o alvo do jogo de dardos, que representava uma jovem entregando um cajado de peregrino a um viajante que segurava o chapéu. A habilidade suprema consistia em acertar o dardo no chapéu.

Wolfgang franziu os olhos e lançou o dardo.

— Ganhou de novo! — lamentou Stadler. — Qual é o seu segredo?

— Eu imagino uma melodia, e meu braço relaxa.

— Vou tentar.

A tentativa resultou num grande fracasso, pois o dardo de Stadler errou o chapéu e acertou a perna da moça.

— Você está ficando perigoso — observou Wolfgang. — Volte ao seu clarinete e continue a treinar. Mais tarde, jantaremos.

O compositor percebeu que havia acabado o papel de escrever música. Vestindo um grosso casacão, correu até a loja.

Em frente à porta estava Thamos.

— Mora aqui perto?

— Eu viajo muito.

— Algum dia me dirá o seu nome?

— Esse dia está próximo. Enquanto isso, você deveria mudar o tamanho do papel e escolher um menor, de formato oblongo. A pena correrá melhor, e a sua próxima obra, graças ao novo material, revelará a você um novo cenário.

O enviado do outro mundo não havia se enganado.

Uma melodia impetuosa e sombria, de ressonâncias trágicas, abriu a sua nova sinfonia. A tensão diminuía à medida que a obra avançava, mas o ímpeto inicial marcou profundamente o músico, capaz de expressar com exatidão um pensamento bem diferente do italianismo gracioso dos seus *divertimenti,* sonatas e outras sinfonias compostas para a corte e para a alta sociedade de Salzburgo*.

Thamos despertava nele um novo ser musical que ele aprenderia a alimentar e a desenvolver.

* K. 184. Na expedição Orenoco-Amazonas, Alain Gheerbrant pôs para tocar essa sinfonia, e a hostilidade dos "selvagens" desapareceu ao ouvirem uma música que não lhes pareceu estranha.

Paris, 7 de abril de 1773

“Finalmente, um pouco de ordem na barafunda maçônica francesa!”, pensou Philippe, duque de Chartres, nomeado Grão-Mestre de uma nova estrutura, o Grande Oriente da França, destinado a reinar em todas as Lojas.

A prioridade era concedida à hierarquia administrativa, muito pouco preocupada com a iniciação e o simbolismo. No país de Descartes e de Voltaire, era preciso que tudo fosse definido, enquadrado e controlado. Doravante, a franco-maçonaria francesa teria uma voz oficial, que respeitaria o poder reinante e os valores impostos à sociedade.

Mas por trás do discurso oficial ocultavam-se outros propósitos, confinados no interior das Lojas e ainda minoritários. Inspirando-se nos Enciclopedistas, em Rousseau, Voltaire e em outros pensadores menos famosos, alguns Irmãos falavam de uma necessária liberdade individual, de fraternidade entre todos os humanos e, sobretudo, de uma igualdade que pusesse fim aos privilégios da nobreza e do clero. Ao eliminarem a religiosidade e o misticismo, os racionalistas se impunham aos poucos.

Uma das primeiras medidas da administração do Grande Oriente consistiu em acabar com a eleição vitalícia do Venerável, o Mestre da Loja, para torná-la anual. Os Irmãos adotariam nos seus templos uma democracia que não existia fora deles. Não se transformavam, assim, num dos elementos de uma indispensável revolução?

Salzburgo, junho de 1773

Algumas semanas antes, o príncipe-arcebispo Hieronymus Colloredo havia apreciado o belo *concertone* para dois violinos, oboé e violoncelo* de Wolfgang Mozart, uma dessas produções galantes, rapidamente esquecidas, que o prelado adorava.

Agora, a prova era mais difícil. Vigilante, Colloredo queria verificar pessoalmente se as suas instruções eram seguidas ao pé da letra. Um músico não devia esquecer que fazia parte da sua domesticidade.

O príncipe-arcebispo ouviu com atenção: os tímpanos e trompetes obedeciam às suas exigências.

Perfeito. Depois, ele olhou o relógio por diversas vezes. A missa solene da Trindade**, no alegre tom de *ut* maior, não ultrapassava os quarenta e cinco minutos, agora impostos a esse estilo de obra. Essa imposição reduzia a atividade e a renda dos músicos de Salzburgo. A exemplo do imperador José II, Colloredo se preocupava em economizar e respeitar o orçamento. Música agradável, sim; despesas inúteis, não. Em três quartos de hora, uma boa missa podia ser dita.

Ratisbona, junho de 1773

Joseph Anton andava de um lado para outro num salão sobrecarregado de ornamentos dourados. Pela primeira vez, tentava pôr

* K. 190.

** K. 167.

um fim, de maneira autoritária, à expansão da franco-maçonaria, pedindo à Câmara do Império de Ratisbona que baixasse um decreto para impedir as reuniões maçônicas, consideradas perigosas e contrárias às leis em vigor.

Apesar do magro dossiê, ele esperava que os magistrados, conscientes do perigo, concordassem em disparar o raio. Depois disso, a tarefa de Anton seria facilitada. À interdição sucederiam a dissolução das Lojas e a prisão dos recalcitrantes. A imperatriz Maria Teresa se orgulharia dele.

O presidente da Câmara do Império recebeu-o friamente.

— Sente-se, senhor conde.

O alto dignitário sentou-se de frente para o visitante.

— A Câmara e o Senado de Ratisbona foram consultados. A resposta é negativa.

— Negativa? Quer dizer...

— Ratisbona autoriza os franco-maçons a se reunirem. Segundo a terminologia deles, as "sessões" não ameaçam a segurança, nem as autoridades, nem os bons costumes.

— Senhor presidente, está cometendo um lamentável erro.

— Pretende contestar a nossa decisão soberana?

— Não, claro que não! Os franco-maçons não tentaram influenciar alguns altos dignitários?

— Realmente, eles se mobilizaram. E várias pessoas ilustres são maçons. Não é a melhor das garantias? Nenhuma delas quer perder o posto e as regalias. A sua preocupação é excessiva, meu caro conde. Longe de ser prejudicial, a franco-maçonaria contribui para a estabilidade da nossa sociedade. Os Irmãos bebem, comem, cantam, ouvem música, trocam confidências, têm alguns rapapés rituais, usam roupas meio exóticas e, às vezes, se entregam a alguns devaneios místicos. Um excelente derivativo, à imagem dos clubes ingleses onde os *gentlemen* se reúnem.

— O projeto de restauração da Ordem do Templo e as experiências alquímicas da Rosa-Cruz de Ouro não o preocupam?

— Infantilidades, meu caro conde, infantilidades ridículas! Não perca o seu tempo e deixe os franco-maçons em paz! Acredite, eles não derrubarão nenhum trono.

Joseph Anton se despediu.

Essa vitória da franco-maçonaria demonstrava a extensão da sua influência. O polvo estendera mais tentáculos do que ele havia suposto.

A guerra prometia ser longa e dura. Como não poderia seguir pelas vias oficiais, precisava redobrar a prudência e a discrição antes de atacar. Cabia a ele fazer o máximo de investigações possíveis, engordar os dossiês e agir na surdina.

36

Viena, 1º de julho de 1773

Leopold decidiu levar o filho a Viena e ali passar o verão por causa de duas boas notícias. Em primeiro lugar devido à ausência de Colloredo nesse período; sai o gato, folgam os ratos. Em segundo, a doença grave de um músico da corte. Sua morte próxima deixaria vago um posto que cairia como uma luva para Wolfgang. Mas era preciso que estivessem em Viena no momento em que ocorresse a morte e conseguissem uma audiência.

Wolfgang ficou feliz em sair de Salzburgo e se livrar da atmosfera sufocante do principado. Depois de viajar tanto, começava a se sentir limitado na sua roupagem de empregado.

Em Viena, ele respirava melhor.

Viena, 19 de julho de 1773

— Caro Wolfgang, como estou feliz em revê-lo!

— Eu também, doutor Mesmer.

— E a sua saúde?

— Sinto-me um pouco cansado, mas...

— Vamos acabar com isso. Posso magnetizá-lo?

Franz-Anton Mesmer pôs as enormes mãos na nuca de Wolfgang. Imediatamente um suave calor se espalhou por todo o corpo do paciente. As tensões desapareceram, e ele passou a se sentir maravilhosamente bem.

— Prodigioso, doutor!

— O magnetismo deveria ser a primeira das terapias. Ele elimina o mal pela raiz e impede o desenvolvimento da maior parte dos distúrbios. Restabelecer a harmonia e a circulação da energia num organismo que funcione mal é minha primeira preocupação. Infelizmente, a maioria dos médicos espera o aparecimento dos sintomas e raciocina em função desses sintomas. Em geral, já é tarde demais para curar o doente.

— Seus colegas o escutam?

— Muito pouco. Viena me considera uma espécie de mago, e as autoridades médicas se recusam a examinar o resultado das minhas pesquisas. Nem mesmo se interessam pelos testemunhos dos doentes que curei. Às vezes falta curiosidade aos cientistas, e eles se entregam ao conformismo, sobretudo se a sua carreira está em jogo. Quando uma mente livre e independente que revoluciona as doutrinas se manifesta, por menos que seja, forças obscuras se juntam para eliminá-la. Mas não nos deixemos levar pelo pessimismo, caro Wolfgang! Conte-me um pouco as suas aventuras!

— Elas terminaram em Salzburgo, a serviço do príncipe-arcebispo Colloredo.

— Desconfie desse pequeno tirano, ele só gosta de si mesmo e do poder. Se não é obedecido à risca, fica furioso.

— Até o momento, tanto meu pai quanto eu nos entendemos bem com ele.

— Quero que ouça uma coisa interessante: minha última fantasia musical.

No maravilhoso jardim vienense, numa suave tarde de verão, Mesmer tocou um novo instrumento, uma harmônica de vidro*. Atento a todas as novas técnicas, Wolfgang não gostou da sonoridade aguda, mas aceitou o frágil objeto que o terapeuta lhe deu.

— Talvez você possa compor para essa harmônica cujas possibilidades saberá explorar... Quanto tempo ficará em Viena?

— Sem dúvida até o fim do verão. Meu pai ainda tem esperanças de conseguir para mim um posto na corte.

— Esse posto deve ser seu por direito!

— Viena me esqueceu, doutor. E nem mesmo tenho certeza de que serei recebido pela imperatriz. Já não posso mais pular no colo dela e pedir carinho! E nunca me casarei com a princesa Maria Antonieta.

— Conseguirá a audiência. Ainda me restam alguns amigos no alto escalão. Contudo, o posto depende de Sua Majestade.

— O destino vai decidir. A incerteza não me impede de trabalhar.

— Minha casa e minha mesa estarão sempre à sua disposição, Wolfgang. Apareça quando quiser, mesmo sem avisar. Em breve

* Instrumento de percussão que se baseia na sonoridade extraída de copos ou cálices, de vidro ou cristal, ao serem percutidos ou friccionados. (N. T.)

apresentarei a você alguns admiradores que lhe deverão propor um projeto interessante.

Viena, 5 de agosto de 1773

Depois de se distrair escrevendo uma serenata*, executada no casamento de um conhecido, na qual, desprezando as convenções, havia introduzido a redução de um concerto para violino, Wolfgang se dedicou a um trabalho bem mais árduo.

A permanência em Viena permitiu que conhecesse bem a música de Joseph Haydn, de quarenta e um anos de idade, respeitado por todos os profissionais. A ciência da escrita, a liberdade de expressão e a variedade de linguagem de Haydn fascinaram Wolfgang. Para que todo esse alimento pudesse ser assimilado, ele compôs uma série de quartetos, imitando os de Haydn**. Ao repetir as fórmulas do seu modelo, Wolfgang tinha consciência de que realizava apenas um exercício escolar, sem originalidade. No entanto, dessa maneira, enriquecia o seu estilo e adquiria novos meios de expressão.

Leopold interrompeu o trabalho do filho.

— Finalmente! — exclamou. — A imperatriz nos concedeu uma audiência!

---

* K. 185.

** Os seis quartetos "vienenses", K. 168 a 173.

Viena, 12 de agosto de 1773

À luz de velas, Wolfgang trabalhava num quarteto. Leopold terminava uma carta para a mulher. Na conclusão mostrou-se decepcionado: "Sua Majestade, a imperatriz, foi muito amável conosco. Mas foi só."

Maria Teresa não ofereceu nenhum posto a Wolfgang. Receber os Mozarts, que, agora, ela considerava como saltimbancos sem futuro, lhe pareceu mais do que suficiente. Atendendo os pedidos de algumas pessoas mais próximas, ela concedeu aos Mozarts uma grande honra e, ao mesmo tempo, deu a entender que não deviam esperar mais nada.

A porta da corte se fechava definitivamente.

— Não fique tão triste, pai.

— Como não ficaria? A imperatriz está pouco ligando para nós! Aos olhos dela não existimos.

— Ela não nos libertou das ilusões?

— Que grande liberdade! Em Viena, e só em Viena, é que se faz uma brilhante carreira. Você a merece, Wolfgang!

— Tenho apenas dezessete anos.

— Você já tem dezessete anos! A infância desapareceu, a adolescência se extingue. Está-se tornando um rapaz e poderia impor-se nesta cidade se lhe dessem um posto estável.

— Mas, já que é impossível, por que insistir?

— Impossível... por ora. Você é jovem, a imperatriz é velha. Quando ela morrer, várias mudanças ocorrerão. Talvez a porta fechada se abra. Enquanto isso, convém agradar ao príncipe-arcebispo.

— Como estava previsto, gostaria de ficar em Viena até o fim do verão.

— O que pretende?

— Ouvir Haydn, terminar a série de quartetos, compor danças visando ao inverno em Salzburgo e rever o doutor Mesmer.

— Não gosto nem um pouco desse médico excêntrico.

— Foi ele quem me encomendou *Bastien und Bastienne* e já anunciou uma nova proposta para antes do fim do mês de agosto. Não merece ser examinada?

— Desde que não se trate de uma falsa promessa!

— Confio na palavra dele.

— É o que veremos... Concordo.

37

Viena, 30 de agosto de 1773

Numa suave noite de verão, Wolfgang encantou os convidados do doutor Mesmer com um divertimento em ré maior* que combinava com a luxúria do grande jardim de periferia da Landstrasse. Terminado o concerto, todos continuaram a beliscar, a beber e a conversar.

Mesmer puxou Wolfgang pelo braço.

— Como prometi, quero lhe apresentar um homem importante, Tobias Philippe von Gebler, vice-chanceler em Viena. A verdadeira paixão dele é a escrita. Von Gebler terminou de escrever um poema dramático e quer lhe falar sobre ele.

O médico não revelou as suas ligações maçônicas com o Irmão Gebler, que, a despeito da sua posição na corte, às vezes expressava

* K. 205.

idéias perigosas sobre abuso de poder e a necessária liberdade de pensamento.

Com quarenta e sete anos, corpulento e bonachão, o músico gostou de Von Gebler. Mas Wolfgang só tinha olhos para o homem que estava ao lado dele: o habitante do *Rücken*, enviado do outro mundo, seu protetor, vestido com roupas luxuosas! Com dignidade e brilho, ele ofuscava Von Gebler.

— Meu caro Mozart — disse o poeta —, apresento-lhe o meu amigo Thamos, conde de Tebas. Fiz questão da presença dele porque graças a este homem é que tive a idéia de escrever um drama filosófico, intitulado *Thamos, Rei do Egito,* que acabou de ser publicado e eu gostaria de vê-lo representado em Berlim. O texto não é suficiente. Uma música apropriada iria valorizá-lo e lhe dar mais força. Consultei Gluck, em vão. Este meu amigo me aconselhou a falar com você. Apesar da sua pouca idade, ele acha que é capaz de perceber o sentido profundo da minha obra e traduzi-lo em notas. O trabalho lhe interessa?

Então, ele se chamava Thamos e era rei do Egito! Como o *Rücken* da criança Mozart deve ter parecido minúsculo a um monarca que reinava num império tão grande! Com toda a sua alma, Wolfgang percebeu a importância daquele momento.

O músico vivenciava um segundo nascimento.

Pasmo, ele se ouviu responder com uma voz fraca e hesitante:

— Sim, sim... O projeto me interessa.

— Maravilhoso! — exclamou Von Gebler. — Vamos sentar num canto tranqüilo, vou narrar-lhe a história.

Mesmer se juntou aos outros convidados, e Thamos os acompanhou. Wolfgang gostou da penumbra. As suas mãos tremiam, como se hesitassem em pegar um tesouro.

— A ação se passa no Egito — explicou Von Gebler —, o país dos mistérios e da iniciação aos conhecimentos supremos. O Grão-Mestre dos iniciados se chama Sethos e venera o sol, expressão mais visível do poder criador. Sacerdotisa do astro do dia, a sua filha havia sido raptada. Apaixonado por ela, o príncipe Thamos deveria arrancá-la dos demônios das trevas, decididos a destruir os iniciados. Quando ocorresse o casamento do príncipe com a sacerdotisa, a Luz triunfaria. Esse rápido resumo, cujos recursos dramáticos omiti, o seduz?

— Estou pronto para trabalhar.

— Você me deixa radiante, meu caro Wolfgang! Imagino uma bela orquestração e, sobretudo, coros majestosos. Mas isso é trabalho seu. Evidentemente, será devidamente remunerado. Em breve, assistiremos juntos à estréia e será um triunfo! Infelizmente, preciso ir embora. Eis o poema.

Von Gebler entregou o texto a Wolfgang e deixou-o a sós com Thamos.

— Agora eu sei quem você é.

— Não exatamente.

— Faraó do Egito, grande sacerdote do sol... O nosso mundo deve parecer-lhe mesquinho e ridículo!

— O nosso mundo corre um grande perigo, pois deu as costas ao espírito e se embrenha num materialismo triunfante e agressivo. As trevas tentam engolir a Luz e exterminar completamente a iniciação.

— A iniciação... Do que se trata?

— De se tornar o que se é verdadeiramente, ao ter acesso ao conhecimento dos mistérios. Porém, é um caminho longo e semeado de armadilhas. Poucas pessoas aceitam se esforçar tanto, mesmo que a vaidade e a cupidez sejam mortais. Esse caminho exige entrega e um ato criador.

— Acha que sou capaz de segui-lo?

— Cabe a você responder.

— *Thamos, Rei do Egito*... Uma ópera essencial, não acha?

— É o seu primeiro passo para a realização da Grande Obra. Não espere conseguir de saída. Deve passar por várias provas antes de realizá-la. Terá coragem para isso e saberá perseverar?

— Não me conhece bem! — exaltou-se Wolfgang, ofendido. — Tenho um fogo dentro de mim e não sei como expressá-lo. Mas vou conseguir. Primeiro, tenho de assimilar todas as técnicas e linguagens para elaborar a minha própria linguagem.

— Precisará aprender a dialogar com os deuses e transmitir as palavras deles sem traí-los.

— Será que a música é capaz de conseguir isso?

— A música, não, mas a *sua* música. Desde que ultrapasse conscientemente cada etapa e que o seu coração se encha de Luz.

— Poderia... poderia ajudar-me?

— Se quiser.

— Sozinho, vou fracassar.

— Realmente.

— Então, vai ajudar-me.

— Permite que eu seja o seu guia e, ao mesmo tempo, o seu juiz?

— E um pouco... meu amigo?

Thamos sorriu. Ele não podia pronunciar o nome sagrado de “Irmão”, mas considerava Wolfgang Mozart um franco-maçom sem avental*.

* Uma das vestimentas simbólicas mais importantes da maçonaria. (N. T.)

O Grande Mago havia acabado de nascer.

— Tenho mil perguntas para lhe fazer!

— Comece musicando a história de Von Gebler. Esse primeiro contato com o Egito vai abrir o seu pensamento e lhe mostrar um cenário de cuja imensidão nem desconfia.

— Preciso voltar para Salzburgo, compor para o príncipe-arcebispo e...

— Provas terríveis o aguardam, eu já o avisei. Talvez o peso delas o esmague.

— Eu afirmo que não!

O egípcio segurou o frágil Wolfgang pelos ombros.

— O destino exigirá de você uma coragem e uma vontade muitas vezes sobre-humanas, pois o seu caminho não se assemelha ao dos outros homens. No entanto, eles precisam das suas obras para discernir a Luz. Você ainda não consegue compreender totalmente as minhas palavras, mas já não é um pequeno músico salzburguês. Em você está nascendo Mozart, o egípcio.

38

Viena, 18 de setembro de 1773

Embora conhecesse e apreciasse a capacidade de trabalho do filho, Leopold estava perplexo. Wolfgang não brincava mais, não jogava dardos, não saía, quase não dormia, comia depressa e se recusava a conversar. Dedicava-se à encomenda de Von Gebler, uma pessoa importante.

"Wolfgang está compondo alguma coisa que o ocupa muito", escreveu para Anna Maria. E como Colloredo havia ratificado Leopold nas suas funções e a carreira de Wolfgang seria feita em Salzburgo, precisariam de uma casa mais espaçosa, na qual todos se sentissem confortáveis. Nannerl ainda não pensava em se casar, e a residência ia abrigar dois filhos já crescidos. Anna Maria havia encontrado a moradia ideal e organizava a mudança.

Leopold interrompeu o filho:

— Vai acabar logo?

— Logo, não. A composição para os coros está difícil.

— Precisamos voltar a Salzburgo.

— Vou fazer uma última visita ao doutor Mesmer. Em seguida, sairemos de Viena.

Rotmühle, 22 de setembro de 1773

Mesmer levara Wolfgang para passar o dia na sua casa de campo, prometendo que voltariam a Viena às dezenove horas. O verão morria, as folhas começavam a cair.

O médico conversou longamente com Mozart sobre as suas experiências, magnetizou-o para lhe dar energia na entrada do frio e felicitou-o por ter aceito a encomenda de Von Gebler.

No momento em que o café era servido, Thamos apareceu.

— Junte-se a nós, senhor conde! Vou servir-lhe uma aguardente de ameixa de que tão cedo não esquecerá.

Depois de beberem, o médico saiu para cuidar das roseiras.

— Já avancei bastante — revelou Wolfgang —, mas ainda não estou satisfeito. A minha cabeça fervilha de idéias novas, nunca mais escreverei como antigamente. Infelizmente, é preciso voltar para Salzburgo e tenho medo de perder a inspiração.

— Você seria o único responsável pelo fracasso. Cabe a você transformar em algo positivo o que lhe for imposto.

— Não conhece Colloredo! Nós, os músicos, somos seus empregados e temos de adotar nas músicas as regras rígidas impostas por ele.

— Aceite-as como provas que o ajudarão a progredir, aumente sua paleta sonora, amplifique o pensamento musical.

— E se o príncipe-arcebispo censurar o meu trabalho?

— Tem medo da adversidade, Wolfgang?

O rosto do adolescente mostrou uma expressão selvagem.

— O que quer que aconteça, *Thamos, o Rei do Egito* estará terminada antes do fim do mês de dezembro.

Salzburgo, 28 de setembro de 1773

— O que acham da nossa nova *Wohnhaus**? — perguntou Anna Maria, risonha.

Leopold e Wolfgang entraram no confortável apartamento, num belo imóvel burguês da Hannibalplatz conhecido como "a casa do professor de dança", devido a uma das distrações favoritas do proprietário.

Graças aos salários de Leopold e de Wolfgang e aos rendimentos de Nannerl, professora de piano, a família poderia pagar o aluguel e ter uma vida confortável, sem privações.

Ao se dirigir ao palácio, Leopold soube que Colloredo havia concedido um posto de mestre-de-capela a outro italiano, Lolli. O vice-mestre Mozart teria, então, dois superiores em vez de um e, assim, via a promoção se distanciar ainda mais. O príncipe-arcebispo nunca poria um alemão à frente dos músicos da sua corte. Leopold engoliu a decepção e continuou a se comportar como um perfeito empregado.

* Residência.

Berlim, 14 de outubro de 1773

Devido ao seu título e à suposta fortuna, Thamos, conde de Tebas, havia sido aceito no grau de Cavaleiro da ordem interna da Estrita Observância Templária. Dois Irmãos vestiram-no com um traje púrpura ornamentado de um cordão dourado com nove nós, puseram uma túnica curta de lã branca por cima e um manto com a cruz vermelha do Templo do lado esquerdo.

Junto com outros Cavaleiros e escudeiros, ricos burgueses, ele compareceu ao convento que marcava o triunfo do novo Grão-Mestre, o duque de Brunswick. O primeiro balanço lhe era favorável: implantada na Alemanha, na Áustria, na Suíça e em outros países, a Ordem contava com altas proteções e recebia não só nobres, como também comerciantes e membros influentes da sociedade civil. O duque multiplicou as ações caritativas e abriu, em Dresden, uma escola gratuita para órfãos e pobres.

A única nota desafinada nessa sinfonia bem orquestrada era a presença de Zinnendorf, defensor do Rito Sueco. Brunswick esperava que aquele desordeiro se mostrasse discreto, mas Zinnendorf provocou um debate sobre um ponto fundamental.

— Pertencemos todos à mesma Ordem? — perguntou ele aos presentes. — Permitam-me duvidar! O Grão-Mestre pretende reinar em todas as Lojas unidas, mas não vejo nenhum vestígio dessa união. Ao contrário, o Sistema Sueco é diferente do sistema da Estrita Observância.

— No entanto, existe um consenso nos três primeiros graus, Aprendiz, Companheiro e Mestre — observou Ferdinando de Brunswick. — E o ritual do quarto grau, o de Mestre Escocês, não apresenta nenhuma divergência.

— Isso eu tenho de admitir. Em compensação, nossos altos graus são totalmente diferentes!

— É um problema momentâneo — avaliou o Grão-Mestre. — Não deseja, como eu, relembrar ritualmente a tragédia da Ordem do Templo e restaurar o seu poder simbólico e material?

— O Rito Sueco não se interessa por essas especulações inúteis e se preocupa apenas com o essencial, a magia divina. Os nossos ritos, que você ignora, recorrem ao espiritual.

— Ao se unirem à Estrita Observância e se submeterem ao Grão-Mestre, vocês darão mais força ao movimento maçônico.

— Não conte com isso — retorquiu Zinnendorf.

Thamos ficou aborrecido. Nenhum dos dois homens cederia. Apesar da sua autoridade e prestígio, o duque de Brunswick não dobraria o irascível Zinnendorf. Em vez de trabalhar no aprofundamento dos rituais e reaprender a falar a linguagem dos símbolos, a franco-maçonaria se perdia em brigas de poder.

O futuro iniciático da Estrita Observância era sombrio.

39

Viena, início de novembro de 1773

Para Joseph Anton, as instituições de caridade da Estrita Observância Templária eram uma cortina de fumaça. Se tivesse mais poderes, usaria o fisco para detectar as malversações financeiras ou mesmo inventá-las. Depois do infeliz episódio de Ratisbona, não podia mais intervir diretamente se não tivesse certeza de sucesso.

Porém, nada o deteria. Se a paciência o ajudasse, mais cedo ou mais tarde conseguiria esmagar a franco-maçonaria e os seus perigosos ideais.

A expressão satisfeita de Geytrand prometia uma boa notícia.

— Consegui um informante de primeira qualidade — revelou ele. — Um rico comerciante e também importador, editor, impressor e... Cavaleiro da ordem interna da Estrita Observância! O homem pagou muito caro a capa e a espada.

— Como conseguiu acuá-lo?

— Graças a outro Irmão, de categoria inferior, guarda-livros desse homem. O patrão não parece muito honesto e consegui provas, por escrito, de algumas das suas tramóias. Em troca do meu silêncio absoluto, o Cavaleiro me passou todos os rituais e prometeu manter-me informado sobre a evolução da Ordem.

— Merece um prêmio substancial, Geytrand!

— Obrigado, senhor conde. O recente convento de Berlim presenciou um sério confronto entre Zinnendorf, o campeão do Rito Sueco, e o Grão-Mestre da franco-maçonaria templária, o duque de Brunswick. Ainda estão brigados. Entre eles existe um fosso intransponível.

— A divisão vai enfraquecer a ambos.

— Brunswick não vai desistir. Depois de afastar o barão de Hund, ele segura as rédeas da Ordem com firmeza e faz com que ela prospere. De acordo com vários Cavaleiros, existe uma grande dificuldade: a falta de substância dos rituais. O Grão-Mestre procura corrigir essa deficiência, mas não encontra a solução, sobretudo porque, segundo ele, a urgência consiste em garantir o progresso material e, como o prometido, enriquecer os principais dignitários.

— Vamos vigiar principalmente os banqueiros, os homens de negócios e os provedores de capitais. Se Brunswick tiver sucesso, muitos tronos ficarão em perigo. E temos uma outra preocupação: o avanço da Rosa-Cruz de Ouro em Viena. Esses malditos alquimistas se infiltram nas Lojas e possuem laboratórios clandestinos difíceis de localizar.

— Devido à compartimentalização dos pequenos círculos e à opacidade da hierarquia — lamentou Geytrand — não consigo agarrar um informante confiável.

— Por isso usaremos um outro método que me dá muitas esperanças. Como sabe, pressionado pelos governos da França, da Espanha e de Portugal, o papa Clemente XIV suprimiu, contra a vontade, a Ordem dos Jesuítas. Alguns deles sonham com uma reparação e vou oferecer-lhes essa possibilidade. Eles se infiltrarão nas Lojas maçônicas e as desorganizarão, levando vários Irmãos para a verdadeira e santa fé. Assim, a Rosa-Cruz de Ouro, devido às tendências místicas, perecerá asfixiada. Se maus pensamentos florescerem, os nossos amigos jesuítas nos informarão.

Salzburgo, dezembro de 1773

Depois do retorno a Salzburgo, a obra de Wolfgang adquiriu uma outra dimensão. Ele não mais se limitava a imitar os mestres e a copiar estilos e sim buscava realmente a sua própria linguagem. Em novembro havia nascido uma notável sinfonia em *ut* maior*, com os quatro movimentos atingindo uma amplidão inédita, marcando uma reviravolta na sua concepção desse tipo de obra.

Embora inspirado em Michael Haydn, o quinteto para cordas de dezembro** tentava precisamente se libertar dessa influência amigável à qual, até há pouco tempo, ele se submetia espontaneamente.

Wolfgang compôs também o primeiro concerto para piano***! Não se tratava de uma cópia de obras da moda sem importância,

* K. 200.

** K. 174.

*** K. 175 (nº 5).

mas de uma criação original e sedutora: um início alegre e envolvente, um movimento lento marcado pela poesia e um final com quatro temas, cuja complexidade deixou Leopold preocupado. Dificuldades técnicas e audácias musicais em excesso podiam depreciar a reputação de Wolfgang. Além do mais, o concerto não era uma encomenda. Se ele escrevia para si mesmo, não estaria deixando de lado as obrigações de músico-empregado?

E depois, é claro, havia *Thamos, Rei do Egito*! Dois coros abriam o primeiro e o quinto atos do drama, e cinco interlúdios instrumentais pontuavam o recitativo, sendo que o último assumia a forma de uma tempestade orquestral no momento da morte do traidor que tentava, em vão, impor a tirania das trevas.

Wolfgang estava profundamente insatisfeito. A amplidão do assunto merecia mais do que essas poucas falas. Finalmente, um libreto o fascinava de ponta a ponta, mesmo que o texto, quase sempre medíocre, não se mostrasse à altura do tema.

No dia em que terminou o trabalho, Wolfgang cruzou com Thamos na rua.

— Compreendo a sua atitude. Lembre-se de que se trata de uma primeira etapa, destinada a familiarizá-lo com a realização da Grande Obra.

— Sethos, o sumo sacerdote, Saís, sua filha, Thamos, o príncipe que vai libertá-la das forças obscuras... Esses personagens teriam tanto a dizer!

— E dirão, se incorporá-los à sua alma de criador à medida que você for evoluindo. Aos dezessete anos, não é fácil ser paciente.

— Quando a obra será representada?

— Vou entregar a partitura para o barão Von Gebler, que a enviará a um amigo, Nicolai, em Berlim. O projeto pode não agradar.

— A quem?

— Falar sobre as trevas e atacá-las sempre provoca reações, sejam violentas ou insidiosas.

— Nem todos desejam lutar ao lado dos sacerdotes do sol?

— Você ainda é ingênuo, Wolfgang. A maior parte dos indivíduos se deixa levar pelos acontecimentos, tapa os olhos e os ouvidos e prefere ignorar a realidade.

— Isso não ocorrerá comigo! — afirmou o rapaz. — Se a Luz não triunfar, que sentido poderia ter a vida?

— Você está começando uma viagem longa e atribulada — revelou o egípcio. — Que ela possa levá-lo à Grande Obra que acabou de esboçar.

Thamos se afastou.

Wolfgang se esqueceu de almoçar. Compôs mais uma sinfonia*, pela primeira vez inteiramente numa tonalidade menor. O primeiro movimento, que recebeu uma nova denominação, *allegro con brio,* traduzia os intensos sentimentos que o dominavam.

Algum dia, ele também seria sacerdote do sol.

* K. 183 (nº 25).

40

Salzburgo, 22 de janeiro de 1774

— Isso não pode continuar, Wolfgang, de jeito nenhum! — rugiu o pai. — A sua última sinfonia em lá maior* não agradou a ninguém. Patética demais em certos momentos, séria demais em algumas passagens. Posso compreender a crise de adolescência, mas precisa fazer o seu trabalho dentro das regras da arte para manter o seu posto. O nosso empregador, o príncipe-arcebispo Colloredo, é quem estabelece o gosto em Salzburgo. Ele gosta da música galante, leve, que distrai, fácil de ouvir num jantar oficial ou numa recepção. Portanto, é essa e não qualquer outra que tem de compor. Esse é o preço da sua felicidade e da felicidade da sua família. Não perturbe o auditório com os seus estados de espírito!

* K. 201 (nº 29).

Wolfgang teve vontade de gritar, de rasgar o papel de música e de virar o tinteiro, mas de que adiantaria? Seu pai tinha razão.

Deixaria de lado os projetos pessoais, não se aventuraria no perigoso caminho de um novo concerto para piano e produziria encantadoras obras sem pretensão, bem-feitas, que Salzburgo degustaria como guloseimas.

Felizmente, ainda restava *Thamos, Rei do Egito*! O sucesso lhe abriria as portas dos teatros de Viena. Mozart pediria a Von Gebler que o deixasse desenvolver o aspecto musical da obra para fazer uma grande ópera que descrevesse os mistérios do Egito. Thamos, o seu protetor, iria ajudá-lo a entender as idéias mais importantes dos sacerdotes do sol.

Enquanto isso, Wolfgang se divertia com Miss Pimperl, uma fêmea fox terrier sempre pronta a distraí-lo. Ela latia de contentamento quando ele sentava ao piano e o ouvia atentamente.

Para acalmar os nervos, o músico jogava dardos e o jogo-da-bola, e sempre se encontrava com os amigos, cujas conversas frívolas o cansavam rapidamente.

— Meu irmão mais velho quer ser padre — confiou-lhe Anton Stadler. — Eu não, gosto muito da vida! E você?

— Eu estou a serviço do príncipe-arcebispo, meu comportamento tem de ser irrepreensível. Meu pai censuraria qualquer impropriedade, por menor que fosse.

— Leopold não é de brincadeiras, eu sei. Em todo caso, ele se casou com uma mulher bonita! Se quiser, posso levá-lo para conhecer moças bem simpáticas.

— Não estou procurando "moças", como diz. Acredito na nobreza da mulher e na seriedade do matrimônio.

— No grande amor? Você corre o risco de ter uma decepção!

— Diariamente meus pais me dão exemplo de um casal feliz. Eles se amam e se respeitam mutuamente. É isso o que eu quero.

— Na sua idade, não é um modo aborrecido de ver a vida?

— Decididamente, todos tentam arrastar-me para aventuras amorosas! No campo dos sentimentos, não existe essa possibilidade.

— Pior para você. Não sabe o que está perdendo...

Salzburgo, 27 de janeiro de 1774

Antes de comemorar o décimo oitavo aniversário do filho, Leopold, impaciente, aguardava boas notícias de Viena. Assim que soube da morte do mestre-de-capela Gassmann, ele falou com todos os conhecidos para propor, discretamente, a candidatura de Wolfgang. Contava, sobretudo, com um bom amigo da família, Giuseppe Bonno, bem familiarizado na corte.

Finalmente, uma correspondência de Viena!

Ao ler a carta, as feições de Leopold se desfiguraram.

Wolfgang não havia sido nomeado mestre-de-capela pela imperatriz Maria Teresa e sim... Bonno! Que amigo, que grande amigo! As portas da corte nunca se abririam para eles.

— Vamos comer — ordenou Leopold.

Viena, 4 de abril de 1774

A representação parcial de *Thamos, Rei do Egito* foi um fracasso total. Não haveria uma segunda chance.

Decepcionado, de cabeça baixa, o barão Von Gebler esbarrou em um dos raros espectadores que não haviam saído da sala.

— Desculpe-me.

— Poderia lhe falar um momento, caro barão? — perguntou com voz amável Joseph Anton.

— Gostou da minha obra?

— É justamente esse assunto que desejo abordar. Um assunto... perigoso.

— Perigoso? Explique-se! Antes de tudo, quem é você?

— Alguém que sabe da sua ligação com a franco-maçonaria, a sociedade secreta pouco apreciada por Sua Majestade, a imperatriz. Fique tranqüilo, quero o melhor para o senhor. Meu nome não é importante e não lhe diria nada. Em compensação, fique atento às minhas recomendações.

Von Gebler ficou com medo. Aquela eminência parda de voz amável não era inofensiva. Se estava agindo em nome da imperatriz, seria melhor ouvi-la.

— Apesar da sua decepção de autor, o fracasso da peça me parece salutar. Ao que tudo indica, os sacerdotes do sol, iniciados nos mistérios, são os franco-maçons encarregados de combater as forças das trevas e o obscurantismo sustentado pela demoníaca Mirza, encarnação de Maria Teresa da Áustria.

— Está enganado, senhor, e não permito que...

— As suas idéias são transparentes, barão, e as alegorias não escondem um caráter subversivo. Apoiar assim uma organização perniciosa e pregar sua causa tentando converter o público vienense são atitudes inaceitáveis.

— Eu não tinha essa intenção, juro!

— Se essa obra desaparecer, ela lhe evitará sérios aborrecimentos, desde que aprenda a lição com esse erro deplorável. A franco-maçonaria não será reconhecida na Áustria e seus adeptos terão muitos dissabores. Deveria afastar-se dessa organização sem demora. Eu me esquecerei do seu erro desde que nunca mais ouça falar do senhor.

Von Gebler não teve forças para lutar.

— Um detalhe... Qual é o nome do músico medíocre que ilustrou algumas passagens da sua obra?

— Wolfgang Mozart.

— Um dos Irmãos maçons?

— Oh, não! Um adolescente, uma ex-criança-prodígio que trabalha na corte de Salzburgo. Para ele foi apenas uma pequena encomenda entre muitas outras.

Então, esse Mozart não era cúmplice de Von Gebler. Mesmo assim, Joseph Anton anotaria o nome dele no dossiê consagrado a esse caso.

Salzburgo, 10 de abril de 1774

Wolfgang estava à beira das lágrimas. O fracasso de *Thamos*, que acabara de saber pelo egípcio, condenava-o à prisão em Salzburgo e ao estilo galante.

— Mesmo que Gebler renuncie, eu não vou desistir! O assunto dessa futura ópera é extraordinário. Quero ir mais fundo e desenvolvê-lo. Poderia me ajudar?

— Certamente.

— Como posso atingir o meu objetivo se não me tornar um sacerdote do sol?

A pergunta encheu o coração do egípcio de uma alegria intraduzível. O Grande Mago encontrava a sua via e, segundo a expressão dos Antigos, dava um caminho para os seus pés.

— Deseja realmente isso?

— A iniciação não é a chave da vida?

— Realmente, esse foi o ensinamento do Egito.

— Então, eu quero essa chave!

— Se você se mostrar digno dela, vai consegui-la. Mas ainda precisa passar pela provas.

— Aqui, em Salzburgo?

— Aqui mesmo. O lugar não importa, o que contam são as provas que formarão a sua consciência e a sua vontade. Como seus dons são raros, a vida não o poupará, ao contrário.

— Terei de esperar... por muito tempo?

— O tempo necessário, Wolfgang. Apressar-se seria um grande erro.

41

Salzburgo, maio de 1774

Música de igreja, sinfonias leves, serenatas, divertimentos... Wolfgang satisfazia os desejos do príncipe-arcebispo. De vez em quando se entregava a algumas experiências de composição e combinações de timbres.

O músico não se revoltava, aperfeiçoava-se. Tratava-se de uma situação difícil, é verdade, mas nada inútil. Precisava escrever milhares de notas, explorar dezenas de formas antes de dominar a linguagem ainda embrionária. O jovem prodígio precisava amadurecer. Tanto Colloredo quanto o seu pai acreditavam que ele estava conformado. Mas não sabiam do fogo que nascia dentro do rapaz.

Wolfgang não se iludia e não dava nenhum valor à grande quantidade de produções obrigatórias que lhe permitiam "treinar as mãos" e trabalhar a massa musical mais e mais depressa. Não era uma fuga nem um trabalho superficial, mas uma construção do futuro.

Versalhes, 10 de maio de 1774

Os impostos haviam aumentado. O padeiro não podia vender o pão mais caro com medo de ser insultado e agredido. Se continuasse nesse ritmo, teria de fechar a loja!

Seu amigo, o sapateiro, lhe bateu no ombro.

— Ele morreu!

— O cobrador de impostos?

— Não, o chefe dele: o rei Luís XV.

— Não é uma grande perda: um devasso, mentiroso e incompetente! Por causa dele, a França está arruinada!

— A sucessão não será melhor. Teremos como rainha Maria Antonieta, uma austríaca! O que ela entende dos nossos problemas? Ela vai chafurdar no luxo e no prazer, como todas as princesas estrangeiras.

— Mesmo assim, o rei é o rei — lembrou o padeiro. — Ele vai obrigá-la a se comportar.

— Não acredito nisso. É preciso mudar tudo.

— E como?

— Mudando tudo — insistiu o sapateiro.

Praga, 2 de junho de 1774

A despeito da sua precária situação financeira, Ignaz von Born continuava a pesquisa iniciática. Examinando os documentos à sua disposição, reunindo os elementos esparsos da Tradição, ele contatava o máximo possível de franco-maçons, mesmo que a maior parte deles não quisesse sair da rotina e do conforto intelectual.

O mineralogista e alquimista não cogitava num movimento de massa, preferia atar laços sólidos com um pequeno número de Irmãos.

Naquele belo dia de primavera ocorreram dois fatos promissores. Primeiro, sua eleição como *Fellow* na Royal Society de Londres. Em outras palavras, um reconhecimento internacional de suas qualidades científicas. Depois, a visita de Thamos.

— Desculpe-me perguntar — disse o mineralogista —, mas como suporta o exílio?

— Ao sair do Egito por ordem do abade Hermes — revelou Thamos —, eu sabia que nunca mais poderia voltar ao mosteiro. Os bárbaros o queimaram, assassinaram os Irmãos e tentaram destruir os tesouros acumulados ao longo dos séculos.

— O abade não pressentiu esse desastre?

— Como sucessor do Grande Vidente, superior dos iniciados de Heliópolis, Hermes via a realidade. O segredo dos hieróglifos e as palavras dos deuses nunca se perderam, foram transmitidos da boca do mestre para os ouvidos dos discípulos. Em tempos cruéis é preciso preservar os textos fundamentais; alguns deles remontam à idade do ouro da construção das pirâmides. As areias do deserto serão seu santuário até que um olhar investigador os ressuscite. Em vias de extinção espiritual, o Ocidente corre para o desastre. Por isso, fui encarregado de transmitir a você o *Livro de Toth*.

— Mostrar-me-ei digno da sua confiança — declarou Von Born, emocionado. — Conte com a minha determinação e perseverança.

Apesar da escassez dos meios materiais, da saúde frágil e do isolamento, para Thamos o mineralogista parecia ser o franco-maçom mais apto a criar a corrente iniciática de que o Grande Mago precisaria. Por isso lhe entregou novos trechos do *Livro de Toth*, que ele próprio havia estudado atentamente antes de comparecer diante do abade Hermes, encarregado de verificar suas aptidões.

Consciente do peso que, doravante, carregaria nos ombros, Ignaz von Born abriu o manual de alquimia da cidade egípcia de Hermontis, o *Livro da Noite*, que reproduzia as etapas da ressurreição do sol, através do imenso corpo da deusa Céu, e os textos sobre o olho do sol, princípio criador.

— A franco-maçonaria atual me parece incapaz de compreender esses mistérios!

— Prepare-a e transforme-a, meu Irmão. Esse é o seu dever vital. Se não, o Grande Mago não desabrochará.

Salzburgo, junho de 1774

Wolfgang se permitiu um momento de pura descontração ao compor o seu primeiro concerto para instrumento de sopro, um fagote, com uma orquestra reduzida à mais simples expressão*.

* K. 191.

Uma pequena obra sem pretensão, rústica e juvenil, que lhe concedeu algumas horas de distração, antes de executar as encomendas religiosas do príncipe-arcebispo, que dava grande importância às "missas breves"*.

Miss Pimperl gostou muito da sonoridade do fagote e da característica provinciana do concerto. Ao levá-la para passear, Wolfgang encontrou Thamos.

— Tem notícias de Von Gebler?

— Não conte com ele, Von Gebler não é homem de correr riscos. Como a obra desagradou às autoridades, ele deve se restringir a poesias menos ousadas.

— As autoridades tomam o partido das trevas contra a Luz?

— Quem tem o poder político se preocupa, em primeiro lugar, em conservá-lo, independentemente dos meios usados e dos comprometimentos. Mas isso não é motivo para você abandonar *Thamos, Rei do Egito*, a base das suas obras futuras.

— No momento, não faço nada excitante! A música galante passou a ser o meu ganha-pão cotidiano e me enche o estômago.

— Tem se esquecido de aperfeiçoar o conhecimento dos instrumentos e as técnicas de composição?

— Claro que não! É a única possibilidade de não me sentir sufocado.

— Existe outra.

— Qual?

— A leitura. Primeiro, os dicionários de línguas. Com o que se lembra das viagens e a capacidade que possui, poderá falar correntemente o italiano e o francês, sem deixar de praticar bem o inglês.

* K. 192, 194.

Depois, poderá se distrair com o *Asno de Ouro*, de Apuleio, e *Os Etíopes*, de Heliodoro, romances iniciáticos nos quais esses antigos autores abordam o tema das adversidades e das necessárias transformações do ser antes de penetrar no reino de Ísis. Eu acrescentaria algumas peças do dramaturgo William Shakespeare, que poderiam contribuir para a sua transformação em autor de ópera.

— Uma ópera... Acha que sou capaz?

— Leia e leia de novo, Wolfgang.

42

Berlim, 16 de julho de 1774

O duque Ferdinando de Brunswick esfregou as mãos de felicidade. Nos últimos meses, várias Lojas francesas, em Estrasburgo, Lyon, Bordeaux e Montpellier, se haviam unido à Estrita Observância. Naquele belo dia de verão, o imperador Frederico II autorizou a presença da franco-maçonaria nos Estados controlados por ele.

Por isso, o Grão-Mestre da Ordem Templária estava em Berlim para entrar em contato com influentes personagens, agora decididos a apoiar a sua causa. Entre recepções e jantares, ele preparava uma rede importante de relacionamentos e se afirmava como um verdadeiro chefe, relegando o barão de Hund a segundo plano.

Ferdinando de Brunswick não se interessava apenas por poder e honrarias. Também acreditava na sua missão e continuava a lamentar a inconsistência dos rituais. As dissensões entre os Irmãos, a falta de cultura iniciática, as pesquisas insuficientes impediam a Ordem de solidificar as suas bases. Consciente dessas imperfeições, o Grão-Mestre encontraria um remédio para elas.

Viena, 20 de julho de 1774

Geytrand estava contrariado.

— Más notícias de Berlim. O imperador Frederico II agora protege a franco-maçonaria.

— Está enganado — objetou Joseph Anton. — Ao contrário, é uma excelente iniciativa!

— Não compreendo, senhor conde.

— Frederico quer controlar tudo e saber de tudo. A melhor maneira de fazer com que os franco-maçons se mostrem, ou seja, o melhor meio de identificá-los, consiste em torná-los confiantes. Agora, os ingênuos acreditam que têm a aprovação do imperador! Eles desconhecem a profunda afeição do imperador pelos jesuítas, cuja penetração nas Lojas já é um verdadeiro sucesso. Não só os jesuítas nos fornecem preciosas informações, como levarão para o seio da Igreja as ovelhas desgarradas. Essa praga brilhante contaminou até a Rosa-Cruz de Ouro.

Geytrand não dissimulou a surpresa:

— A Rosa-Cruz de Ouro?... Conseguiu infiltrar-se nessa Ordem?

— Inspirei-me na aula dada pelos jesuítas.

— Então, o fruto já começou a apodrecer!

O meio sorriso de Joseph Anton expressava uma grande satisfação.

Salzburgo, 30 de setembro de 1774

No dia de São Jerônimo foi organizada uma festa para o príncipe-arcebispo Hieronymus Colloredo. Depois de relaxar compondo encantadoras variações para piano*, Wolfgang estava, outra vez, nervoso.

Os músicos da corte tocavam a sua serenata em ré maior** em honra de Colloredo e a obra não respeitava as regras impostas. Mais desenvolvida do que o normal, ela possuía um andante denominado pela primeira vez de *cantabile,* "cantante". Trancado em Salzburgo, prisioneiro do seu posto de músico-empregado, Wolfgang espairecia graças ao som dos instrumentos e à variedade das tonalidades.

Será que Colloredo perceberia e repreenderia o empregado? Por sorte, uma serenata era apenas um passatempo e ninguém prestava muita atenção. Com outras preocupações na cabeça, feliz com a submissão dos seus súditos fiéis e com as demonstrações de estima, o príncipe-arcebispo manteve o bom humor e passou um dia excelente.

Salzburgo, outono de 1774

Cinco sonatas para piano***: ao compô-las, Wolfgang retomava um gênero praticado em 1766**** e abandonado posterior-

* Doze variações com um tema de Fischer, K. 179, que foram exibidas em Paris, em 1778.

** K. 203.

*** K. 279 a 283.

**** Quatro sonatas para cravo, perdidas.

mente. Ele esperava traçar um novo caminho, mas saiu dessa experiência muito descontente. Virtuosidade, um estilo galante inspirado em Joseph Haydn, falta de profundidade... Ele não tocaria essas sonatas em público e não as publicaria. Como estava longe de *Thamos, Rei do Egito*!

Nos passeios com Miss Pimperl não cruzava mais com o egípcio. Certamente ele estava viajando, mas será que voltaria a Salzburgo?

— Pode ser uma excelente notícia! — anunciou Leopold. — O príncipe-arcebispo da Baviera encomendou uma ópera-bufa para o Carnaval de Munique.

— Por que "pode ser"?

— Porque precisamos de uma autorização de Colloredo.

Wolfgang ficou triste.

— O grande mufti não permitirá a nossa partida.

— Tentarei convencê-lo.

Altivo e distante, o príncipe-arcebispo concordou em receber o vice-mestre-de-capela.

— Problemas, senhor Mozart?

— Oh, não, Vossa Graça! Com vistas a uma viagem a Munique, eu...

— Meus empregados trabalham em Salzburgo, não em Munique.

— Trata-se da encomenda de uma ópera e...

— Da parte de quem?

— De Maximiliano III, o príncipe-eleitor da Baviera.

— Ah...

Colloredo fazia questão de manter um relacionamento cordial com todas as cabeças coroadas e com os chefes dos principados, grandes ou pequenos.

— Nesse caso — continuou, taxativo — a situação merece ser examinada. Uma ópera em estilo italiano, espero!

— Sem dúvida, Vossa Graça! O título será *La Finta Giardiniera* (A falsa jardineira). O autor do libreto é Calzabigi, discípulo de Gluck.

— Uma garantia de qualidade. Que o seu filho honre a reputação dos músicos da minha corte! Autorizo os dois a irem a Munique.

Munique, 8 de dezembro de 1774

Que felicidade sair de Salzburgo! Durante a viagem, Wolfgang leu *Os Sofrimentos do Jovem Werther*, de Goethe, e não lhe agradou a profusão de sentimentos exagerados. Leopold ruminava a notícia da nomeação de Gluck como compositor da corte imperial e real de Viena, com um salário de 2.000 florins por ano. O caminho da capital da Áustria parecia definitivamente impedido para o seu filho.

Quando chegaram, os Mozarts foram recebidos pelo cônego Pernat e pelo conde Seeau, intendente da música e dos espetáculos na corte da Baviera. "Um perfeito hipócrita", pensou Wolfgang, assim que o conheceu.

— O trabalho está pronto? — perguntou o conde.

— Bem adiantado — respondeu Leopold. — Wolfgang logo o terminará.

— Assim é melhor, pois o príncipe-eleitor espera muito desta ópera. Distrair nossos caros muniquenses lhe parece primordial. Fiquem à vontade, em breve nos veremos.

O alojamento era aceitável.

— Esse conde nos causará problemas — profetizou Wolfgang.

— Não podemos nos indispor com ele! Se você conseguir um primeiro sucesso, outras encomendas virão.

Apesar da dor de dente provocada pelo terceiro molar e que foi preciso tratar com urgência, no dia 16 de dezembro Wolfgang terminou os três atos de *La Finta Giardiniera**, cujo libreto não era muito interessante, com exceção da personagem da heroína, bela, amorosa e fiel. Traduzir em música os sentimentos de uma mulher, de coração puro e alma nobre, o fascinava.

Quando o conde Seeau anunciou aos Mozarts o adiamento da estréia, Wolfgang não se surpreendeu. Aquele fingido era um mentiroso nato.

A chegada de Nannerl, no dia 5 de janeiro de 1775, foi um motivo para aproveitar algumas distrações locais. Embora a irmã mais velha de Wolfgang estivesse hospedada na casa de uma carola, o trio familiar freqüentou os bailes de Munique enquanto aguardava a boa vontade das autoridades do mundo artístico.

* K. 196.

43

Munique, 13 de janeiro de 1775

O Salvatortheater estava lotado para a primeira representação de *La Finta Giardiniera*. A ópera-bufa do jovem Mozart seria bastante divertida?

O início não tinha nada de alegre. Apaixonado pela marquesa Violante, o conde Belfiore estava louco de ciúmes, sem motivo. Tão enciumado que preferiu matá-la a vê-la com um rival! Ao voltar para as suas terras, o assassino se casa com a sedutora Arminda. O amor devorador e o luto não haviam durado muito tempo.

Mas Violante sobrevive! Recuperada, ela parte, com o servo Roberto, em busca do criminoso. Ao chegar às terras de Belfiore, Violante se disfarça assumindo a identidade da jardineira Sandrina, a serviço de dom Anchise, tio de Arminda, esposa do assassino. E Roberto passa a trabalhar como empregado desse importante dignitário.

A essa altura, o público começa a relaxar. À custa de disfarces e nomes falsos, a punição ao malvado fatalmente ocorreria numa cena francamente hilária.

Antes se sentindo atraído pela serva, a graciosa Serpetta, dom Anchise passa a cobiçar a nobre e digna Sandrina, a falsa jardineira. Serpetta, por sua vez, repele os avanços do empregado Roberto.

Finalmente, Sandrina revela a sua verdadeira identidade a Belfiore, o seu assassino, que se joga ao pés da moça. Infelizmente, não há muito do que rir, porque a jovem, em vez de se vingar ou de perdoar, convence o infame de que, efetivamente, o havia traído! E os dois amantes amaldiçoados voltam a se apaixonar.

Completamente desorientado, o público muniquense fica aliviado ao assistir a um fim marcado por três casamentos: o de Violante, aliás Sandrina, com Belfiore; o da esposa abandonada, Arminda, com um novo amor; e o dos dois empregados, Roberto e Serpetta.

O único desprezado, dom Anchise, não consegue os favores de nenhuma mulher. Todos esperavam uma cena autenticamente cômica, mas o infeliz, que só poderia amar uma sósia da heroína, mergulha numa espécie de demência.

— Que ópera-bufa estranha — conclui um espectador atento. — O jovem Mozart sabe contar uma história em música, mas há muitas notas e passagens trágicas em menor. O príncipe-eleitor parece satisfeito?

— Ele aplaudiu — constatou o vizinho.

— E o conde Seeau?

— Parece pouco entusiasmado. Na minha opinião, o autor hesita todo o tempo entre o trágico e o cômico. E esse libreto complicado, que tédio!

Esperto, o crítico Schubart escreveu na *Deutsche Chronik*: "Se Mozart não for uma planta de estufa, tornar-se-á um dos maiores compositores que já existiram."

Munique, fevereiro de 1775

Para a mãe, preocupada, Wolfgang escreveu que a ópera agradou ao príncipe-eleitor e à nobreza de Munique. E ele conclui a carta afirmando: "Como sempre, voltaremos para cá muito em breve."

— Não se entusiasme — aconselhou o pai. — Acabei de receber uma encomenda do príncipe-arcebispo. Ele exige uma missa breve e agradável.

Irritado, o rapaz compôs rapidamente uma obra despretensiosa*, na qual as brilhantes passagens dos violinos imitavam os chilreios dos pardais. Meio absurda, mas distraía. E Wolfgang acentuou as palavras *desceu aos infernos,* do Credo, que só ele sabia o que queria dizer: "Tomara que Colloredo morra e me deixe em paz!" Poderia sonhar coisa melhor para os seus dezenove anos?

Em pleno período do Carnaval, Leopold e os dois filhos se juntaram aos foliões. Esquecendo-se das preocupações, freqüentaram os bailes e se divertiram com a visão dos ritos pagãos que anunciavam o fim do inverno e a volta da luz.

Leopold esperava que houvesse outra encomenda de uma nova ópera que projetaria a carreira do filho em Munique. Quando, finalmente, o conde Seeau anunciaria a boa notícia? Impaciente, o chefe de família forçou ser recebido pelo intendente de música e espetáculos.

* Conhecida como "missa dos pardais", K. 220.

— Algum problema, senhor Mozart?

— *La Finta Giardiniera* não foi um belo sucesso?

— As opiniões divergem.

— Qual a sua, senhor conde?

— O seu filho tem muito talento. Algumas passagens me pareceram um pouco sérias demais para uma ópera-bufa. É Carnaval, os muniquenses querem se divertir. Essas histórias de loucos em que não se sabe muito bem quem é quem...

— Wolfgang não é responsável pelo libreto!

— Sei disso, e muito bem, senhor Mozart. O príncipe Maximiliano quer um moteto destinado ao ofertório de uma missa. Seu filho seria capaz de compor com rapidez?

— Pode contar com ele.

Em total oposição à música despretensiosa tocada em Salzburgo, Wolfgang compôs uma obra bem austera, num estilo arcaizante*. Orgulhoso da homenagem prestada aos mestres antigos, ele enviou a partitura ao padre Martini e ficou cruelmente desapontado com a resposta: "Um êxito no gosto... moderno!"

Ressentimento que não durou muito, pois Wolfgang foi obrigado a ganhar a vida escrevendo uma encantadora sonata, marcada pela chancela da virtuosidade**, encomendada pelo rico barão Dürnitz. Depois ele travou um duelo no cravo com o capitão Von Boecké, diante de um público que apreciava o sensacionalismo. Tão veloz quanto Wolfgang, o militar não possuía nenhum senso poético. Vencedores da disputa: o vinho e a cerveja, distribuídos em honra dos valorosos músicos!

---

* *Misericordias Domini,* em ré menor, K. 222.

** K. 284. As variações finais são admiráveis.

Munique, março de 1775

No início do mês, Leopold foi novamente procurar o conde Seeau.

— Estou muito ocupado, senhor Mozart, não tenho tempo para o senhor.

— O príncipe Maximiliano gostou do moteto?

— Ele não fez nenhuma crítica.

— Nenhum elogio?

— Também não.

— Tem intenção de encomendar uma nova ópera?

— Preciso pensar.

— Se tiver um prazo razoável, o meu filho poderá compor uma obra bem mais atraente do que *La Finta Giardiniera*...

— Justamente, faltou alegria a essa ópera. Sem dúvida a capacidade do seu filho é limitada. Uma vez que o príncipe-arcebispo de Salzburgo está satisfeito com ele, por que procurar ganhar a vida em outro lugar? Fique em casa, senhor Mozart, e desfrute da sua privilegiada condição.

A viagem a Munique terminava em desastre. O único comentário de Leopold com Wolfgang foi sobre a indecisão de Seeau, de gosto artístico indefinido.

A constatação era cruel. Nenhuma encomenda de mais uma ópera para a próxima Quaresma, nem uma partitura para a corte da Baviera, nem música religiosa.

No dia 6 de março de 1775, os Mozarts pegaram o caminho de volta para Salzburgo.

44

Salzburgo, 23 de abril de 1775

Sentado ao lado do arquiduque Maximiliano Francisco, quarto e último filho da imperatriz Maria Teresa, o príncipe-arcebispo Colloredo estava orgulhoso por oferecer ao ilustre hóspede, de passagem pela cidade, uma pequena ópera em dois atos e quatorze números, *O Rei Pastor**, da pena ágil do jovem Mozart, libreto de Metastasio.

Alexandre, o Grande, em pessoa, queria entregar o trono de Sidon a um casal nada harmonioso. Percebendo o próprio erro, ele escolhe candidatos melhores, entre eles um pastor que, no entanto, preferia continuar com o seu rebanho. E tudo termina bem, graças à lucidez de Alexandre que, evidentemente, era igual à de Colloredo.

---

* K. 208.

Depois de um primeiro concerto para violino impessoal e despretensioso*, Wolfgang deve ter composto às pressas essa longa serenata que não tinha nada a ver com a grande ópera com que ele sonhava.

Colloredo estava radiante. Satisfeito com a calorosa acolhida, o arquiduque elogiaria o príncipe-arcebispo para a corte de Viena, onde se decidia o futuro da região. Se José II conseguisse impor as suas reformas, a prosperidade seria mantida.

Brunswick, 26 de maio de 1775

Os habitantes da agradável cidade de Brunswick assistiram a um estranho espetáculo. Liderados pelo Grão-Mestre Provincial Charles de Hund, os Cavaleiros da Estrita Observância Templária percorreram as ruas principais até a Casa da Ordem, onde eram esperados pelo Grão-Mestre, o duque de Brunswick.

Previsto para se estender até 6 de julho, o convento maçônico reunia todos os dignitários e prometia discussões violentas. Três comissões se encarregariam do desenvolvimento da Ordem: a primeira trataria da economia, a segunda, da política, e a terceira, das cerimônias. O teor dos relatórios emanados desses trabalhos permitiria que o Grão-Mestre tomasse decisões.

Essa primeira grande manifestação oficial nas suas terras teve um grande sucesso popular. Intrigados e, ao mesmo tempo, admirados, os curiosos se deleitavam com a presença dos Cavaleiros luxuosamente vestidos.

* K. 207.

Enquanto os assistentes resolviam problemas administrativos, o Grão-Mestre recebeu em particular De Hund, magro e doente.

— Sente-se, meu caro Irmão. Quer água, chá ou alguma bebida mais forte?

— Um pouco d'água, por favor.

O duque serviu pessoalmente o visitante.

— A sua saúde me preocupa.

— Estou muito doente — confessou De Hund —, e meus dias estão contados.

— Lamento muito. Os melhores médicos de Brunswick tentarão curá-lo.

— Tarde demais.

— Não seja tão pessimista!

— Se a Estrita Observância sobreviver a mim, não terei sido bem-sucedido?

O duque ficou embaraçado.

— Meu caro Irmão, infelizmente você tem muito inimigos. Mentes limitadas reprovam a falta de explicação sobre as origens da Ordem e a legitimidade do seu poder espiritual.

— Eu já disse tudo a esse respeito!

— Suas explicações são inconsistentes. Sinceramente, você se defende muito mal. E temo que os seus adeptos mais fiéis o abandonem.

— Sozinho e desacreditado...

— Diante das minhas responsabilidades, não tenho o dever de me mostrar lúcido, mesmo que lamente a crueldade dessa atitude?

De Hund não se sentia capaz de lutar.

— O que quer de mim?

— Primeiro que endosse a minha decisão de transferir de Dresden para Brunswick a sede da Ordem; depois, que aprove a nomeação de amigos meus para os postos de responsabilidade; finalmente, que se retire para deixar que eu exerça sozinho todo o poder. Em troca do seu apoio, eu o protegerei. Quaisquer que sejam os seus erros ou deficiências, eu os assumirei. E poderá tratar da saúde com toda a tranqüilidade.

De Hund se afundou na poltrona e fechou os olhos, vencido pelo cansaço.

Viena, julho de 1775

Ao sufocar uma revolta de camponeses na Boêmia, José II deu provas de firmeza. Decidido a manter a grandiosidade do império e impor autoridade, o imperador também sabia tomar medidas populares, como a abertura ao público dos jardins de Augarten.

Joseph Anton temia um excesso de liberalismo, o que enfraqueceria a polícia e diminuiria a segurança. Essa tendência para a liberdade era encorajada por muitos franco-maçons, ao menos em palavras.

De volta do ducado de Brunswick, Geytrand se apresentou para fazer o relatório.

— Os conventos maçônicos são verdadeiras minas de informação — declarou, alegre. — Alguns participantes ficaram tão felizes por terem sido convidados que falaram espontaneamente. Encontrei um deles, tão envaidecido com o convite, que me contou tudo. O barão de Hund está muito doente, e o duque de Brunswick, em plena forma! O infeliz fundador da Ordem foi mandado de volta para casa, onde morrerá abandonado e desprezado.

— Em outras palavras, Ferdinando de Brunswick possui plenos poderes.

— Com o afastamento do barão de Hund, ele nomeou amigos fiéis para os principais postos. Assim, controlará as finanças e orientará a política da Ordem de acordo com sua visão pessoal.

— O que ele quer, exatamente?

— Restaurar a Ordem do Templo e lhe devolver o esplendor de outrora. E esse Grão-Mestre tem mais envergadura do que o barão de Hund! Não levá-lo a sério seria um erro.

— E o conteúdo dos rituais?

— Nesse ponto o convento fracassou. O duque de Brunswick esperava convencer os clérigos a transmitirem seus conhecimentos esotéricos aos Cavaleiros. Trabalho perdido! Os eruditos insistem em guardar segredo. Atitude nada fraternal... Coube ao Grão-Mestre acalmar as tensões e impor mais disciplina. Será que o duque de Brunswick conseguirá manter uma coexistência pacífica entre os diversos ramos da Ordem?

— Um homem perigoso — avaliou Joseph Anton. — Perigoso, mas intocável.

45

Salzburgo, agosto de 1775

Sofrendo com o calor, Miss Pimperl passava o dia dormindo no grande apartamento da família Mozart. Wolfgang levava a fox terrier para passear de manhã cedo e no fim da tarde, e não se esquecia de levar uma bola de pano, que a cadela sempre acabava arrebatando.

Anton Stadler tentava seduzir as mulheres; Wolfgang compunha. Um segundo concerto para violino*, que nasceu no dia 14 de junho, segundo o gosto francês; portanto, superficial e refinado. Em seguida, uma sonata de igreja**, uma serenata*** e um diverti-

* K. 211.
** K. 212.
*** K. 204.

mento* destinado a alegrar um banquete do príncipe-arcebispo organizado no castelo de Mirabell, seu pequeno Versalhes.

Em outras palavras, nada de profundo. Deprimido, o músico retomou sua cantata fúnebre de 1767 e acrescentou um coro final. O diálogo entre a Alma e o Anjo, a evocação da morte e do Além lhe permitiram escapar por algumas horas da galanteria e insignificância impostas por Colloredo.

E Thamos reapareceu, num passeio do fim da tarde. Miss Pimperl o estranhou.

— Achei que tinha sido abandonado!

— Você mesmo se abandonou.

— Entregam-me um trabalho específico e eu o realizo. O príncipe-arcebispo só aprecia um tipo de música de que nenhum dos seus músicos-empregados consegue escapar.

— Nem mesmo você?

— As barras da prisão são muito sólidas!

— Deixou de compor para si mesmo, fora do jugo das encomendas?

— Quase... Mesmo assim completei uma antiga cantata que não tem nada de superficial!

— Por isso nos encontramos de novo. Por que eu me interessaria por um medíocre incapaz de lutar contra a adversidade?

— Eu, medíocre? Parece que já passei por algumas provas!

— Tem certeza?

Wolfgang hesitou, mas resistiu.

— Dei o melhor de mim mesmo, eu...

* K. 213.

— Ainda não. E você não segue o bom caminho ao se deixar envolver pelas obras fáceis.

— O príncipe-arcebispo exige...

— É você quem compõe. Não se deixe adormecer.

— Se a ópera sobre os mistérios egípcios tivesse conseguido sucesso, eu não estaria aqui.

— Esqueça o "se", forje a sua vontade e a sua arte. Só elas lhe abrirão a porta do conhecimento.

Salzburgo, 12 de setembro de 1775

Ao ler a partitura do terceiro concerto para violino* do filho, Leopold ficou surpreso e preocupado. É bem verdade que Mozart respeitava um pouco o estilo galante e o rondó final à francesa certamente contentaria o príncipe-arcebispo. O movimento lento, um adágio, tinha um andamento um pouco melancólico, mas não aborreceria o auditório. Em contrapartida, o *allegro* inicial destoava. Forte, desenvolvendo temas em menor, oferecia ao solista surpreendentes diálogos com a orquestra.

— Esse início não estaria um pouco imponente? Você poderia atenuar...

— O movimento não progride com naturalidade?

— Os ouvidos de Colloredo não estão acostumados a tanta complexidade! Parece uma espécie de... explosão!

— Talvez acorde a alma do grande mufti!

Ao contrário dos temores de Leopold, a obra não chocou.

* K. 216.

Distraído, o príncipe-arcebispo só se preocupava com o seu novo programa de economias.

Os músicos-empregados seriam vítimas desse projeto?

Lyon, setembro de 1775

Com quarenta e cinco anos, o comerciante de tecidos Jean-Baptiste Willermoz aparentava ser um *bon-vivant*, com sobrancelhas espessas, lábios sensuais e olhos grandes, meio ingênuos. Cordial, simpático, caridoso, ele ajudava obras beneficentes e parecia levar a vida tranqüila de um grande burguês de Lyon.

No entanto, seu verdadeiro objetivo não era juntar uma imensa fortuna. Franco-maçom desde os vinte anos e Venerável Mestre Inamovível da Loja que havia criado*, trabalhava ativamente para difundir o ideal maçônico.

Willermoz se tornara um dos chefes do ramo francês da Estrita Observância Templária. Se desenvolvesse a autêntica espiritualidade que faltava desesperadamente na maioria das Lojas, a Estrita Observância não representaria o futuro da franco-maçonaria?

Não satisfeito em presidir e dar vida às Lojas lionesas, Jean-Baptiste Willermoz mantinha uma volumosa correspondência com vários místicos e franco-maçons para propagar as suas idéias.

* A Perfeita Amizade. Em 1758, ele havia fundado a Loja Os Verdadeiros Amigos e, em 1760, a dos Mestres Regulares de Lyon. Willermoz era herdeiro da obra de Martinez de Pasqually, apaixonado por gnose, Cabala e magia, que morreu em 1774, em Santo Domingo.

A Estrita Observância, sem dúvida, lhe permitiria pressionar o movimento e conquistar toda a França.

Uma grande prudência era necessária. Willermoz devia esperar um pouco para revelar as suas verdadeiras intenções, pois não conhecia direito o novo Grão-Mestre, o duque de Brunswick. Seria ele intransigente e fechado ou aberto ao ponto de vista místico? Outra preocupação: a implantação alemã da Ordem Templária desagradava a alguns patriotas franceses. Willermoz devia, portanto, ir devagar e aguardar circunstâncias mais favoráveis antes de se impor como incontestável chefe da fila; inicialmente agiria em surdina e, depois, abertamente.

Salzburgo, 15 de novembro de 1775

Leopold estava furioso. No dia 30 de setembro, Colloredo havia fechado o teatro do principado por medida de economia! Péssima notícia para os músicos da corte, a partir de então privados de um precioso instrumento de trabalho.

Diante de inúmeras pressões mais ou menos veladas, o príncipe-arcebispo concordou em abrir um novo teatro no parque Mirabell, próximo ao palácio. No entanto, um empresário foi encarregado de receber ali trupes ambulantes, sem conceder um lugar privilegiado aos músicos de Salzburgo.

O espaço para criação diminuía de maneira sensível.

Poupados, os Mozarts, pai e filho, foram mantidos nos seus postos. No rondó final do seu quarto concerto para violino*, inspirado

* K. 218.

em Boccherini, Wolfgang achou que seria divertido incluir um tema folclórico alsaciano, o que fez com que a obra, agradável aos ouvidos do grande mufti, recebesse o nome de "concerto de Estrasburgo". Satisfeito por ver o filho recuperar a razão, Leopold não gostou tanto do quinto concerto em lá maior*, do dia 20 de dezembro, por causa do movimento lento de profundidade preocupante e da intensidade rítmica do final.

— Muito rico e muito denso — avaliou. — Devia substituir o adágio.

— Como queira, pai. Saiba que não escreverei mais concertos para violino e orquestra. Eu me deparo com limites sufocantes.

Ao passear com Miss Pimperl, que adorava dar cambalhotas na neve, Wolfgang se encontrou com Thamos.

— Gostei da sua reação, Wolfgang.

— Não foi o que ocorreu com meu pai! Ele censura qualquer excesso para não desagradar a Colloredo.

— Talvez o príncipe-arcebispo goste da próxima ópera montada no seu novo teatro...

— Espero que seja em estilo italiano ou francês! Se não, fracasso garantido!

— Estilo mozartiano em formação.

— O que quer dizer?

— Não adivinhou? Graças a algumas relações influentes, consegui a montagem de uma representação de *Thamos, Rei do Egito*.

* K. 219.

46

Salzburgo, 3 de janeiro de 1776

Apesar do mau tempo, a representação de *Thamos, Rei do Egito* foi como um raio de sol para Wolfgang. Quanto ao julgamento do príncipe-arcebispo Colloredo, ele caiu como um cutelo.

A peça de Von Gebler não lhe desagradou porque ele a interpretou em função da filosofia das Luzes e não viu nenhuma alusão política contra o governo austríaco; em compensação, achou inúteis os coros do jovem Mozart. Em resumo, uma obra menor, que devia ser esquecida.

À saída do teatro, o egípcio reconfortou Wolfgang:

— Esqueça as críticas e continue a trabalhar nesse tema, mesmo sem escrever uma nota. Lentamente, muito lentamente, os mistérios enriquecerão o seu pensamento.

— O grande mufti detesta a minha música!

— Não a que lhe permite receber um salário e aprofundar o seu conhecimento dos estilos e dos instrumentos. Essa representação nos deu um precioso ensinamento: Colloredo não ficou surpreso nem indignado. Ele viu apenas uma espécie de conto ingênuo que evocava uma Antiguidade ultrapassada. Aos poucos, você aprenderá a criar formas que, sem trair a mensagem, agradarão a todos os auditórios, do mais erudito ao mais popular. Alguns apreciarão o clima feérico, outros o estilo, a maioria ficará encantada e um pequeno número de pessoas perceberá o essencial.

— Esse essencial não é o ensinamento dos sacerdotes do sol?

— Continue a encantar Salzburgo e prove-me que é capaz de conquistá-la sem perder a alma.

Salzburgo, 27 de janeiro de 1776

Wolfgang bem que merecia uma refeição pantagruélica no seu aniversário de vinte anos! Tomado por uma febre de criação, havia composto um delicioso concerto para piano*, uma divertida "serenata noturna"**, um divertimento***, cujo trio solene em sol menor fazia esquecer que a obra era destinada a alegrar um banquete de Colloredo, uma sonata para igreja**** e um concerto para três pianos*****, adaptado às possibilidades técnicas de uma jovem virtuose, a condessa Josepha.

* K. 238.

** K. 239.

*** K. 240. Um esboço do tema final da *Sinfonia Júpiter.*

**** K. 241.

***** K. 242.

— O príncipe-arcebispo, a corte e a aristocracia admiram a qualidade e o volume do seu trabalho — reconheceu Leopold. — Na igreja e nos salões, você é reconhecido como um verdadeiro profissional. E tenho uma excelente notícia para lhe dar: várias senhoras ricas querem que lhes dê aulas de piano.

— Ensinar não me interessa nem um pouco.

— É preciso, Wolfgang. Por um lado, não se pode recusar pedidos de pessoas da alta sociedade; por outro, os ganhos financeiros não serão desprezíveis. Por acaso se envergonha de seguir os passos do seu pai e se tornar um bom pedagogo?

— É claro que não!

— Então, não vamos discutir! O seu futuro está traçado: serenatas e divertimentos para a corte e os ricos apreciadores de música; litanias e missas para a Igreja; aulas para os fidalgos! Aos vinte anos é um belo sucesso!

— Belíssimo — aprovou Anna Maria. — E quem não gostaria de passar dias felizes em Salzburgo?

Berlim, abril de 1776

O ex-pastor Wöllner, franco-maçom da Estrita Observância Templária desde 1768, finalmente conseguiu o posto tão cobiçado: Venerável Mestre da famosa Loja Aos Três Globos. Com o Irmão e amigo Bischoffswerder, um oficial militar, ele também controlava a Loja Frederico Leão de Ouro.

Partindo dessas duas entidades, os dois cúmplices, encorajados pelo poder, implantariam, em Berlim, a Rosa-Cruz de Ouro do antigo sistema, da qual eram missionários secretos. Missionários e também agentes duplos, pois lançavam a ofensiva com a anuência e o apoio dos jesuítas.

Ambos ignoravam que estes últimos agiam sob a influência de Joseph Anton, cujo trabalho de sabotagem começava a dar resultados. Já que não podia atacar frontalmente a franco-maçonaria, Anton decidira instilar gotas contínuas de veneno para corroê-la por dentro.

Joseph Anton não se limitava a observar e a alimentar os dossiês. Agora, ele agia.

Salzburgo, abril de 1776

— Encantador, delicioso, maravilhoso! Um concerto* tão notável... Ele me encanta! Mozart, você é um mágico.

Wolfgang se inclinou.

A condessa Antonia von Lützow estava visivelmente fascinada pela música fluida do jovem compositor, tão apreciado pela alta sociedade de Salzburgo. Ao lhe dedicar o concerto em *ut* maior, Wolfgang deixaria muita gente com inveja.

— Gostaria de ter mais aulas — suplicou a condessa — para interpretar esta partitura sem cometer erros.

— Meu tempo está todo ocupado e...

— Por favor, senhor Mozart!

— Sente-se ao piano.

Wolfgang corrigiu alguns dos inúmeros erros da aluna e prometeu mais uma aula. Depois ele foi para a casa de Anton Stadler para

* K. 246.

desafiá-lo nos dardos e, assim, relaxar os nervos. Deus, como ensinar o exasperava!

Satisfazer os pais provando-lhes do que era capaz não era suficiente para deixá-lo feliz. Se o futuro consistia em envelhecer lentamente como músico-empregado, submetido às exigências de um pequeno tirano, de que adiantava construí-lo? Graças a Thamos, Wolfgang ainda tinha esperança. Não decepcionaria o amigo do outro mundo.

Ingolstadt, 1º de maio de 1776

Com vinte e oito anos, professor de direito e, em breve, diretor da universidade da pequena cidade de Ingolstadt, na Baviera, Adam Weishaupt vivia um momento excepcional. Nascido nessa antiga praça-forte dos jesuítas, cuja Ordem, então dissolvida, continuava a agir clandestinamente, ele havia decidido combater a Igreja, o catolicismo e seus sequazes. Ateu, Weishaupt constatava a assustadora influência católica na educação e no ensino superior. Essa religião estúpida recrutava as almas e impedia os indivíduos de pensarem livremente.

Como lutar contra o obscurantismo a não ser reunindo espíritos fortes, decididos a golpeá-lo de maneira decisiva? Naquele 1º de maio, ao fundar a sociedade secreta dos Iluminados da Baviera, Weishaupt criava o indispensável instrumento para realizar o seu sonho.

Seus fiéis ainda eram em pequeno número, mas agiam como batedores e propagadores da Luz. A maioria desejava estabelecer um compromisso entre a razão e uma religião menos sectária, sem que aderisse às idéias revolucionárias de alguns filósofos franceses. Os primeiros Iluminados criticavam os privilégios dos reis e dos príncipes, sobretudo quando exerciam o poder sem discernimento nem competência. Tratava-se de uma posição nada original, pois era largamente difundida no teatro e na literatura.

Mas era preciso passar da teoria à prática, evitando a violência. Consciente de que o catolicismo temporal havia mudado a natureza da espiritualidade, os Iluminados não desdenhavam o ensinamento dos Antigos, sobretudo dos egípcios.

Na reunião dos fundadores, várias decisões foram tomadas: segredo absoluto, compartimentalização, intenso trabalho intelectual, rigorosa disciplina, educação laica, publicação de brochuras, exame atento de todas as candidaturas com a exigência de um *curriculum vitae* do postulante. Além disso, os nomes dos aderentes e os locais de encontro seriam codificados*.

O sucesso dependia da conquista da franco-maçonaria, suporte ideal para propagar uma nova filosofia.

---

* Atenas designaria Munique, Elêusis significaria Ingolstadt, Heliópolis seria usada no lugar de Weimar, e Egito queria dizer Áustria. Weishaupt chamava-se Espártaco, e Sonnenfels, franco-maçom e professor de ciências políticas em Viena, Fábio.

47

Salzburgo, maio de 1776

Nenhum dos espectadores da Grande Missa em *ut* maior* de Wolfgang Mozart se entediou, tão brilhante era a música. Distante do habitual contexto religioso, ela não incitava ao recolhimento! Como não mais conseguia se submeter às exigências de Colloredo, o rapaz havia, finalmente, composto uma *Missa Longa*, que, por causa da duração excessiva, não poderia ser tocada na catedral. A igreja de São Pedro o recebeu, para grande prazer dos fiéis.

— Eu me regalei — reconheceu Anton Stadler. — Não correu o risco de desagradar aos homens da Igreja?

— Já que são tristes e deprimidos, eu lhes devolvo a jovialidade!

---

* K. 262.

— Nossos caros religiosos não têm o senso de humor muito desenvolvido.

— Eu precisava me libertar do jugo. Já não suportava mais contar os minutos de cada missa, de acordo com as regras de Colloredo.

Viena, 20 de maio de 1776

— Reunião de cúpula! — anunciou Geytrand a Joseph Anton. — Graças a um dos empregados do duque de Brunswick, fiquei sabendo que o Grão-Mestre da Ordem Templária recebeu o Grão-Mestre do Rito Sueco, o duque de Saxe-Gotha. Parece que foi um suculento almoço, regado a vinhos excepcionais.

— Fora as comilanças diplomáticas, o que houve de importante?

— Esses dois grandes senhores tentaram pôr um fim nas hostilidades entre os dois movimentos maçônicos. Ambos visam à conquista da Europa, e a discussão foi espinhosa.

— União sagrada ou maior enfrentamento?

— Nem um nem outro, é o que parece. O duque de Saxe-Gotha não quer criar problemas, mas se recusa a fundir a sua confraria com a Estrita Observância. Quanto ao duque de Brunswick, a ambição dele não tem limites. Únicas concessões aparentes: a Ordem Templária não será implantada na Suécia e o Rito Sueco vai fazer calar os membros muito virulentos. Mas essa falsa paz já foi rompida!

— De que maneira?

— Zinnendorf está em Viena para aglutinar quatro Lojas ao Sistema Sueco.

— É claro que ele é seguido todo o tempo.

— É claro, senhor conde, assim como o emissário oficial, Von Sudthausen.

— Ele pediu uma audiência ao imperador José II — revelou Joseph Anton.

Geytrand empalideceu.

— O Rito Sueco está pensando em conseguir um reconhecimento oficial?

— Sem dúvida.

— Seria uma catástrofe!

— Não se preocupe, mandei entregar um dossiê muito instrutivo a Sua Majestade.

Viena, 26 de maio de 1776

Von Sudthausen estava muito decepcionado. O projeto de fusão da Ordem Templária com o Sistema Sueco lamentavelmente fracassara. O sonho do seu amigo Zinnendorf se despedaçaria, a menos que a audiência concedida por José II tivesse um resultado positivo.

O monarca foi extremamente frio.

— Majestade, peço que seja o protetor das Lojas maçônicas que pertencem ao Rito Sueco. Os Irmãos respeitam totalmente a vossa autoridade suprema e as leis promulgadas. Só homens nobres são admitidos nas nossas assembléias, onde nenhuma proposta subversiva é aceita. Vossa Majestade pode contar com a absoluta e sincera fidelidade dos franco-maçons.

— Muito bem, mas você já dispõe de uma Loja que aderiu ao Rito Sueco, o que me parece mais do que suficiente. Autorizo a manutenção dessa Loja, com a condição de que respeite rigorosamente a nossa legislação.

— Sou-lhe muito grato por isso, Majestade. A vossa importante proteção seria...

— Não conte com isso. Um espírito liberal não deve ser fraco nem partidário. Se eu favorecesse os franco-maçons, entraria em choque com muitas das altas personalidades, a começar pela imperatriz Maria Teresa.

— Eu sei disso, Majestade, mas...

— A audiência terminou.

Von Sudthausen se retirou. O Rito Sueco nunca seria implantado em Viena.

Salzburgo, 10 de junho de 1776

No dia de Santo Antônio de Pádua, a condessa Antônia Lodron organizou uma grande festa em honra do santo. Os festejos deveriam ser acompanhados de uma música leve e refinada, ou seja, de um divertimento* do jovem Mozart. O príncipe-arcebispo não desfrutava dessas melodias em todas as suas refeições mundanas?

Entre os convidados estava o conde de Tebas, um dignitário estrangeiro tão rico quanto discreto. Grande viajante, ele doava generosas quantias aos asilos e escolas de órfãos e desfavorecidos.

Wolfgang se perguntava por que o egípcio participava dessas festas mundanas. Impassível, Thamos não deixou transparecer nenhu-

* K. 247.

ma emoção quando, no início do *finale* de inesperada solenidade, percebeu as primícias da Grande Obra*.

Assim que a apresentação terminou, os convidados começaram a conversar. Aproveitando-se do burburinho, Thamos desapareceu. Wolfgang sentiu uma profunda angústia: a partida indicaria uma desaprovação definitiva?

* Passagens do coro dos sacerdotes de *A Flauta Mágica*.

48

Viena, 20 de julho de 1776

Com quarenta e três anos, professor de ciências políticas na Universidade de Viena, Joseph von Sonnenfels foi o primeiro jurista austríaco a defender as idéias da filosofia das Luzes no seu periódico *O Homem sem Preconceitos*. Muito admirado por José II, ele havia obtido uma grande vitória: a abolição da tortura.

O imperador sabia da sua participação na Loja maçônica da Verdadeira Concórdia, mas ignorava que o brilhante professor universitário fosse também um dos Iluminados da Baviera, entusiasmado com os grandes projetos de Weishaupt. Uma excelente notícia o consolidava nessa linha: a criação dos Estados Unidos da América, sob o comando do franco-maçom George Washington, primeiro presidente desse novo país, onde a liberdade de pensamento era um dos aspectos mais importantes.

Convocado ao palácio, Joseph von Sonnenfels não recuaria. Contando com eventuais admoestações do imperador, o jurista tentaria explicar a legitimidade de sua posição. José II parecia menos obstinado do que Maria Teresa e acreditava na necessidade de adotar reformas liberais. Mas até que ponto?

— Professor — declarou o soberano —, tenho uma missão urgente a lhe confiar. Alguns a julgarão uma tarefa menor, mas eu a acho importante. Parece-me que não é indiferente à política cultural.

— Ao contrário, Majestade!

— Eu quero um teatro nacional alemão em Viena, sob a administração da corte. O que propõe?

Por sorte, Sonnenfels tinha sempre uma resposta pronta:

— O Burgtheater. Eu dispensaria as comédias deploráveis que embrutecem o grande público e apresentaria nessa bela instituição obras musicais alemãs, alternadas com italianas.

— Eu lhe dou meu consentimento. Comece o trabalho.

Salzburgo, verão de 1776

No dia 20 de julho, uma longa e alegre serenata* de Wolfgang, interpretada por uma grande orquestra, havia abrilhantado o casamento de Elisabeth Haffner, filha de um rico negociante e burgomestre de Salzburgo. A mesma alegria estava presente no divertimento** em ré maior, embelezado com danças francesas, tocado no vigésimo quinto aniversário de Nannerl.

---

* *Serenata Haffner*, K. 250.

** K. 251.

Posteriormente, essa alegria um pouco forçada desapareceu num outro divertimento* para piano, violino e violoncelo, cujo movimento lento traduzia uma inquietante tristeza.

Continuar a compor música galante e superficial não o levaria a um impasse? O desaparecimento de Thamos significaria uma condenação?

Impossível se abrir com o pai, a mãe ou a irmã. A única que o compreendia era Miss Pimperl, sempre pronta para brincar e dissipar a sua melancolia.

— Seu trabalho não tem nada de vergonhoso — afirmou a voz que ele tanto aguardava.

— Thamos! Você não me despreza?

— Ao contrário, Wolfgang. Dia a dia você dá provas de seriedade, cumprindo corretamente suas funções. Aqui e ali começa a aparecer o seu verdadeiro futuro. Mas ainda terá de preencher muitos papéis de música...

— Tenho apenas vinte anos e já sou um pequeno funcionário a serviço de um medíocre tirano, cujo gosto musical se afirma como absoluto!

— Você aprende a profissão e cria as armas prevendo combates futuros. Um dos aspectos da inteligência não consiste em se adaptar?

— Às vezes tenho vontade de pisotear os instrumentos e jogar os pedaços na cara do príncipe-arcebispo para ver se ele tem um pouco de sensibilidade!

— Não sufoque esse desejo.

— Está... me estimulando à revolta?

* K. 254.

— Seria prematuro. Agir certo no momento certo é a faculdade principal de um bom mago. Você terá de ultrapassar várias etapas antes de fazê-lo. O fato de ter sido uma criança-prodígio não vai facilitar a tarefa.

— Já não sou mais!

— Melhor, Wolfgang. Então, trabalhe.

Wiesbaden, 15 de agosto de 1776

O convento maçônico reuniu delegados de várias Lojas e vários visitantes famosos. Sentado ao lado de Johann Joachim Christoph Bode, Thamos achava o seu vizinho muito turbulento. Esse Irmão, arrebatado e nervoso, praguejava todo o tempo contra os oradores, que julgava moderados e aborrecidos.

— Você ainda não ouviu o pior — revelou a Thamos. — Eles anunciarão o Messias, salvador da franco-maçonaria!

— Qual o nome dele?

— Gottlieb, barão de Gugomos, conselheiro do governo de Rastatt. Aí vem ele!

O novo profeta tomou a palavra e, imediatamente, foi ao fundo da questão.

— Fui iniciado em Roma e conheço os grandes segredos. Totalmente imbuído do espírito superior, vim tirá-los das trevas e lhes ensinar a verdade. Se as Lojas me obedecerem e renunciarem aos erros, sairão do caminho do diabo e avançarão no caminho de Deus.

— Não queremos o seu Deus! — explodiu Bode. — Um franco-maçom deve fugir das garras da Igreja e pensar livremente.

Gugomos contemplou o opositor com comiseração.

— Acalme-se, Irmão, e não se torne um perseguidor da verdade que eu encarno. Senão...

— Senão o quê?

— Conheço todos os venenos, sobretudo a *aqua toffana* que deixa poucos vestígios e fulmina perjuros e traidores! Meus fiéis cantarão salmos de luto no cemitério sobre o túmulo do Irmão que merecidamente eliminarem.

— Este impostor é completamente louco! — rugiu Bode. — Expulsem-no desta assembléia!

O presidente pôs fim à sessão. Pelo que se via, Gugomos não se saíra bem.

— É uma desonra para a franco-maçonaria acolher doentes mentais desse tipo — disse Bode a Thamos.

— O que aconselha, meu Irmão?

— Uma mudança radical de orientação. Primeiro, erradicar os jesuítas e os espiões secretos sob os aventais maçônicos. Em seguida, orientar a nossa sociedade pervertida para a justiça e a legalidade.

— Não teme uma reação violenta por parte das autoridades?

— Na Loja podemos falar livremente. E as idéias serão mais poderosas do que um imenso exército. Palavra de Bode, o incrédulo, os tronos cairão por terra e novos valores serão impostos.

Ao sair de Wiesbaden no dia 4 de setembro, ao término de um convento inútil, Thamos pensou no abade Hermes e pediu que ele o ajudasse. Ia precisar de toda a sabedoria do Mestre, vinda do Oriente eterno, para se convencer de que a franco-maçonaria era o cenário ideal para o desabrochar do Grande Mago.

Viena, 7 de setembro de 1776

— O convento de Wiesbaden terminou em confusão — anunciou Geytrand a Joseph Anton. — Um louco furioso, o falso barão Gugomos, chegou a ameaçar de envenenamento os Irmãos que se recusassem a obedecê-lo cegamente!

— Bravata ou verdadeira ameaça?

— O provocador foi expulso, mas dizia conhecer uma temível substância, a *aqua toffana*. Eu verifiquei, e esse veneno existe realmente. Se for administrado em pequenas doses por um longo período, não deixa vestígios.

— Interessante — avaliou Anton, anotando o detalhe. — Trate de consegui-lo com extrema discrição.

— Nem é preciso recomendar, senhor conde.

49

Salzburgo, 7 de setembro de 1776

Wolfgang se distraíra bastante ao escrever uma ária cômica para tenor* que punha em cena um tagarela ridículo, que exigia uma futura esposa que possuísse todas as qualidades. Essa ária foi composta depois de uma outra obra para a mesma voz**, que lembrava a despedida dilacerante do príncipe Enéas e da bela Dido, cujo amor não tinha outra saída a não ser a morte.

O rapaz oscilava entre a tristeza e a alegria, e não sabia como expressar o que sentia. Thamos poderia ajudá-lo, é verdade, mas era ele quem decidia os encontros! E seu pai, Leopold, não compreendia nada da gravidade do seu estado de espírito.

---

* K. 256.

** K. 255.

Um homem, um só, lhe ensinaria o caminho a seguir: o padre Martini.

Wolfgang não devia comentar, de maneira nenhuma, sobre as pequenas obras galantes destinadas a distrair o patrão e a alta sociedade de Salzburgo. O padre Martini só apreciava composições sérias e música religiosa. Ao lhe fazer uma espécie de pedido de socorro, o rapaz certamente obteria uma resposta favorável. O padre o convidaria para ir a Bolonha e lhe conseguiria um trabalho.

Wolfgang começou a escrever, pesando cada uma das palavras das quais dependia o seu destino:

Reverendíssimo Padre e Mestre, meu muito estimado senhor, a veneração, a estima e o respeito que tenho pela sua pessoa me induzem a ousar importuná-lo com a presente carta e a anexar uma pequena amostra da minha música, submetendo-a ao seu soberano julgamento. No ano passado, escrevi uma ópera-bufa, La Finta Giardiniera, *em Munique, na Baviera. Poucos dias antes de eu sair dessa cidade, Sua Alteza o príncipe-eleitor quis ouvir alguma coisa da minha música de contraponto. Então, fui obrigado a escrever este moteto a toda pressa, para que houvesse tempo de copiar a partitura para Sua Alteza, e transcrever as partes de maneira a poder executar o trecho no domingo seguinte, no ofertório da grande missa.*

Meu caríssimo e estimado padre e mestre, peço-lhe insistentemente que me dê a sua opinião, com toda a franqueza e sem hesitação. Estamos neste mundo para aprender sempre e para nos esclarecer mutuamente, trocando idéias e tentando fazer com que as ciências e as artes progridam. Quantas vezes, sim, quantas vezes senti vontade de morar próximo ao senhor para conversarmos!

Meu pai ocupa a função de mestre-de-capela na catedral, o que me dá a possibilidade de compor para ela tanto quanto eu desejar. Infelizmente, o príncipe-arcebispo não aprecia em nada os estilos antigos. Nossa música reli-

giosa é muito diferente da que se toca na Itália, sobretudo porque uma missa não pode durar mais de quarenta e cinco minutos. Portanto, esse tipo de composição requer uma prática especial, sem contar que a missa, a despeito da sua brevidade, deve incluir todos os instrumentos, inclusive trompetes militares! Sim, meu caríssimo padre, é assim!

Como seria bom poder contar-lhe muitas outras coisas. Peço humildemente a todos os membros da Sociedade Filarmônica que me concedam a sua estima e lamento estar tão longe do homem a quem eu mais venero no mundo e de quem continuo a ser o humilde e devotadíssimo servo.

Paris, outubro de 1776

— Seu pedido me intrigou, senhor Mauvillon — disse Mirabeau* com sua voz autoritária. — Por que me contatar em total segredo?

— Porque eu sou embaixador de uma nova confraria, os Iluminados da Baviera, cujas idéias devem lhe interessar.

— Quais são elas?

— Eis um memorial que fui encarregado de redigir depois de longas sessões de trabalho com os Iluminados. Nele preconizamos a supressão da servidão, da corvéia, das cartas de selo** e das corporações. No nosso modo de pensar, é urgente lutar contra o despotismo e a intolerância.

* Nascido em 1749, Mirabeau foi presidente da Assembléia Nacional em 1791, um pouco antes de morrer.

** Cartas com o selo do rei contendo uma ordem de prisão ou de exílio sem nenhum julgamento. (N. T.)

— Um belo programa, Mauvillon, porém muito perigoso!

— Por isso o segredo é necessário.

— Os Iluminados da Baviera, você disse... A polícia já os descobriu?

— Ainda não. Somos poucos, mas reunimos intelectuais de renome. O pensamento deles logo varrerá a Europa. A França nos parece o país mais aberto para uma profunda mudança de mentalidade.

— Graves crises se anunciam, Mauvillon.

— E o senhor, Mirabeau, desempenhará um papel determinante!

— Conto com isso, mas dentro da legalidade. Não se deve ir longe demais nem andar muito rápido.

— Esse também é o nosso ponto de vista. Aceitaria entrar no nosso cenáculo?

— Vou pensar sobre o assunto.

Mauvillon não tinha dúvidas: acabava de recrutar um novo Iluminado, de considerável influência.

Meinigen, 28 de outubro de 1776

O barão de Hund não teve forças para comparecer à sessão maçônica que os Irmãos, felizes com a passagem dele pela cidade, organizaram em sua honra. Deprimido, esgotado, sentindo a sua obra lhe escapar das mãos, ele desistira de lutar.

O barão se deitou e chamou um Cavaleiro Templário em quem tinha plena confiança.

— Vou dormir meu sono derradeiro — anunciou ele. — Quero ser enterrado na capela da minha propriedade de Lipse, ao pé do altar. Peço que me vista com a roupa oficial de Grão-Mestre Provincial da Estrita Observância Templária e que na minha lápide sejam gravados meus títulos, meus brasões e os da Ordem.

Apertando no peito um livrinho vermelho encadernado com couro de Córdoba, que continha os rituais templários, o barão De Hund fechou os olhos.

50

Viena, novembro de 1776

— O fundador da Estrita Observância Templária, Charles de Hund, está morto e enterrado — disse Geytrand a Joseph Anton. — O Grão-Mestre, Ferdinando de Brunswick, não vai chorar muito por De Hund! Agora, ele está com as mãos completamente livres.

— Ainda é preciso encontrar um sucessor para dirigir a importante sétima província da Ordem Templária. De Hund não tinha mais nenhuma influência, mas conservava o prestígio de fundador.

— Brunswick vai designar um testa-de-ferro para manipulá-lo à vontade.

— Não tenho tanta certeza disso — objetou Anton. — A sétima província é a ponta-de-lança da Ordem, e candidaturas competitivas não deixarão de se manifestar. Alquebrado e doente, De Hund havia aceito a supremacia do Grão-Mestre. Provavelmente o mesmo não acontecerá com os concorrentes.

— Nesse caso, temos belos enfrentamentos em perspectiva e o declínio da franco-maçonaria!

— Ainda é muito cedo para festejar, devemos aguardar a nomeação do novo chefe dessa famosa província da qual a Áustria faz parte.

— Minha rede de informantes nos manterá atualizados — prometeu Geytrand.

Salzburgo, início de dezembro de 1776

— Você não parece nada alegre — disse Anton Stadler a Wolfgang, que acariciava a barriga de Miss Pimperl, deitada de costas com as patas para cima. — Aos vinte anos deveria pensar em outras coisas além de escrever missas!

Cansado das pequenas obras despretensiosas e superficiais, desapontado por não receber uma resposta rápida do padre Martini, Wolfgang não havia composto nada em outubro, para grande espanto do pai. Introspectivo, solitário, ele amadurecia a decisão de se tornar um compositor sério e de, doravante, se dedicar à música da Igreja.

Desta vez, Thamos não o censuraria de se perder nos meandros da frivolidade! Em novembro, sua missa em *ut* maior, valorizando sobretudo o Credo*, havia sido tocada na catedral de Salzburgo. Respeitando o tempo de duração imposto pelo príncipe-arcebispo,

* K. 257.

não mais de quarenta e cinco minutos, a missa era o testemunho de um verdadeiro fervor. O Deus dos cristãos daria ao rapaz a tranqüilidade e a resposta às inúmeras dúvidas sobre si mesmo, à sua arte e ao seu futuro?

Uma missa breve* para a ordenação do conde Von Spaur, futuro diretor do cabido da catedral, outra missa breve com um solo de órgão**, uma missa longa semeada de acordes intensos***, uma sonata de igreja****... Wolfgang traçava seu caminho, mas Thamos não aparecia.

— Esta noite — disse Anton Stadler — vou organizar uma reunião com algumas amigas simpáticas que gostariam muito de conhecê-lo. Um rapaz tão piedoso e tão sério, isso as intriga! Não perca!

— Sinto muito, tenho de trabalhar.

Viena, dezembro de 1776

Ao entrar com a sua pequena bagagem no modesto alojamento funcional da Universidade de Viena, Ignaz von Born admitiu, finalmente, que não sonhava acordado.

Sensibilizada com a sua reputação internacional e preocupada em manter por perto um cientista de tamanha envergadura, a imperatriz Maria Teresa lhe dera um cargo de mineralogista.

* K. 258.
** K. 259.
*** K. 262.
**** K. 263.

Ela, adversária feroz da franco-maçonaria, não devia estar ciente do engajamento e do ideal de Von Born. Porém, mais cedo ou mais tarde acabaria descobrindo, sobretudo porque ele pretendia freqüentar as Lojas vienenses e localizar os Irmãos que quisessem vivenciar uma real iniciação. Precisaria ser extremamente prudente e se passar por um desses franco-maçons inofensivos que, durante as reuniões, só comem e bebem.

Alguém bateu à sua porta.

Sua primeira visita, sem dúvida algum administrador ou um colega.

— Thamos...

— Estou feliz com a sua mudança para Viena, meu Irmão. Graças a esse posto que o livrará das preocupações materiais, poderá se consagrar à construção de uma franco-maçonaria iniciática.

— É a você que devo este emprego, não é?

— Não vamos exagerar. Passei algumas informações sobre você para pessoas influentes da corte. Já que não se trazia a público sua competência, alguém precisava se encarregar disso. Uma simples ajudazinha, porque foi o seu trabalho dedicado e o reconhecimento de várias instituições científicas que obrigaram o Império a não mais ignorá-lo.

— Não sei como...

— Para festejar a mudança, trouxe uma garrafa de vinho envelhecido.

Os dois Irmãos brindaram.

— Lamenta a morte do barão de Hund? — perguntou Ignaz von Born.

— A morte de um fundador é sempre um acontecimento grave. Apesar dos defeitos, ele acreditava na ressurgência de uma Ordem capaz de impedir que o materialismo tomasse conta da Europa. Ele não compreendeu que muitas estruturas administrativas arruinariam o avanço espiritual e que a inconsistência dos rituais provocaria a cegueira.

— E será que o duque de Brunswick compreenderá isso?

— É o que esperamos, mas, antes, ele deverá manter o controle da sétima província. Se ela for dominada por um dos adversários, a Estrita Observância corre o risco de se dissolver.

— As conseqüências para o futuro da franco-maçonaria seriam consideráveis — julgou Von Born. — Mas não tenho nenhuma intenção de participar dessa batalha.

— De fato, tem coisa melhor a fazer. Infelizmente, não há dúvida de que Viena não é o cenário ideal.

— Manterei vínculos estreitos e secretos com Praga e recuarei em caso de perigo. Ninguém pode prever as mudanças de opinião das autoridades e a atitude que terão em relação às Lojas.

— Mais grave ainda — revelou Thamos — é o estado atual dessas Lojas. Muito falatório, trabalhos só da boca para fora, cerimônias convencionais e bem poucas pesquisas iniciáticas. As Lojas navegam entre diversos ritos sem se dirigirem para o Oriente. Eis um novo capítulo do *Livro de Toth* que o ajudará a desvendar uma parte das trevas.

A Tradição, que todos acreditavam emudecida para sempre, era oferecida ao alquimista. Apesar da extensão da tarefa, ele prometeu a si mesmo explorar os mínimos aspectos desse tesouro e fazê-lo reviver com a ajuda do egípcio.

— Desconfie dos delatores e dos falsos Irmãos — recomendou Thamos. — É entre eles que a polícia imperial recruta os informantes. A franco-maçonaria continuará a ser tolerada na medida em que o poder souber exatamente o que se passa.

— O respeito ao segredo será um dos primeiros valores a serem reconquistados — aprovou Von Born. — Consegui-lo me parece difícil, porque, antes, será preciso reunir homens de palavra que busquem o conhecimento e a iniciação.

— Os imensos templos do Antigo Egito só tinham um pequeno número de iniciados — revelou Thamos. — Ao redor, centenas de pessoas viviam da Luz desse iniciados. Não é preciso esperar para começar, meu Irmão, nem ter sucesso para perseverar.

51

Salzburgo, 18 de dezembro de 1776

Wolfgang não ousava abrir a carta do padre Martini. Finalmente a resposta tão esperada, o convite para retornar à Itália, para perto do ilustre mestre e ali compor música de igreja e obras sérias!

O rapaz se fechou no quarto para ler as palavras que o libertariam de Salzburgo:

"Meu caro amigo, junto com a sua simpática carta recebi os motetos. Examinei-os com prazer, de ponta a ponta, e devo dizer, com toda a franqueza, que muito me agradaram, pois encontrei neles tudo o que distingue a música moderna, isto é, uma boa harmonia, modulações bem maduras, um movimento de violinos extremamente apropriado, um deslizar natural das vozes e uma notável elaboração. Fiquei especialmente alegre ao constatar que, desde o dia em que, em Bolonha, me deleitei ao ouvi-lo no cravo, você fez grandes progressos na composição. Mas é preciso que continue a se exercitar incansavelmente. De fato, a natureza da música exige um exercício e um estudo profundos por toda a vida, por mais que se viva*."

Que terrível decepção!

Nenhum convite, nenhuma proposta de um posto, nenhuma encomenda de obra religiosa acompanhavam essas afirmações totalmente banais.

O padre Martini pouco ligava para o futuro de um Mozart, só se interessava por seus trabalhos de erudição e não queria que ninguém o importunasse.

Wolfgang não acusaria o recebimento da carta e nunca mais lhe escreveria. Abandonado, traído, não se humilharia.

Quando saiu do quarto, a sua mãe ficou preocupada.

— Você está pálido! Sente alguma dor?

— Ao contrário, estou livre de um peso inútil. Perder as ilusões nos deixa mais leves.

— O padre Martini convidou-o para ir a Bolonha? — perguntou Leopold.

— Ele anda muito ocupado.

Salzburgo, 31 de dezembro de 1776

O príncipe-arcebispo e seus súditos festejaram alegremente o Ano-novo entregando-se aos prazeres da mesa. Reunidos em torno

* Única passagem conservada da carta do padre Martini.

de um banquete, a família Mozart e os amigos não esperavam pela surpresa que Wolfgang lhes reservara. Como só compunha missas, não terminaria cristalizado em devoções, passando todo o tempo a louvar o Senhor?

— A esta digna assembléia — declarou o rapaz — ofereço uma serenata noturna* para alegrar os corações na entrada do Ano-novo.

Quatro pequenos grupos, formados de um quarteto de cordas e duas trompas, iniciaram uma partitura divertida, verdadeira paródia do estilo galante tão apreciado pela aristocracia e pela burguesia de Salzburgo. Quando uma das pequenas orquestras enunciava um fraseado, as outras três o retomavam num eco. Esse tipo de humor encantou a todos.

Depois dessa brincadeira musical que coincidiu com o último segundo do ano que morria e o primeiro de 1777, todos se beijaram, desejando excelente saúde.

Wolfgang saiu e caminhou na neve. Precisava ficar sozinho.

— Rir de si mesmo dá força — declarou Thamos com a voz grave. — Depois de tanto fervor religioso, um pouco de descontração era necessário.

— Ouviu minhas missas?

— Eu me juntei aos fiéis.

— E o que achou?

— Uma etapa obrigatória, alguns belos arroubos, uma honrosa tentativa de dialogar com Deus.

— Honrosa... Então, eu fracassei?

— Você agiu certo ao explorar esse caminho e corrigir a trajetória que o levava para um excesso de superficialidade. Mas nunca será um bom cristão, dócil e submisso.

* K. 286.

— Eu creio em Deus Todo-Poderoso, eu...

Wolfgang se interrompeu. Recitar uma ladainha o aborrecia.

— O que existe além da crença?

— O conhecimento — respondeu Thamos.

— Como obtê-lo?

— Continue a construir a si mesmo por intermédio da música. Feliz Ano-novo, Wolfgang.

Brunswick, 5 de janeiro de 1777

Grão-Mestre de todas as Lojas da Estrita Observância Templária, Ferdinando de Brunswick não estava gostando daquele começo de ano. A morte do fundador da Ordem, Charles de Hund, lhe trouxera mais dissabores do que benefícios. E o pior ainda estava por vir, pois a direção da sétima província já era objeto de várias cobiças.

As ambições não tardariam a desaparecer por causa do aparecimento em cena de um grande senhor com quem ninguém ousaria competir: Karl, duque da Sudermania, irmão mais novo do rei Gustavo III, da Suécia. Alguns prometiam o trono* a esse amante do ocultismo e do misticismo, sucessor do duque de Saxe-Gotha à frente do Rito Sueco, mas, também, Irmão da Estrita Observância e membro honorário da Loja A Concórdia, em Brunswick, território particular de Ferdinando!

Desprezando totalmente os três primeiros graus da franco-maçonaria, Karl da Sudermania só se interessava pelos altos graus. E o sueco não se contentaria com a sétima província. Ele tentaria se

* Realmente, ele reinou de 1809 a 1818 com o nome de Carlos XIII.

apoderar da Ordem Templária e, em seguida, de toda a franco-maçonaria alemã, com a probabilidade de, posteriormente, conquistar toda a Europa.

O Grão-Mestre da Estrita Observância impediria esse poderoso rival de alçar vôo, espalhando ciladas no caminho dele. Se encontrasse vários obstáculos, o duque da Sudermania não bateria em retirada?

— O conde de Tebas acabou de chegar — declarou o secretário particular de Ferdinando de Brunswick.

O duque aguardava ansiosamente esse Superior Desconhecido, que certamente o ajudaria a preservar a Ordem dos ataques externos e das brigas internas. Nenhum Irmão sabia desse contato especial; qualquer falatório poderia romper para sempre esse vínculo.

Mais uma vez, Thamos o impressionou. A luz do seu olhar não parecia ser deste mundo e a elegância inata de grande senhor se impunha de maneira quase sobrenatural.

— A morte do barão de Hund não lhe causou sérios problemas? — perguntou o egípcio, pondo o dedo direto na ferida.

— Defenderei a Ordem até o meu último suspiro e não deixarei que nenhum intrigante a roube de mim.

— Os objetivos do Rito Sueco não são desprezíveis — avaliou Thamos —, mas outro perigo o ameaça.

O Superior Desconhecido não ignorava os planos do adversário, e o Grão-Mestre estava ansioso para ouvir as revelações que faria.

— Berlim mudou de campo. Embora Irmãos da Estrita Observância, o ex-pastor Wöllner e o amigo Bischoffswerder, um militar, se apoderaram de duas Lojas influentes*. Com o consentimento

* Os Três Globos e Frederico do Leão de Ouro.

tácito do imperador, eles impuseram o ritual da Rosa-Cruz de Ouro, em detrimento da Ordem Templária. Saindo da sombra onde se escondiam até o momento, os rosacrucianos querem conseguir a adesão do máximo de franco-maçons e até de profanos. Os textos já circulam nas Lojas e fora delas.

— Esses aventureiros não têm nenhuma legitimidade!

— A tradição deles vai ao encontro da sua — lembrou Thamos. — A iniciação vem do Egito, onde foi entregue a Moisés. Salomão, os profetas, os essênios, os adeptos de Elêusis e os pitagóricos formaram uma corrente ininterrupta, destinada a preservar a sabedoria original. Graças a um sacerdote egípcio de Alexandria, os primeiros cristãos foram ali iniciados. E essa ciência secreta, adotada pelos magos e alquimistas, continua a ser ensinada.

— Nenhum iniciado pode ignorar o papel essencial da Ordem do Templo! — afirmou Ferdinando de Brunswick.

— Prove.

O Grão-Mestre ficou mudo de perplexidade.

— De... que modo?

— Tornando-se um rosacruciano de Ouro. Assim, conseguirá evitar um rompimento e os conflitos entre dois movimentos maçônicos. Além disso, o que vai aprender servirá para alimentar os seus próprios rituais. O futuro da Estrita Observância não depende da sua atitude?

52

Salzburgo, 27 de janeiro de 1777

No dia do vigésimo primeiro aniversário de Wolfgang, Miss Pimperl teve direito a um segundo pedaço de torta e ao rapé espanhol que ela cheirou deliciada. No fim da refeição, Leopold puxou o filho de lado para perto de uma janela do grande apartamento.

A neve caía em grandes flocos, Salzburgo tremia de frio.

— A Europa Oriental está cada vez mais perigosa. Sua mãe e sua irmã nada entendem de política e se limitam a administrar da melhor maneira possível nossa vida em família. Vamos abordar esse assunto entre homens. Mesmo que o príncipe-arcebispo Colloredo esteja totalmente satisfeito com você, é preciso prever o futuro. A nossa cidade não gozará eternamente da atual prosperidade, sobretudo se estourar uma guerra.

— Está pensando numa nova viagem?

— Estou pensando em Paris. Os franceses não participarão de mais um conflito e lá você fez um grande sucesso. Versalhes, uma corte brilhante e rica, o apoio do nosso amigo Grimm, salões da alta sociedade, concertos renomados... Vou preparar a viagem escrevendo aos nossos amigos.

— Colloredo nos deixará partir?

— É um problema delicado. Caberá a mim convencê-lo.

— Quando faremos as malas?

— Não sei, Wolfgang. Tudo depende das respostas dos meus correspondentes.

A perspectiva deixou o rapaz encantado. No tema final de um divertimento em si bemol maior*, destinado a distrair o grande mufti por ocasião de um banquete oficial, Mozart introduziu um tema gracioso e profundo** ao mesmo tempo, que lhe abriu um novo horizonte no momento em que o compunha, fazendo-o perceber que iluminaria cenários que ele nem imaginava. Em seguida, o músico se apressou a terminar uma outra peça de circunstância, o último divertimento*** de uma série de seis, conjunto convencional e rapidamente concluído, cuja principal virtude consistia em facilitar a digestão do príncipe-arcebispo.

— E se parasse de trabalhar e fosse encontrar uma pessoa encantadora? — sugeriu Anton Stadler.

— Cada um deve cuidar da própria vida — retrucou Wolfgang, irritado.

* K. 270.

** Antecipação do duo de *As Bodas de Fígaro*, *Sull'aria,* que une a condessa e Susana.

*** K. 289 (nº 16), de autenticidade discutível.

— Uma informação útil: trata-se de uma pianista parisiense.

A senhorita Jeunehomme não era bonita, mas também não era feia e gostava de conversar.

— É você mesmo, a criança-prodígio?

— Eu cresci.

— Em geral, os pequenos monstros perdem o talento quando crescem. Mas você continua a ser um compositor!

— Talvez porque eu sempre tenha sido.

— Gostei de conhecer um pequeno principado como Salzburgo, onde não faltam atividades musicais.

— Suponho que não tenha nada a ver com Paris!

— A cidade mais bonita do mundo continua a ser o centro das artes e das letras. Quem não brilhar em Paris não pode aspirar à glória universal.

— O barão Grimm continua a reinar na cultura parisiense?

— Sem uma opinião favorável da parte dele é impossível fazer carreira. Ele separa o joio do trigo e arbitra as discussões.

— É possível não ser escravo de ninguém, não pensar em nenhum público, não pretender nenhum sucesso e, mesmo assim, expressar a liberdade de criar.

— Não compreendo...

Febricitante, Wolfgang compôs um surpreendente concerto para piano*. Salzburgo nunca havia escutado nada semelhante. Um diálogo dramático entre a solista e a orquestra, uma profusão de temas, um movimento lento no qual a solidão não aceitava o desespero e um *allegro* de júbilo transbordante, afirmando a vontade de romper as correntes e partir para a aventura.

---

* *Concerto nº 9 em mi bemol,* K. 271, denominado "Jeunehomme".

A chegada da parisiense não era fruto do acaso, mas um sinal do destino que oferecia ao compositor a possibilidade de pôr em ação uma energia que ele não desconfiava possuir.

— Seu real primeiro concerto para piano — julgou Thamos, acariciando o pescoço de Miss Pimperl, radiante com o passeio na neve.

— Eu o escrevi sem pensar nas exigências de galanteria e no gosto de Salzburgo. Outra música começa a surgir, ainda ao longe, mas tão presente!

— Quando vai a Paris com seu pai?

— Ele continua a se corresponder, em código, com diversos amigos para organizar a longa viagem. O consentimento do grande mufti será indispensável, e ele não tem certeza de consegui-lo. Como conheço a obstinação do meu pai, talvez consiga vencê-lo pelo cansaço. Já é hora de sair de Salzburgo! Aqui, corro o risco de desperdiçar tudo.

— Desistiria de viajar se fossem profetizadas duras provas ao longo do seu caminho?

— Elas não são necessárias e inevitáveis? Entre uma morte lenta em Salzburgo e os riscos de uma aventura, escolho a segunda opção. E eu lhe provarei que sou digno da sua estima.

Viena, 20 de março de 1777

Joseph Anton terminou a leitura de uma boa dezena de relatórios de informantes confiáveis. Todos haviam chegado à mesma conclusão: a luta entre Ferdinando de Brunswick e Karl da Sudermania prometia ser feroz. Era impossível prever, nesse estágio de enfrentamento ainda velado, qual deles derrubaria o outro e controlaria a franco-maçonaria, ainda mais porque as manobras de ambos mostravam ser bem tortuosas.

À frente de seu próprio rito, o duque sueco também pertencia à Estrita Observância Templária, cujo Grão-Mestre alemão estava ameaçado pelo repentino desejo de expansão da secretíssima Rosa-Cruz de Ouro, da qual se tornara adepto, sem dúvida para melhor destruí-la.

Berlim preocupava Joseph Anton. Um ex-religioso que se tornara alquimista, dom Pernety, também se aliara à tal Rosa-Cruz de Ouro que tanto agradava às autoridades, inconscientes do perigo disfarçado sob os ouropéis ocultistas e as aparências místicas. Por sorte, Anton era posto a par de tudo pelos espiões jesuítas, que continuavam a fazer um belo trabalho de sabotagem, orientando os dirigentes para um cristianismo inofensivo.

Se a franco-maçonaria se reduzisse a uma associação mais ou menos discreta de gozadores da vida que respeitassem o poder e se os dédalos da Rosa-Cruz de Ouro desembocassem na crença tradicional em Jesus Cristo, Joseph Anton poderia dormir tranqüilo novamente.

Mas o conde não acreditava em milagres. Alguns franco-maçons não se deixariam convencer tão facilmente e continuariam a fomentar complôs contra a ordem estabelecida. Desentocá-los seria difícil e levaria muito tempo.

53

Salzburgo, 20 de março de 1777

O intendente do príncipe-arcebispo Colloredo se inclinou com deferência diante do augusto patrão.

— Posso informar Vossa Senhoria de uma situação um pouco... escandalosa?

— Pode falar.

— Um músico amigo da família Mozart surpreendeu uma conversa entre pai e filho, durante uma pausa entre duas partes de um concerto. Eles planejam partir para o exterior.

— Algum destino específico?

— Paris.

Colloredo mandou o delator se retirar e lhe deu uma pequena recompensa. Então os Mozarts pensavam em outra viagem! O novo mestre de Salzburgo não seria tão fraco quanto o antecessor. Seus músicos-empregados lhe deviam total obediência.

Salzburgo, 30 de março de 1777

Embora a condessa de Lodron houvesse apreciado muito o encantador divertimento* que Wolfgang compusera para ela, evocando as brincadeiras e as máscaras do Carnaval, o rapaz não sentia prazer em trabalhar. Uma tentativa de trio para dois violinos e violoncelo** havia sido repentinamente interrompida por falta de inspiração.

Uma única pergunta obcecava Mozart: quando Colloredo responderia à solicitação do seu pai, pedindo uma dispensa por vários meses? Pesando cada palavra, demonstrando a mais humilde submissão, Leopold esperava que o patrão todo-poderoso se mostrasse compreensivo. O sucesso de Wolfgang no exterior não refletiria na corte de Salzburgo?

Jogando dardos com Anton Stadler, Wolfgang apontou para a cabeça de um personagem com um grande chapéu, cujo perfil lembrava vagamente o de Colloredo.

— Hoje você está estranhamente certeiro!

— Às vezes, a raiva é boa conselheira.

— Não em relação ao nosso caro arcebispo! Perto do punho dele, um outro de ferro pareceria meio mole. Não o ataque, ele o derrotaria. Nós, os músicos, não passamos de empregados e, portanto, precisamos aprender a ficar calados.

— Você pode ser, mas eu não! Estou a serviço da música e não de um tirano.

* K. 287.

** K. 266.

— Só ele é quem permite que você continue a compor e a tocar.

Irritado, Wolfgang errou o alvo.

Viena, 25 de junho de 1777

Geytrand se rejubilava.

— Os franco-maçons do Rito Sueco estão furiosos — contou a Joseph Anton. — As deliberações oficiais que deviam terminar com a eleição triunfal do chefe deles, Karl da Sudermania, não deram em nada.

— O duque de Brunswick ousou rejeitar a candidatura de um personagem tão importante?

— Não declaradamente! Ele alegou a necessidade de consultar cada dignitário e de fazer um trabalho de convencimento sem ferir ninguém. Esse processo vai levar muito tempo. Na realidade, alemães e dinamarqueses detestam o duque sueco e jamais o aceitarão como Grão-Mestre provincial.

— Em outras palavras, Brunswick faz um jogo duplo.

— Na minha opinião — sentenciou Geytrand — ele suspeita que Karl da Sudermania queira tomar o lugar dele e conquistar toda a franco-maçonaria.

Joseph Anton raramente sorria. Essas excelentes notícias o alegraram a ponto de deixar transparecer um semblante de alegria.

— Estamos às vésperas de um grande confronto entre dois guerreiros de envergadura decididos a se matarem. Ao fim desse duelo fratricida, a franco-maçonaria poderá sair exangue, os Irmãos, desanimados, e os ideais, esquecidos.

— Magníficas perspectivas, senhor conde.

— Não ficaremos inativos. Manipule seus informantes e espalhe o máximo de boatos para alimentar a briga e exacerbar as suspeitas recíprocas. Seria bom se chegassem a uma situação irreversível, acabando com qualquer possibilidade de acordo.

— Vou denegrir ao extremo as intenções dos dois duques — prometeu Geytrand.

Que magnífica ocasião para destruir o edifício maçônico em construção! Apostar na vaidade e no desejo de poder dos dois adversários daria excelentes resultados. Só havia uma única preocupação: a emergência de um vencedor.

Seria melhor que os dois fossem feridos de morte e a franco-maçonaria ficasse desacreditada.

54

Salzburgo, fim de junho de 1777

— Queria me ver, senhor Mozart? — fingiu surpreender-se o príncipe-arcebispo Colloredo, com ar zombeteiro.

— É a propósito do meu pedido, Eminência. Como é muito ocupado, não pôde me responder, mas meu filho e eu gostaríamos tanto de obter o seu consentimento!

— Relembre-me a sua solicitação.

— Queremos sair de Salzburgo por alguns meses para dar concertos no exterior e...

— Impossível — cortou Colloredo. — O imperador José II virá em breve à nossa querida cidade e precisarei de todos os músicos para oferecer a ele algumas belas peças em estilo italiano.

— Depois, poderemos pensar numa viagem?

Colloredo amassou a pena de ganso.

— Seu filho poderá partir. Você não.

Depois de escrever duas sonatas de igreja, divertimentos e contradanças para fazer jus ao salário, Wolfgang compôs um concerto para oboé* para Giuseppe Ferlendis, um solista da capela de Salzburgo.

Ao ouvir o movimento lento, a fisionomia do príncipe-arcebispo se crispou. A música não era do seu gosto. Assim que as últimas notas se desvaneceram, ele convocou Leopold à sua presença.

— Mudei de opinião. Nem você nem seu filho sairão de Salzburgo. Vocês são meus empregados e, portanto, devem ficar à minha disposição permanentemente.

— Eminência...

— Minha decisão é irrevogável.

O jantar foi lúgubre na casa dos Mozarts. Sem apetite, nem Leopold nem Wolfgang tocaram no delicioso guisado preparado pela cozinheira. Até Miss Pimperl, sentindo a desilusão dos donos, comeu muito pouco.

— Não fiquem tão aborrecidos — recomendou Anna Maria. — Nossa família é feliz, todos estamos com saúde, moramos numa magnífica casa e não nos falta nada. Se o Senhor nos protege, por que pedir mais?

— A tirania do grande mufti está ficando insuportável — afirmou Wolfgang.

* K. 271k = K. 314.

— Não se revolte assim, meu filho. O arcebispo paga um salário justo ao seu pai e a você também. Você não é livre para compor a música de que gosta?

— Justamente, não sou!

A chegada do alegre Anton Stadler, que até conseguia fazer Nannerl rir, descontraiu o ambiente.

— Perdoem-me, mas vou roubar-lhes Wolfgang. Uma jovem cantora de voz sublime, Josepha Duschek, chegou de Praga e deseja conhecê-lo.

Leopold deu o seu consentimento. Um pouco de distração acalmaria o filho.

Salzburgo, fim de julho de 1777

Wolfgang se encontrou pela terceira vez com a vistosa Josepha, que não tardaria a voltar para a sua cidade natal.

— Vou deixá-los a sós — disse Anton Stadler, fechando sem barulho a porta da sala de música.

Apesar da timidez, Wolfgang conseguiu se expressar de maneira direta.

— Você tem a voz mais bela que já ouvi e desafia as maiores dificuldades técnicas.

— Belo cumprimento — apreciou a jovem de vinte e quatro anos, vulnerável ao estranho charme do rapaz de Salzburgo.

— Aceita cantar uma ária* que preparei para você?

— Para mim? Só para mim?

* *Ah! lo previdi*, K. 272.

— Só para você. Uma ária dramática, uma história completa baseada num texto do poeta Cignasanti.

— Narre-a para mim — pediu Josepha Duschek, animada.

— O amante da bela Andrômeda, loucamente apaixonada, é ferido mortalmente. No início, ela se revolta, exprime a sua dor insuportável; depois se resigna e aceita a fatalidade; por fim, atinge a serenidade prometendo a si mesma que se reuniria ao amante no outro mundo.

Impressionada, a moça de Praga decifrou mentalmente a partitura de Wolfgang.

— Uma ópera completa em tão poucas notas, mas tão difícil de cantar!

— Peço que seja Andrômeda, Josepha, que viva plenamente a horrível provação, que mergulhe no desespero, que encontre uma forma de esperança e que veja além do visível.

A jovem estremeceu.

— Está me pedindo muito!

— Você é capaz, tenho certeza. Aceita experimentar?

Ela não resistiu.

Ao fim de vários ensaios marcados pelas interferências precisas do compositor, Josepha havia se transformado em Andrômeda.

Anton Stadler quebrou o encantamento.

— Já é tarde, apaixonados, e os nossos amigos estão morrendo de fome! Rápido, vamos para a mesa!

Salzburgo, 1º de agosto de 1777

— Não chegue a esse ponto — recomendou Leopold ao filho.

— Colloredo não me dá outra opção.

— Tentarei convencê-lo a se mostrar menos rigoroso. Talvez nos conceda algumas semanas...

— É pouco e sabe disso. Uma viagem tão longa duraria vários meses e a data da volta deve variar em função das circunstâncias. Por isso, entregarei a minha demissão ao príncipe-arcebispo hoje mesmo.

Leopold mordeu os lábios. A reação de Colloredo podia ser violenta.

— Pensou bem, Wolfgang?

— Pensei tanto que não consegui compor! Essa demissão me libertará.

— Não devia ter paciência?

— Preciso sair de Salzburgo antes do inverno. Se eu demorar muito, as estradas ficarão horríveis.

Sem ter mais argumentos, Leopold se conformou.

Seu filho ia destruir a própria carreira ou, então, alçar vôo.

Salzburgo, 28 de agosto de 1777

Leopold abriu, nervoso, a carta do príncipe-arcebispo e leu em voz alta a frase principal: "Pai e filho estão autorizados, segundo o Evangelho, a buscar fortuna em outro lugar."

— Maravilhoso! — exclamou Wolfgang. — Querido pai, vamos viajar juntos!

Leopold estava de cara feia.

— Você e eu estamos no olho da rua — acrescentou ele —, e nenhum salário nos será pago. As aulas dadas por Nannerl não serão suficientes para manter o nosso padrão de vida. Farei cinqüenta e um anos em novembro, Wolfgang, e não aceito ser despedido dessa maneira depois de tantos anos de bons e leais serviços. Você é jovem e pode assumir riscos, eu não.

Leopold forçou a entrada no escritório de Colloredo e soube adotar a atitude conveniente. Alguns dias depois foi promulgado um novo decreto: Leopold seria mantido no posto e continuaria a serviço do príncipe-arcebispo. Quanto ao filho, despedido, que maus ventos o levassem.

Radiante com a liberdade, Wolfgang pensou em agradecer aos céus por intermédio da Virgem Maria, para a qual compôs uma missa breve* e um ofertório**, executados na igreja de São Pedro e não na catedral, feudo de Colloredo. Ele adotou um estilo popular, às vezes próximo da ópera-bufa e afastado de qualquer religiosidade formal. Num gradual*** dedicado à "Santa Maria, Mãe de Deus", ele insistiu na oração "Protegei-me durante a vida, defendei-me no momento decisivo da morte".

Ao musicar essas palavras, o rapaz teve o pressentimento de que a viagem a Paris abalaria a sua vida tão tranqüila e o faria passar por provas terríveis.

Mas havia jurado a si mesmo que não recuaria.

* K. 275.

** K. 277.

*** K. 273.

55

Berlim, setembro de 1777

Embora decepcionado com a preguiça e a falta de entusiasmo de grande parte dos Irmãos da Ordem dos Arquitetos Africanos, Friedrich von Köppen, com a ajuda de Von Hymnen, aproveitou as revelações de Thamos e as suas próprias pesquisas para publicar uma obra intitulada *Crata Repoa ou Iniciação aos Antigos Mistérios dos Sacerdotes Egípcios.*

A tempestade provocada por ele acordaria as Lojas adormecidas e lhes lembraria as verdadeiras origens da iniciação nas quais, doravante, deveriam se inspirar. *Crata Repoa*, o clero secreto dos iniciados fundado por Menés, não havia erigido o primeiro santuário de onde derivavam os templos maçônicos?

Quando Thamos entrou no amplo escritório, Friedrich von Köppen se levantou imediatamente.

— Gostou do meu livro?

— Ele marca uma nova etapa no caminho da Tradição, mas ainda falta muito para percorrer.

— Os Irmãos não ficaram impressionados?

— Provavelmente não.

— No entanto, a referência ao Egito é muito importante!

— Neste momento — especificou Thamos — os grandes senhores disputam o poder maçônico e nem se preocupam com o simbolismo.

Von Köppen se sentou, parecendo repentinamente vários anos mais velho.

— Meus próprios Irmãos não freqüentam mais a biblioteca — reconheceu ele. — O laboratório de alquimia só recebe amadores e o gabinete de história natural está adormecido. E há tantas pesquisas a serem feitas! Estamos à beira de grandes descobertas que poderiam transformar a franco-maçonaria, porém a grande maioria prefere a rotina e as doutrinas já estabelecidas.

— Não se desencoraje. Como sempre, será apenas um pequeno número de pessoas que modificará o curso dos acontecimentos.

Salzburgo, 23 de setembro de 1777

— Na verdade, isso é razoável, meu caro marido? — perguntou Anna Maria.

— Não encontrei solução melhor. Apesar dos seus vinte e um anos, Wolfgang ainda se comporta como uma criança. Portanto, é preciso olhar por ele e impedir que cometa erros fatais. Eu preciso ficar em Salzburgo; você viaja com o seu filho.

— Não gosto de viajar.

— Eu sei, minha querida esposa, e estou ciente do sacrifício que lhe imponho. Mas deixar Wolfgang entregue a si mesmo seria um grave erro.

Como sempre, Anna Maria se conformou. Sair de Salzburgo e dos seus hábitos lhe despedaçava o coração.

— Devem ir o mais depressa possível a Paris — recomendou Leopold. — Wolfgang fará muito sucesso como pianista e compositor. Feita a fortuna, vocês voltarão.

— Será que vai demorar? — preocupou-se Anna Maria.

— Certamente não. Graças ao barão Grimm e às suas influentes relações, nosso filho será aceito sem dificuldades. Quanto ao príncipe-arcebispo, ele será obrigado a reconhecer o talento de Wolfgang e apreciará a fama que recairá sobre Salzburgo. E, principalmente, não permita que Wolfgang gaste dinheiro à toa e se lance em projetos insensatos.

Graças à reserva em dinheiro acumulada por Leopold e aos empréstimos, as despesas de viagem estavam garantidas. Depois, o pagamento pelos concertos cobriria o resto. Glória e riqueza não deixariam de coroar essa nova aventura.

No momento em que Wolfgang e a mãe subiram na carruagem puxada por dois cavalos, Nannerl vomitou e Miss Pimperl gemeu tão intensamente que o rapaz foi obrigado a consolá-la, fazendo-a cheirar a gulodice preferida, o rapé espanhol.

Leopold enxugou uma lágrima.

Nunca uma partida havia sido tão triste.

Na mesma noite daquele dia horrível, Wolfgang escreveu ao pai:

Nada nos falta, só papai. Mamãe e eu pedimos que fique feliz e contente, e pense que, embora o mufti H.C. não passe de um idiota, Deus, ao menos, é compassivo, misericordioso e caridoso.*

Munique, 30 de setembro de 1777

Um tempo clemente, uma cidade agradável e o albergue acolhedor de um melômano, Albert, apelidado de "o Sábio", feliz por receber Wolfgang e a mãe: a viagem começava bem.

* Hieronymus Colloredo.

— Salzburgo não é um lugar para mim, disso eu tenho certeza! — confiou ele à mãe.

— Por que não gosta da nossa bela cidade?

— Tem uma atmosfera sufocante, um tirano estúpido, músicos medíocres... Como desabrochar num cenário tão limitado?

— Não seja tão crítico, meu filho. Lembre-se dos conselhos do seu pai e respeite as advertências dele.

Wolfgang releu a passagem principal da primeira carta de Leopold enviada para Munique: "Não escreva mais nada tão ofensivo sobre o mufti. Lembre-se de que fiquei aqui e que uma carta semelhante poderia se perder ou cair em outras mãos."

— Percebeu, meu filho? Seu pobre pai pode ser detido e encarcerado!

— Não fique tão angustiada.

— Chamar o príncipe-arcebispo de idiota é uma falta grave! No futuro, modere suas palavras.

De humor brincalhão, o rapaz entoou uma canção cujas palavras improvisadas não glorificavam Colloredo.

— Estou morrendo de fome! Depois do jantar irei visitar o conde Seeau. Talvez ele me confie um trabalho interessante!

Wolfgang se perguntava quando Thamos apareceria. Infelizmente, ele não estava entre os clientes do estalajadeiro.

Viena, 30 de setembro de 1777

Aos trinta e cinco anos, sem querer, Ignaz von Born se tornara uma das figuras mais famosas da ciência da capital austríaca. A imperatriz Maria Teresa estava muito satisfeita com a diligência e o profissionalismo que o brilhante especialista havia demonstrado ao reorganizar a seção de mineralogia do Museu Imperial. Graças a esse cargo que o fascinava, Von Born não tinha mais preocupações materiais e podia freqüentar, de maneira discreta, os franco-maçons vienenses.

Ele ficou feliz ao rever Thamos, recebendo-o no seu escritório abarrotado de amostras de pedras raras.

— Eu lhe trago o resultado dos trabalhos da Ordem dos Arquitetos Africanos, um estudo consagrado aos mistérios celebrados pelos sacerdotes do Antigo Egito.

— Vou devorar este texto!

— Não espere grandes revelações, porque você já conhece a maior parte dos dados. Aqui estão outros.

Thamos entregou a Ignaz von Born um novo capítulo do *Livro de Toth*. Temendo que o egípcio desaparecesse para sempre, o mineralogista não lhe perguntou quantos capítulos tinha a obra fundamental.

— Essa Ordem tem futuro?

— O fundador, Friedrich von Köppen, parece muito pessimista. Porém, ele ainda não desistiu. Encontrou Irmãos de valor?

— Minhas primeiras investigações foram bem decepcionantes e tenho de avançar lentamente por causa da vigilância policial de que as Lojas são objeto.

— Existe uma cabeça pensante que coordene todos os informantes?

— Não sei.

— Continue a ser muito prudente — recomendou Thamos. — Enquanto não identificarmos o inimigo e avaliarmos o seu poder, ele poderá atacar a qualquer momento.

56

Munique, 30 de setembro de 1777

A acolhida do conde Seeau, responsável pela música em Munique, havia sido bem amável. Graças a ele, Wolfgang havia sido convidado a visitar o príncipe-eleitor Maximiliano III, que se dirigiu ao compositor com um largo sorriso.

— Pelo que dizem, você saiu definitivamente de Salzburgo?

— Definitivamente, Alteza.

— Por que essa grave decisão? Teria entrado em choque com o príncipe-arcebispo Colloredo?

— Pedi autorização para viajar e ele me recusou. Por isso, fui obrigado a pedir demissão. Salzburgo não é lugar para mim, eu honrarei Munique.

— Não tenho a menor dúvida, Mozart, mas isso não leva a nada! Não há nenhum posto vago na corte. Veja se o conde Seeau pode organizar um concerto para você. Fiquei feliz em revê-lo, e boa sorte.

Maximiliano III não desagradaria Colloredo contratando um músico indócil que o príncipe-arcebispo havia acabado de demitir. Os grandes deste mundo respeitam certas regras. Além disso, as ambições políticas do príncipe-eleitor obrigavam-no a manter excelentes relações com as autoridades dos principados vizinhos.

O jovem Mozart se tornara um personagem muito incômodo. Felizmente, o conde Seeau saberia livrar-se dele com delicadeza.

Munique, 10 de outubro de 1777

Como havia escrito ao pai, Wolfgang só era realmente feliz quando compunha, sua paixão e única alegria. Agora, ele enfrentava a dura realidade do mundo cujas leis ignorava.

Ir outra vez para a Itália e lá criar uma nova ópera? Sem as relações necessárias, já esquecido, Wolfgang se arriscava a perder tempo. Ficar em Munique, dar concertos na casa de Albert, o estalajadeiro, e sobreviver com uma modesta renda? Nada entusiasmante! Seria bem melhor escrever quatro óperas alemãs todos os anos, algumas bufas, outras sérias, e ser inserido na corte.

Porém, Maximiliano III se livrara dele bruscamente, e o conde Seeau evitava responder aos seus pedidos. Quanto às cartas do pai, elas o pressionavam a sair o mais depressa possível de Munique e continuar a viagem para Paris.

Furioso por fracassar de maneira tão lamentável, Wolfgang tentou, pela última vez, ser recebido pelo conde Seeau, hipócrita e distante.

— Minhas óperas alemãs agradariam os muniquenses, tenho certeza!

— O programa dos próximos anos já está completo. Aliás, muitas vozes se erguem contra esse estilo de ópera que pode ofender os ouvidos acostumados ao gosto italiano. Lamento, mas Munique não pode fazer nada por você.

Wolfgang saiu do palácio a passos apressados. Perdendo o apetite, não apreciou os pratos servidos pelo dono do albergue.

— Os grandes senhores acreditam sempre nos outros e não examinam nada por si mesmos — revelou à mãe. — Vamos continuar a viagem.

Augsburgo, 11 de outubro de 1777

Saindo de Munique de manhã cedo, Wolfgang e a mãe chegaram a Augsburgo na mesma noite e se instalaram no Albergue do Cordeiro. No dia seguinte, o rapaz foi à casa de Johann Andreas Stein, fabricante de *pianofortes*.

Por causa dele, o músico fez uma parada naquele povoado onde as artes não tinham muita importância. Ali residia uma prima, Maria Anna Thekla, conhecida por "a Bäsle", uma moça divertida e espevitada, com quem Wolfgang se entretia a respeito de qualquer assunto e com qualquer coisa, inventando palavras e frases absurdas, chegando a obscenidades. Até sua mãe, apesar de bastante piedosa, ria dessas tolices que, às vezes, repetia como se fossem dela.

Ao entrar no ateliê de Stein, Wolfgang notou imediatamente um maravilhoso *pianoforte* que o deixou com água na boca.

Olhando desconfiado, o fabricante lhe barrou o caminho.

— O que deseja?

— Gostaria de experimentar este instrumento.

— É amador ou profissional?

— Digamos... profissional.

— Seu nome?

— Trazom*.

Stein franziu as sobrancelhas. Um desconhecido.

— Acabei de terminar esse piano que me custou muitas horas de trabalho. Se não for um virtuose, não vai apreciar a sonoridade.

— Permita-me tocar algumas notas.

Impressionado com o magnetismo que se desprendia do rapaz que, no entanto, tinha uma aparência banal, o fabricante concordou.

Wolfgang improvisou. Inicialmente, uma melodia bem simples, depois alguns ornamentos e um desenvolvimento de tamanha virtuosidade que Stein ficou boquiaberto. Por ele, ficaria horas e horas ouvindo o pianista genial que tirava do instrumento recursos inesperados.

Quando as mãos do rapaz pararam de correr pelo teclado, o artesão estava emocionado até às lágrimas.

— Como disse que se chamava?

— Trazom.

— Ouvi falar de uma criança-prodígio que se tornou músico na corte de Salzburgo, Wolfgang Mozart, que alguns melômanos afir-

* O inverso de Mozart, que, às vezes, se apresentava assim.

mam que manteve seus dons... É você, não é? Tenho a honra de ter diante de mim o senhor Mozart?

— Quando toco forte, posso deixar o dedo na tecla ou retirá-lo: o som cessa no mesmo instante em que é ouvido. Posso tocar as teclas como quiser: o som é sempre igual. Ele não soa nem forte demais nem fraco, nem se perde completamente; em resumo, o equilíbrio é perfeito. Seu piano é fabuloso, senhor Stein!

— Não vai encontrar nenhum outro mais resistente! A tábua de harmonia nunca se quebrará. E sabe por quê? Porque eu a expus ao sol, à chuva, à neve e a todos os diabos! As anteriores haviam quebrado, esta venceu todas as provas. Com a certeza de que era sólida, colei pedacinhos de madeira para torná-la ainda mais resistente. E eis o resultado! Obtém-se uma clareza inigualável, sobretudo nas oitavas graves. Ainda não terminei de aperfeiçoar essa maravilha, à qual penso acrescentar uma espécie de pedal que se apertará com o joelho. Quer experimentar o protótipo?

Wolfgang não hesitou um minuto.

Stein era uma espécie de mago que criava instrumentos incomparáveis a serviço da música. Que qualidade de expressão, que possibilidades de nuanças em relação ao antigo cravo e aos *pianofortes* comuns! O ouvido de Wolfgang percebeu, de repente, uma infinidade de melodias que poderia fazer soar nesses teclados.

— Por quanto vende suas obras-primas?

— No mínimo por trezentos florins.

— Infelizmente não posso comprá-lo. Algum dia, quem sabe...

— Enquanto isso, senhor Mozart, porei um à sua disposição hoje mesmo, se concordar em dar um concerto.

57

Augsburgo, 12 de outubro de 1777

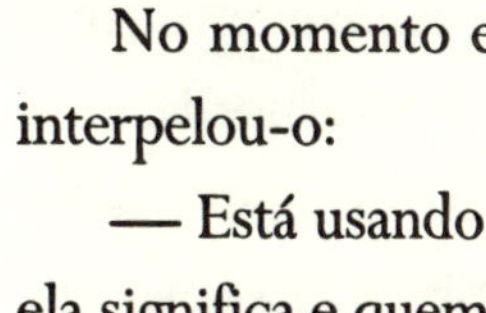

Wolfgang percebeu que as altas personalidades da cidadezinha não o ouviam com atenção. Pouco à vontade, ele encurtou a apresentação.

No momento em que saía do piano, o filho do burgomestre interpelou-o:

— Está usando uma bela condecoração, senhor Mozart! O que ela significa e quem a concedeu?

— Sua Santidade o papa me entregou essa Cruz de Cavaleiro da Espora de Ouro. Em geral, evito exibi-la.

— Quanto custa uma condecoração dessas?

— Não tenho a menor idéia.

— Poderia emprestar-me para que a copiasse?

— Claro que não.

— Você é bem desagradável — lamentou uma velha burguesa empoada ao extremo. — A cruz ficaria melhor no filho do nosso burgomestre.

— Vamos — insistiu o insolente —, empreste-me essa jóia. Fique tranqüilo, eu a devolverei!

A assistência começou a rir de Mozart.

— Interessante — constatou ele. — Para mim, é mais fácil obter condecorações do que para você ser o que sou, mesmo que morra duas vezes e nasça de novo. Agora, cheire uma boa pitada de rapé.

Deixando a tola senhora e o medíocre vaidoso, o pianista saiu da sala, com os nervos à flor da pele.

Augsburgo, 22 de outubro de 1777

Apesar da decepção inicial, Wolfgang deu outros concertos na casa de Stein, onde só conseguiu um magro pagamento. No intervalo das suas aparições públicas, ele gostava de tocar órgão e de espairecer na companhia da sua jovem prima de dezenove anos, que zombava dos dignitários de Augsburgo com uma ironia mordaz.

— Nem sei dizer o quanto estou farto deles! — confiou-lhe Wolfgang. — Ficarei muito contente quando estiver num lugar em que haja uma corte de verdade. Hoje à noite, tocarei pela última vez. Não suportaria ficar mais tempo aqui! A sua maldita cidade é tão sufocante quanto Salzburgo.

A última apresentação em Augsburgo atraiu um público restrito e só lhe rendeu noventa florins.

— Vai nos deixar? — preocupou-se Stein.

— Vou a Paris.

— Um grande crítico parisiense passou a noite aqui.

— Sabe o nome dele?

— Grimm, eu acho.

Grimm, o protetor dos Mozarts, havia passado por Augsburgo e não fora ver Wolfgang! Stein devia ter trocado o nome. O barão não teria se comportado de maneira tão grosseira.

O músico não conseguia dormir. Um aviso de Leopold o atormentava: "Você me conhece, não sou pedante nem beato e muito menos um falso carola. Mas você não pode recusar um pedido do seu pai: cuide da salvação da sua alma."

Irritado, Wolfgang respondeu com firmeza:

Papai, não se preocupe. Tenho Deus todo o tempo diante dos meus olhos. Reconheço toda a Sua onipotência e temo a Sua ira; mas também reconheço o Seu amor e a Sua misericórdia pelas criaturas: Ele nunca abandonará aqueles que O servem. Se tudo caminha de acordo com a Sua vontade, tudo também caminha segundo a minha. Assim, não posso deixar de ser feliz e alegre.

Wolfgang ficou realmente alegre ao deixar a inóspita Augsburgo, da qual guardaria uma dolorosa lembrança.

Viena, outubro de 1777

Entre os florões da capital austríaca, a Biblioteca Imperial e Real compelia à admiração de todos aqueles que tinham a possibilidade de ali trabalhar. Havia milhares de volumes preservados que formavam verdadeiras muralhas, harmonizadas por colunas de pórfiro. O ambiente de recolhimento, quase solene, era propício ao estudo. Os pesquisadores vinham de toda a Europa para nela colher os múltiplos aspectos do saber. E o cargo de diretor da ilustre biblioteca estava entre os mais cobiçados. Por isso, a corte aguardava impacientemente o nome do novo titular, designado para reinar na prestigiosa instituição.

A indicação do barão Gottfried van Swieten, brilhante diplomata de quarenta e quatro anos, foi aprovada por unanimidade. Culto, inteligente, o filho do médico pessoal da imperatriz Maria Teresa estabeleceu residência em Viena, depois de passar sete anos em Berlim. O barão tinha direito a um grande apartamento funcional na própria biblioteca, no mesmo nível da galeria principal e que dava para a Josephplatz.

Foi ali que recebeu Thamos, um dos seus primeiros visitantes. O egípcio apreciou a estética do gabinete de trabalho, decorado de arabescos sobre um fundo verde. Gottfried van Swieten estava mais gordo e parecia preocupado.

— Magnífica promoção, barão...

— Não podia sonhar com outra melhor! Um posto de observação ideal e suficientemente discreto para permitir que eu prossiga com todas as minhas atividades.

— Manterá contato com as Lojas de Berlim?

— De Berlim e de outros lugares. Atualmente, nossa principal preocupação é o futuro da Estrita Observância Templária. Alguns franco-maçons vienenses trabalham para esse Rito, cujo progresso corre o risco de ser interrompido devido às dissensões internas e, também, aos ataques externos. É um clima pouco favorável ao nascimento de uma Loja capaz de acolher o Grande Mago!

— Apesar dessas dificuldades bem reais — disse Thamos —, um Irmão de valor excepcional se instalou em Viena. Ele tentará reunir os franco-maçons que desejem construir uma autêntica iniciação, partindo da tradição egípcia.

— Qual é o nome dele?

O olhar de Thamos se tornou mais penetrante do que o habitual.

— Se eu lhe disser, estaremos, para sempre, unidos pelo segredo.

— Já não estamos, conde de Tebas?

— Trata-se de Ignaz von Born.

— O famoso mineralogista, chamado a Viena pela própria imperatriz? Ele terá de agir com toda a discrição. Nós nos cruzaremos nos encontros oficiais, mas só você conhece os nossos verdadeiros laços.

— Uma força negativa poderia destruí-los completamente.

— No que está pensando?

— Na polícia secreta. Os franco-maçons não são fichados e espionados?

— Fichados, sem dúvida, em parte. Espionados, não creio. A desconfiança da imperatriz não chega a esse ponto.

— Não está sendo otimista demais?

— Dispõe de algum indício sério?

— Eu me pergunto se não existe uma cabeça pensante, oculta nas trevas e decidida a destruir a franco-maçonaria.

Gottfried van Swieten não escondeu seu ceticismo.

— Uma eminência parda que dirigisse um serviço secreto... Impossível, sem o consentimento da imperatriz!

— Por que ela o recusaria?

— Que nenhuma indiscrição tenha sido cometida me parece inacreditável, mas estou longe de saber todos os segredos da corte. Por isso, não desprezarei a sua hipótese. Para verificá-la, provavelmente levarei muito tempo, pois terei de evitar muitas armadilhas. Supondo que tenha razão, esse serviço secreto deve dispor de uma rede de informantes cuja extensão será preciso avaliar. Uma ameaças dessas... Estaremos à altura de afastá-la?

— Vamos começar por identificá-la com exatidão. Depois, trataremos de encontrar as armas para combatê-la.

— Qualquer que seja o perigo, Irmão, conte comigo.

58

Mannheim, 4 de novembro de 1777

Depois da desastrosa estada em Augsburgo, Wolfgang renascia. Mannheim, a cidade do príncipe-eleitor do Palatinado, Karl Theodor, uma pessoa autoritária e influente, possuía uma orquestra excepcional, formada de músicos notáveis. No dia seguinte à sua chegada, 30 de outubro, o rapaz já se havia encontrado com a maior parte deles, firmemente decidido a convencê-los de seu próprio talento. *Eles acham que, porque sou pequeno e jovem, não pode haver em mim nada de grande e maduro!*, escreveu ao pai. *Pois bem, em breve irão constatá-lo!*

Com quarenta e seis anos, o alegre Christian Cannabich pôs Wolfgang sob suas asas e lhe facilitou a tarefa. As relações profissionais se transformaram em amizade e o compositor sentiu um imenso prazer em tocar com os melhores intérpretes da Alemanha, talvez da Europa.

No auge da felicidade, ele escreveu para Bäsle, sua querida prima de Augsburgo, uma carta cheia de brincadeiras obscenas e escatológicas, usando uma espécie de código que a jovem maldosa saberia decifrar e ainda aumentar. Longe de Salzburgo, rir e tocar em liberdade, que satisfação!

Christian Cannabich trouxe Wolfgang de volta à realidade.

— Ponha sua roupa mais bonita. Será recebido na corte.

Dois dignitários receberam o rapaz de Salzburgo: o conde Savioli, administrador responsável pela música, e o confessor oficial, padre Vogler, jesuíta e vice-mestre-de-capela. Carrancudos, tanto um quanto o outro, a recepção foi glacial.

— Salzburgo é uma cidade magnífica — declarou o conde Savioli. — Por que saiu de lá?

— Viajando eu aprendo muito. A orquestra de Mannheim não é incomparável?

— É o que dizem, é o que dizem... Mas todos os cargos estão ocupados. E mesmo que um deles fosse liberado, só um executante muito qualificado poderia ser contratado.

— Meus colegas respondem pela minha competência, senhor conde. Também sou compositor e gostaria de apresentar à corte de Mannheim algumas obras que irão seduzi-la.

— Desconfie da sedução — recomendou o padre Vogler. — É uma artimanha que o diabo usa para desviar as almas. Já compôs música religiosa?

— Para a catedral de Santo Estêvão de Salzburgo e para a igreja de São Pedro.

— Espero que não imite os compositores superficiais, até mesmo licenciosos e condenáveis, como Johann Christian Bach!

— Sinto decepcioná-lo, padre, mas gosto dele e o admiro. Ele me ajudou muito em Londres.

O olhar do jesuíta se tornou francamente hostil.

— O que espera, exatamente? — perguntou o conde Savioli, ríspido.

— Tocar depois de amanhã para o príncipe-eleitor Karl Theodor, que eu tive a felicidade de conhecer há quinze anos.

— Sua Alteza está muito ocupado, e nós também. Pode se retirar.

Desde o primeiro minuto, o conde Savioli e o padre Vogler haviam detestado Wolfgang. Eles o viram retirar-se, aliviados.

— Ele não pode, de forma nenhuma, criar raízes em Mannheim — determinou o jesuíta.

— Concordo, mas o rapaz tem talento e os músicos da orquestra se derramam em elogios que chegaram aos ouvidos do príncipe-eleitor. Conhecendo o amor que ele tem pelas artes, sei que assistirá ao concerto.

— Esse Mozart é um saltimbanco! Por que foi excluído da corte de Colloredo?

— Vontade de viajar e recusa do príncipe-arcebispo de pagar o salário de um músico ausente, é o que dizem.

— E se existissem motivos mais graves? Um aventureiro que aprecia a música de Bach não pode ser um bom cristão! Devemos, você e eu, pôr o príncipe-eleitor de sobreaviso. Ele não pode deixar-se seduzir!

Viena, 4 de novembro de 1777

Os Irmãos da Loja Templária* estavam consternados. Sabendo que o local onde se reuniam era vigiado pela polícia, promoveram um encontro na casa de um dos dirigentes, com a presença de um Irmão visitante, Ignaz von Born, cuja ponderação e autoridade natural os impressionaram.

— Estamos em segurança? — perguntou o Mestre da Loja.

— Um Cobridor** Externo nos avisará em caso de perigo — respondeu o decano.

— Somos ameaçados a esse ponto? — preocupou-se um Irmão Mestre.

— Ameaçados não, mas totalmente desacreditados! Um falso Templário roubou nossos rituais e vende cópias por baixo dos panos. Os profanos os conhecerão, sem falar da polícia!

— O que eles têm de comprometedor? — perguntou o decano. — Não ameaçamos o poder, nem os bons costumes!

— Muitos aspectos poderiam ser mal interpretados — afirmou o Mestre da Loja. — A indispensável vingança dos Templários, por exemplo. As autoridades não enxergarão nisso um apelo à revolta contra a Igreja e contra os reis? Considero essa publicidade uma verdadeira violação. Infelizmente, o escândalo não pára por aí! Esse impostor desviou em benefício próprio as contribuições de vários Irmãos, que pretendem dar queixa contra a Ordem, acusando-a de incúria e incompetência!

* Loja das Três Águias.

** Nas antigas Lojas, dois Mestres maçons tinham a função de Cobridor Interno e Cobridor Externo, encarregados da segurança delas.

Alguns dos presentes tentaram minimizar o efeito dos acontecimentos, outros falaram de uma catástrofe irremediável. Ignaz von Born, silencioso, compreendeu que aquela Loja não seria um meio favorável para a iniciação do Grande Mago. Deveria continuar a busca.

Viena, 5 de novembro de 1777

— Agiu bem — disse Joseph Anton ao seu braço direito, Geytrand.

— Obrigado, senhor conde. Confesso que não estou descontente com essa modesta manipulação, cujos resultados ultrapassaram minhas expectativas. Na Áustria, a Estrita Observância acabou de sofrer duros golpes dos quais terá dificuldade para se recuperar.

— Os dossiês estão aumentando. Algumas frases dos rituais provam o caráter ameaçador da Ordem Templária e a vontade de modificar a sociedade. Infelizmente, não dispomos de um manifesto ou de uma declaração de guerra explícita. Preciso de mais provas para conseguir incursões da polícia e o fechamento definitivo de todas as Lojas.

— Estamos no caminho certo — avaliou Geytrand.

— Como o seu agente conseguiu se introduzir nas várias Lojas, subtrair os rituais e desviar as cotizações?

— Não foi difícil, pois os franco-maçons são mais ingênuos do que imaginamos! Muitos deles falam demais e não respeitam a lei do segredo.

— Dê a ele uma boa recompensa e mande-o desaparecer.

— Fique tranqüilo, senhor conde. Ele já voltou a Paris e não mais ouviremos falar desse agente. Quanto às Lojas da Estrita Observância em Viena, elas não demorarão a se desmantelar.

59

Mannheim, 6 de novembro de 1777

Ao fim do concerto de muito sucesso, em que o talento do jovem músico de Salzburgo deslumbrou o auditório, o príncipe-eleitor Karl Theodor foi cumprimentar Wolfgang Mozart.

O governante da cidade sentia-se especialmente orgulhoso por ter criado um pequeno Versalhes onde floresciam as academias de ciências e de belas-artes, sem falar da magnífica biblioteca. Protetor dos artistas, Karl Theodor se mostrou efusivo.

— Quinze anos se passaram, Mozart! Você não é mais uma criança-prodígio e sim um excelente músico.

— Sua orquestra é uma autêntica maravilha. É uma felicidade tocar com intérpretes como esses!

— Pensa ficar muito tempo em Mannheim?

— Posso fazer uma confidência a Vossa Alteza?

— Faça, Mozart, faça!

— Gostaria de compor uma ópera alemã e de vê-la representada aqui.

— Belo projeto, mas difícil de realizar! Enquanto isso, quer participar de outros concertos?

— Com prazer!

— Vou apresentar-lhe alguns parentes que me são particularmente caros e precisam de um bom professor. Aceitaria ser essa pessoa?

— Seria uma honra, Vossa Alteza.

— Perfeito, perfeito! Aproveite Mannheim, divirta-se e regale-nos com o seu talento. Voltaremos a nos ver em breve.

Wolfgang detestava ensinar. Ao dar aulas para amadores mais ou menos dotados, ele perdia tempo. Mas já que era preciso passar por isso... Feliz com esse contato encorajador, compôs uma brilhante sonata para piano*, cheia de progressos técnicos possibilitados pelo novo *pianoforte* de Stein, e uma arieta galante à francesa** que desagradou imensamente ao padre jesuíta.

Mannheim, 10 de novembro de 1777

— Recebeu uma boa remuneração pelos seus concertos? — perguntou Anna Maria ao filho.

— Só cinco relógios, como se eu passasse a vida olhando as horas! Eles me ouvem, me aplaudem, mas não me pagam. O pequeno salzburguês tem de se contentar com presentinhos?

* K. 309.

** *Oiseaux, si tous les ans...*, K. 307.

— Como vamos viver? — preocupou-se Anna Maria, que definhava longe de casa.

— Tenho muitos amigos em Mannheim. Eles nos ajudarão.

— Mas, depois, teremos de reembolsá-los! Não deveríamos obedecer ao seu pai e ir para Paris?

— Não se preocupe, iremos para a França. Antes, quero explorar todos os recursos que Mannheim me oferece. Uma ópera alemã, já imaginou? O príncipe-eleitor me admira. Com a ajuda dele, terei sucesso.

Anna Maria não quis contradizer o filho que, para espairecer, escreveu uma carta para a prima em Augsburgo: *Os romanos, suportes do meu rabo, estão, sempre estiveram e sempre estarão sem um centavo.* Isso não queria dizer nada, mas foi o que ele disse.

Quando foi à casa de Christian Cannabich, Wolfgang finalmente encontrou o seu guia.

— Esqueceu-se de mim, Thamos?

— Mannheim lhe faz bem, você compõe obras brilhantes e alegres.

— A orquestra é fabulosa! Ela me permite ouvir sons que eu acreditava serem impossíveis. Quantos reinos desconhecidos para descobrir! Não posso escrever poesia, não sou poeta. Não sei manipular as formas artisticamente para que elas façam um jogo de luz e sombra, não sou pintor. Também não posso expressar os meus sentimentos e pensamentos por gestos e pantomima, não sou bailarino. Mas posso fazê-lo por meio dos sons, sou músico.

— O que espera de Mannheim?

— Um posto de compositor na corte.

— Inimigos não lhe faltam...

— O conde e o padre, eu sei. Eles gostariam de me ver partir o mais rápido possível! Mas o patrão deles, Karl Theodor, me admira. Em troca de proteção, tenho de dar aulas de piano aos... "parentes" dele, amantes e filhos ilegítimos! O príncipe-eleitor é um homem alegre que adapta a moral cristã. Não aprecio isso, mas cada um cuida da própria vida. Eu quero apenas ter com o que viver e compor com o mínimo de coação. *Thamos, Rei do Egito*... não me esqueci! Se Mannheim aceitar uma ópera alemã, não ficará satisfeito?

— Desejo que esta cidade possa compreendê-lo.

Mannheim, 11 de novembro de 1777

Para se distrair, Wolfgang tocou o órgão da capela da corte. Chegando com o *kyrie* já começado, ele executou o fim de maneira totalmente clássica. Depois que o padre entoou o glória, ele se lançou numa cadência tão surpreendente que os fiéis se viraram.

Já que finalmente eles haviam saído do torpor devoto, o organista martelou as notas, para perplexidade da audiência. Sem esperar pela reação do padre Vogler, Wolfgang abandonou o teclado e foi almoçar na casa dos Cannabich.

Ao regressar, bem tarde, a mãe o esperava, com a fisionomia fechada.

— Seu pai me pediu para cuidar de você, Wolfgang, e temo que o seu comportamento não seja o de um rapaz correto e piedoso.

— Fique tranqüila, mamãe, fazemos poesias ridículas, rimas e me divirto com rapazes e moças, imaginamos brincadeiras e pilhérias mais ou menos apropriadas, mas somente em pensamentos e não em ações!

— Você não está resvalando no pecado?

— Tudo não passa de um jogo que me dá muito prazer.

— Mesmo assim...

Wolfgang beijou a mãe.

— Continuo a ser um rapaz correto e piedoso que venera Deus e os pais.

Mannheim, 22 de novembro de 1777

As apresentações musicais em honra do príncipe-eleitor Karl Theodor terminaram e nenhum desempenho fora concedido a Wolfgang. O jesuíta e seu cúmplice, o conde Savioli, eram mais perigosos do que ele supunha. Sem dúvida, haviam convencido o patrão a manter afastado o músico de Salzburgo.

Limitado a dar aulas, Wolfgang não perdia as esperanças de atingir o objetivo, sobretudo porque Cannabich ouvira um rumor persistente: Karl Theodor pensava em nomear Mozart para preceptor dos filhos naturais. Se assim fosse, ele teria um pé fincado na corte e tempo para compor.

Com um pouco de sorte, sua viagem terminaria em Mannheim. Ele sonhava em ouvir a maravilhosa orquestra interpretar as suas sinfonias, os seus concertos e a ópera que daria continuação à mensagem de *Thamos, Rei do Egito*.

60

Mannheim, 29 de novembro de 1777

"Você ainda não compreendeu que precisa pensar em outras coisas que não brincadeiras de tresloucados?", escreveu Leopold. "Se não, afundaremos na lama, sem dinheiro. E, sem dinheiro, nada de amigos. O objetivo da viagem, o objetivo insubstituível, era, é e deve ser conseguir um bom emprego ou, ao menos, juntar dinheiro."

Como não suportava mais as injustas admoestações, Wolfgang teve a ousadia de responder ao pai, dizendo o que lhe ia no coração:

Não sou um irresponsável. Apenas estou pronto para enfrentar qualquer situação, o que me permite esperar e suportar tudo com paciência, contanto que minha honra e meu sobrenome sem manchas de Mozart não sejam atingidos. Eu lhe peço que não se alegre antes do tempo, nem se aflija: aconteça o que acontecer, está tudo bem. Porque a felicidade consiste unicamente no conceito que fazemos dela.

Triste e solitária, saindo raramente, Anna Maria se entediava mortalmente. O filho a abandonava constantemente, preferindo jantar e se divertir com os amigos. Fazia tanto frio naquele fim de outono que, quase congelada, ela mal conseguia segurar a pena para escrever ao marido. Deixando transparecer algumas preocupações, tentava acalmá-lo. Wolfgang havia tomado algumas sérias providências; era preciso esperar pela resposta do príncipe-eleitor Karl Theodor.

Mannheim, 9 de dezembro de 1777

Convidado para a academia* na corte do príncipe, Wolfgang não se interessou pela música e não tirou os olhos do conde Savioli. No fim do interminável sarau, ele abordou o aristocrata que não se havia dignado a cumprimentar o salzburguês.

— Posso lhe falar, senhor conde?

— Estou cansado. Meu secretário marcará uma hora para você.

— Ele me disse que o senhor só estará livre daqui a várias semanas e não posso mais esperar!

— Esperar o quê, Mozart?

— A decisão do príncipe-eleitor! Ele vai me dar algum cargo na corte?

A resposta do conde Savioli foi contundente.

— Peço desculpas, infelizmente a resposta é não.

Abandonando o músico rejeitado, o aristocrata se juntou ao padre Vogler, testemunha da cena, com um sorriso no canto dos

* O mesmo que concerto.

lábios. Ambos obedeciam às ordens do patrão, que não queria entrar em conflito com o príncipe-arcebispo Colloredo.

Wolfgang Mozart não tinha nenhum futuro em Mannheim.

Mannheim, 10 de dezembro de 1777

— Recusaram um posto para você? — surpreendeu-se Christian Cannabich. — Nem mesmo o cargo de preceptor dos bastardos?

— Nem esse — respondeu Wolfgang, esvaziando um copo de vinho. — Uma espera tão longa para um resultado tão decepcionante!

— Não se deixe abater, os seus amigos músicos vão ajudá-lo. Você poderá comer na casa de um ou de outro, e as aulas pagarão a hospedagem. Em pleno inverno seria imprudente viajar.

Apesar do fracasso, Wolfgang não se desencorajou. Tocar com os virtuoses de Mannheim o encantava.

— Vamos deixar as coisas correrem como devem! — exclamou ele. — De que adiantam especulações supérfluas? Não sabemos o que vai acontecer, não é? Não, sabemos sim: será o que Deus quiser! Vamos, um jubiloso *allegro*!

Mais calmo, Cannabich encheu o copo do amigo. Juntos entoaram um alegre cânone em que zombavam da tolice e da injustiça.

Munique, dezembro de 1777

Apesar de as suas idéias penetrarem nos meios intelectuais, os Iluminados da Baviera só contavam com um pequeno número de adeptos para empreender uma profunda reforma na sociedade.

Segundo o chefe do movimento, Adam Weishaupt, só havia uma solução: usar o canal da franco-maçonaria e, mais especialmente, o da Estrita Observância Templária, cuja característica de conquistadora o seduzia.

Aos vinte e nove anos, o brilhante jurista da Universidade de Ingolstadt possuía um raro dinamismo e uma forte convicção. A sua notoriedade lhe abriu as portas de uma Loja Templária de Munique, feliz em acolher uma alma de tal envergadura.

Assim que foi iniciado, Weishaupt iniciou um trabalho de sabotagem. Muitos dos franco-maçons, se não a totalidade deles, acreditavam em Deus, mas muito poucos gostavam dos jesuítas. E, talvez, não tivessem uma crença tão forte quanto supunham.

Já que recebiam a Luz ao se tornarem franco-maçons, não deviam propagá-la e lutar contra o obscurantismo de uma religião delinqüente, cujo único objetivo consistia em embotar as mentes? A franco-maçonaria podia ser a força de ataque de uma nova filosofia, que apoiasse a primazia da razão, a necessidade do progresso e o acesso à educação para todos.

O discurso de Weishaupt só chocou alguns Irmãos muito reacionários para pensar em qualquer mudança, por menor que fosse. A maioria ouviu atentamente, e frutíferas discussões foram iniciadas.

Weishaupt não ficou indiferente ao ritual. Apesar da ingenuidade e imperfeições evidentes, dele se desprendia uma certa magia que a lógica não conseguia dissecar. Os Iluminados da Baviera precisavam da franco-maçonaria, a franco-maçonaria precisava dos Iluminados da Baviera. Ao se interpenetrarem, as duas organizações se reforçariam até chegar o momento em que as idéias de Weishaupt predominariam.

Mannheim, 25 de dezembro de 1777

Wolfgang praguejava contra o holandês De Jean, que pagava mal e aos poucos o quarteto para flauta, violino, viola e violoncelo* que o jovem músico havia composto. Mas ele esqueceu rapidamente os dissabores quando foi à casa de um importante personagem de Mannheim, Theobald Marchand.

Que surpresa ao encontrar ali o conde de Tebas, numa profunda conversa com um rapaz de vinte e dois anos, de fisionomia surpreendentemente séria!

Pertencendo ao colégio dos fundadores da principal Loja de Mannheim, Theobald Marchand convidou Mozart para tomar um excelente vinho branco e degustar as guloseimas do bufê. Em seguida, ele se ocupou dos outros convidados e Thamos se aproximou.

— Mozart, quero lhe apresentar um brilhante diplomata, o barão Otto von Gemmingem, com quem conversei sobre *Thamos, Rei do Egito*. Como você e eu, ele se interessa pelo esoterismo da civilização faraônica e pelas antigas iniciações. Por isso, faz estudos aprofundados nesses campos tão complexos.

Uma recomendação dessas, da parte do egípcio, valia ouro! Wolfgang sentiu um respeito imediato por Otto von Gemmingen, cuja seriedade o impressionou.

* K. 285.

— Estou trabalhando num drama simbólico que receberá o título de *Semíramis* — revelou o rapaz. — Aceitaria musicá-lo?

— Gostaria de ler o texto sem demora e darei o melhor de mim.

Um novo projeto, grandioso, fascinante! Decididamente, Mannheim realizava as ambições de Wolfgang.

— Vai ficar muito tempo entre nós? — perguntou Von Gemmingen.

— Meu pai quer que eu obtenha sucesso em Paris, mas gosto muito daqui e não tenho a menor vontade de partir.

Franco-maçom reconhecido por Thamos como apto a construir o Templo, Otto von Gemmingen avisaria um Irmão, com um posto na capital francesa, da eventual chegada de Mozart.

61

Mannheim, 30 de dezembro de 1777

Christian Cannabich acordou Wolfgang.

— Karl Theodor acabou de partir!

— Partir, partir... Para onde?

— Maximiliano III morreu. Como herdeiro presuntivo do trono da Baviera, Karl Theodor espera conquistar Munique. Sérios problemas à vista!

— Quais?

— A Áustria e a Prússia podem brigar pela sucessão. Se o nosso príncipe-eleitor perder, e continuar insistindo, será desencadeado um conflito.

Wolfgang não lamentou a morte de Maximiliano III, aliado de Colloredo.

— Para Mannheim essa partida é uma catástrofe — continuou Cannabich. — A vida artística será interrompida, a cidade se retrairá. Nada de concertos, nada de festividades. O futuro imediato promete ser sombrio.

Kirchheim-Boland, 23 de janeiro de 1778

Wolfgang não viajava sozinho para o concerto que daria na casa da princesa de Orange. Uma bela cantora de dezoito anos, Aloysia Weber, e o pai, Franz Fridolin, o acompanhavam.

Depois de perder o cargo de secretário da magistratura, Fridolin se havia instalado em Mannheim, onde exercia as funções de copista no teatro da corte, de ponto e, às vezes, de cantor, possuindo uma voz medíocre de baixo. Aos quarenta e cinco anos, parecia envelhecido, mas criava corajosamente as três filhas.

— Minha família já foi nobre — lembrou Fridolin. — Devido a múltiplas desgraças, minha cara esposa, minhas filhas e eu não passamos de pessoas pobres que lutam contra a adversidade. Mas continuamos a ser bons e honestos alemães.

— Pode se sentir orgulhoso, senhor Weber.

— Qual a sua idade, rapaz?

— Farei vinte e dois anos no dia 27 de janeiro.

— Que maravilha, toda uma vida pela frente! Você irá longe, graças ao seu talento.

— E o da sua filha Aloysia me será de preciosa ajuda. A voz dela é tão pura, tão expressiva, que vai inspirar grandes árias para a minha futura ópera.

— Quando ficará pronta?

— Se conseguir evitar a ida a Paris, vou compô-la em Viena e conseguirei por ela, no mínimo, mil florins.

— Mil florins? Bela soma...

— Aloysia se tornará a mais famosa e mais bem paga das cantoras vienenses.

Distante e reservada, a moça se limitava a sorrir para Wolfgang, que a devorava com os olhos.

Viena, a ópera, a fortuna... Ele queria acreditar nisso! Sem glória e sem dinheiro, como conseguiria conquistar o coração de Aloysia, por quem se apaixonara loucamente desde que a ouvira cantar?

Invadido por novos sentimentos que não conseguia controlar, Wolfgang não parava de pensar na filha mais velha de Fridolin Weber. A seriedade e o rigor moral do pai lhe agradavam. Ele não permitia que Aloysia saísse sozinha e todo o tempo a vigiava.

O concerto de 24 de janeiro lhe rendeu apenas uma modesta quantia. Wolfgang deu a maior parte para Fridolin Weber. Se houvesse outras apresentações mais lucrativas, o compositor continuaria a se mostrar generoso.

Esquecendo que a mãe estava sozinha em Mannheim, Wolfgang passou horas deliciosas na companhia de Aloysia e do pai. Uma única vez, Fridolin deu autorização aos jovens para passearem no campo coberto de neve, enquanto fumava cachimbo no albergue.

Wolfgang falou de seus projetos, Aloysia de suas esperanças e eles riram juntos ao relembrar os defeitos e as manias de alguns músicos. No céu de um azul límpido brilhava um suave sol de inverno.

— Aloysia...

— Vamos voltar para o albergue, Mozart. Meu pai e eu retornaremos para Mannheim.

— Posso voltar a vê-la?

— Gostaria muito de cantar uma das suas composições.

— Seria uma grande honra! Não me canso de ouvi-la cantar. Uma voz tão expressiva quanto a sua é um verdadeiro milagre.

— Sinto-me lisonjeada, mas ainda preciso trabalhar muito antes de subir ao palco.

— Pois bem, trabalharemos juntos!

Mannheim, 4 de fevereiro de 1778

Wolfgang encontrou a mãe na casa do conselheiro áulico* Serrarius, que os hospedava em troca de aulas de piano para a sua enteada Teresa, apelidada de a Ninfa.

— Você não escreve para o seu pai desde 17 de janeiro — censurou Anna Maria. — É a primeira vez que o deixa tanto tempo sem notícias.

— Você me substituiu, mamãe.

— Aonde foi nos últimos dias?

— Dei um concerto na casa de uma senhora nobre.

— Sozinho?

— Não, com uma cantora.

— Jovem?

— Bem jovem.

— Meu filho, eu...

— Tranqüilize-se, mamãe, eu nunca viajaria com pessoas licenciosas e libertinas, cuja conduta e opiniões eu não aprovasse.

* Que pertence à corte de um soberano.

— Qual o nome dela?

— Aloysia. É filha de Fridolin Weber, um homem muito bom, copista do teatro de Mannheim. A família sofreu um revés e perdeu a fortuna, mas se comporta com uma dignidade exemplar. Foi uma sorte tê-los conhecido! Vou avisar papai imediatamente, pois concebemos um magnífico projeto: uma turnê de concertos na Itália! Aloysia se tornará uma *prima donna* e eu recuperarei o prestígio.

— Não está se entusiasmando rápido demais?

— Se ouvisse a voz de Aloysia, não duvidaria um minuto de que ela triunfará! Nunca ouvi tamanho esplendor.

No auge da exaltação, Wolfgang pôs os sonhos por escrito.

Assustada e apreensiva, Anna Maria acrescentou um *post-scriptum* às escondidas, antes de mandar a carta pelo serviço postal: "Ele está entusiasmadíssimo com essas pessoas." E, segundo a intuição de Anna Maria, aquelas pessoas não eram tão honestas quanto se diziam ser.

62

Schleswig, fevereiro de 1778

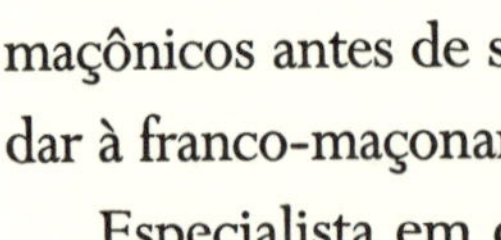

O duque de Brunswick já não era o único a dirigir a Ordem Templária. Agora, ao lado dele estava Karl de Hesse, governador dos ducados de Schleswig-Holstein. Iniciado em 1775*, ele se vangloriava de haver estudado vários ritos maçônicos antes de se ligar ao projeto templário, o único capaz de dar à franco-maçonaria o lugar que ela merecia.

Especialista em ciências ocultas, Karl de Hesse havia reunido num dos seus castelos uma plêiade de alquimistas, com a esperança de assistir à realização da Grande Obra. Sem se desencorajar com o fracasso daqueles homens medíocres, continuava a buscar o segredo dos segredos e freqüentava as personagens mais extravagantes, per-

* Seu nome de Cavaleiro era *Carolus a Leone Resurgente.*

guntando a si mesmo se um verdadeiro sábio não se dissimularia no meio dos charlatões.

Entre Ferdinando de Brunswick e Karl de Hesse rapidamente se forjara uma amizade inabalável. O segundo não desejava o lugar do primeiro, que ele julgava digno de ocupá-lo; o primeiro escutava os conselhos do segundo, um pesquisador infatigável.

— Governaremos juntos essa Ordem — prometeu o duque. — Mas com a consciência de que acima de nós reinam os Superiores Desconhecidos.

— Já encontrou algum? — perguntou Karl de Hesse, fascinado.

— Na verdade, tive essa sorte. Graças a ele, a Estrita Observância segue o seu caminho sem medo de ser destruída por ataques externos. Falta reforçar a Ordem propriamente dita.

— Estamos vivendo os últimos tempos da História — afirmou Karl de Hesse. — Só o Cristo poderá nos salvar do caos. Obtive a graça de receber sinais luminosos do Senhor, e tudo o que realizo é ditado por Ele ou pelos espíritos que Ele comanda. Vamos partir juntos em busca do verdadeiro segredo maçônico, meu Irmão, esqueçamos a falsa glória e a nostalgia do passado. Sim, os Superiores Desconhecidos abrirão o nosso caminho e nos possibilitarão construir uma Ordem espiritualista a serviço de Deus.

O entusiasmo do seu novo braço direito contagiou Ferdinando de Brunswick. Auxiliado por um homem tão dedicado, cujas convicções se uniam às suas, ele seria bem-sucedido.

Um detalhe começava a se tornar incômodo: a filiação templária da Estrita Observância e sua vontade declarada de restaurar o poder temporal dessa velha Ordem de Cavaleiros. Será que muitos iniciados ainda acreditavam nesse futuro?

Mannheim, 7 de fevereiro de 1778

Sem deixar transparecer a extensão dos seus sentimentos, Wolfgang tentou explicar a sua paixão nascente para Leopold, que tinha a certeza de que o filho não o amava apenas como um pai, mas também como o melhor amigo e o mais confiável.

Não somos nobres, escreveu o rapaz, *nem de alta origem nem fidalgos ricos, e sim de classe inferior, plebeus e pobres, e, portanto, não precisamos de mulher rica. Nossa riqueza morre conosco porque está em nossas cabeças. E essa riqueza ninguém pode tomar, a não ser que nos cortem a cabeça; e se isso acontecer não precisaremos de mais nada! Quero fazer uma mulher feliz e não ser feliz às custas dela.*

Para Wolfgang, o amor devia ser verdadeiro e racional, sem frivolidade e excessos que impedissem uma felicidade serena. A esposa, em pé de igualdade com o marido, merecia respeito e fidelidade, porque à palavra dada não se volta atrás.

Muitos amigos salzburgueses do músico, festeiros e cínicos, não partilhavam das suas convicções e, ao agirem como garanhões, eles lhe desagradavam imensamente. Ele nunca se rebaixaria a ponto de considerar uma mulher como objeto de conquista.

Mannheim, 19 de fevereiro de 1778

Wolfgang entregou ao holandês De Jean, que acabava pagando quando levava um puxão de orelha, obras curtas e superficiais: dois quartetos para flauta, violino, viola e violoncelo* e um concerto

* K. 285a e b.

para flauta em sol maior*, que incluía um adágio cheio de ternura que Aloysia saberia apreciar. Seu *kyrie* em mi bemol maior** foi o único trecho que sobrou de uma missa destinada a Karl Theodor, com a esperança de conseguir um posto na capela da corte. Mas o príncipe continuava em Munique com a intenção de acabar com as intrigas políticas que se opunham ao aumento dos seus poderes.

A carta de Leopold caiu como uma bordoada:

"Se continuar a construir castelos de cartas e só tiver na cabeça projetos futuros, negligenciará os trabalhos presentes e indispensáveis. A sua cabeça está cheia de coisas que o tornam inapto para o presente. Em tudo você se mostra arrebatado e impetuoso, seu bom coração faz com que não veja os defeitos daqueles que o incensam. Depende da sua sabedoria ser um músico vulgar esquecido pelo mundo ou um famoso mestre-de-capela, cujo nome será escrito no livro da posteridade. Seu projeto quase me enlouqueceu! Vá a Paris, procure o apoio das grandes personalidades. Ou César, ou nada!"

Abalado, Wolfgang respondeu no mesmo dia. É claro que reconhecia a extensão dos sacrifícios do pai para privilegiar sua carreira. Ele não se havia endividado enormemente para possibilitar que o filho fosse a Paris e tivesse um sucesso retumbante?

Paris e não a Itália. Paris com a mãe, não a Itália com Aloysia Wolfgang se rendeu aos argumentos do pai e desistiu do projeto da turnê.

Terminada a carta, ele foi vitimado por uma febre alta e se deitou sem jantar.

* K. 313.

** K. 322.

Viena, 21 de fevereiro de 1778

— Falei sobre o seu papel com o barão Gottfried van Swieten — revelou Thamos a Ignaz von Born. — A missão dele consiste em proteger as Lojas maçônicas, dando a entender que as hostiliza. Se ganhar a confiança das autoridades, talvez ele consiga saber o nome dos nossos inimigos mais perigosos e mais determinados. Agora, você sabe o segredo do barão.

— Meus lábios estão selados — prometeu Von Born, sensibilizado com a confiança do egípcio.

— Van Swieten nunca poderá encontrá-lo numa Loja oficial, por causa da vigilância da polícia.

— Organizarei, em diferentes locais, as sessões de pesquisa com os Irmãos que realmente desejem vivenciar os mistérios vislumbrados nos rituais e a nossa construção terá a ajuda dos elementos do *Livro de Toth*.

— Tobias von Gebler não fará parte dos construtores — especificou o egípcio. — Depois do fracasso de *Thamos, Rei do Egito*, ele perdeu a fé e se contenta com uma vida obscura em Berlim. Ele não quer nada da franco-maçonaria além de uma vaga filosofia.

— Muitos irmãos são semelhantes a ele — lamentou Von Born. — Onde está o Grande Mago?

— Em Mannheim. Ele se apaixonou e queria casar-se com a cantora que ama. Mas o pai exige que ele vá a Paris.

— Que conselho deu a ele?

— Nenhum — respondeu Thamos. — Cabe a Wolfgang forjar o próprio destino neste período de provação. Se não, mais tarde, ele será incapaz de enfrentar as provas iniciáticas.

63

Mannheim, 23 de fevereiro de 1778

A nova carta de Leopold batia na mesma tecla: "Milhares de pessoas não receberam de Deus um dom tão grande quanto o seu. Quanta responsabilidade! Não seria infinitamente lamentável que um gênio tão grande se enganasse de caminho? Você corre mais perigos do que os milhões de pessoas que não têm o seu talento, pois está mais exposto aos ataques, de um lado, e, do outro, às bajulações. Você tem um pouco de orgulho e de amor-próprio em excesso e, além disso, se mostra muito íntimo das pessoas; você abre o coração para qualquer um. De Colloredo eu não espero nada. De você eu espero tudo."

Restabelecido, Wolfgang se recusava a acreditar nas suspeitas do pai. Gostava do bom Fridolin Weber e amava apaixonadamente Aloysia, sem ousar confessá-lo.

Entre tantos defeitos, respondeu a Leopold, *eu tenho este: o de sempre acreditar que os amigos que me conhecem me conhecem. E, nesse caso, não há necessidade de muitas palavras. Ah, e se não me conhecem, onde encontraria palavras suficientes para esclarecê-los?*

Recusando-se a se deixar invadir pela tristeza, Wolfgang queria esquecer a inevitável partida. Compôs quatro sonatas para piano e violino* cheias de diálogos divertidos, alegres e populares, uma ária para o velho e simpático tenor Raaff, de recursos vocais limitados**, outra para a soprano Augusta Wendling***, que reprovava o comportamento de um jovem "num bosque solitário e sombrio", e, além disso, um recitativo e uma ária**** destinados a Aloysia, cujas palavras traduziam seus sentimentos: "Não sei de onde me vêm essa terna inclinação, essa emoção que me enche o coração, sem que eu perceba esse *frisson* que corre no meu sangue."

— Com essa peça — profetizou Wolfgang para a jovem — você alcançará o sucesso na Itália.

— E você?

— Eu preciso ir a Paris. Meu pai exige.

— Você havia prometido...

— Preciso obedecê-lo, Aloysia. Assim que conseguir o sucesso esperado, eu voltarei. Vai pensar um pouco em mim?

— Como pode duvidar?

* K. 301, 302, 303, 305.

** K. 295.

*** K. 308.

**** K. 294.

Viena, 1º de março de 1778

O barão Gottfried van Swieten andava pisando em ovos. Como diretor da Biblioteca Imperial e Real devia se consagrar às ciências e à cultura e não à segurança e à polícia. Por isso, ao conversar com as personalidades da corte, procedia por meio de alusões. À menor reticência, batia em retirada e voltava para o terreno dos grandes autores e dos livros raros a serem adquiridos.

O seu trabalho e a sua gestão satisfaziam plena e totalmente a imperatriz Maria Teresa e o imperador José II. Numa das recepções, Van Swieten teve oportunidade de conversar com o chefe da polícia vienense, uma pessoa falsamente amável.

— Meus parabéns, senhor diretor. No seu reinado, a famosa biblioteca está se enriquecendo e consolidando o prestígio cultural da nossa bela cidade. Por sorte, perseguimos as idéias nocivas que nunca poderão ser aceitas entre nós.

— Refere-se à filosofia francesa?

— Exatamente! Uma peste temível, cujas pústulas devem ser cauterizadas, como essa tal de franco-maçonaria.

— Na minha opinião, uma seita perigosa.

— Na minha também, barão.

— Espero que tome todas as medidas necessárias.

— Fique tranqüilo!

— Com um profissional da sua competência, como não ficaria?

O chefe da polícia falou em voz baixa:

— Não estou encarregado desse dossiê. Sua Majestade a imperatriz se ocupa dele pessoalmente. Existe melhor garantia?

Van Swieten aprovou com um movimento de cabeça.

Pelo visto, Maria Teresa havia organizado um serviço paralelo, encarregado de vigiar os franco-maçons. Seria impossível conseguir mais pormenores sem despertar as suspeitas do interlocutor.

Quem dirigia o serviço, de que meios dispunha, até onde pensava ir? Responder a essas perguntas cruciais não seria fácil. Ao menor passo em falso, Gottfried van Swieten cairia em desgraça e seria demitido de suas funções.

Mannheim, 13 de março de 1778

Wolfgang enfrentaria um dia cheio, fascinante e sofrido. De manhã, última aula para Teresa Pierron, a Ninfa, enteada do conselheiro áulico Serrarius, que lhe concedera hospitalidade. Como último agradecimento, ele lhe ofereceu uma sonata para piano e violino*.

Enquanto sua mãe terminava de preparar as bagagens, feliz por ver o filho finalmente obedecer ao pai, Wolfgang foi conversar com Otto von Gemmingen. Na véspera, o jovem franco-maçom havia participado de uma sessão com Thamos.

— Barão, comecei a musicar o seu drama, *Semíramis*.

— Excelente notícia, Mozart!

— Infelizmente, preciso deixar Mannheim e ir a Paris. Sem saber quais as obrigações que me esperam, não posso marcar a data em que terminarei o trabalho e lamento por isso.

— Compreendo muito bem e agradeço a sua franqueza. Quando temos a possibilidade de trabalhar com um compositor

* K. 296.

feito você, como não ser paciente? Tenho um excelente amigo em Paris, o ministro representante do Palatinado. Pedirei que o ajude, na medida dos modestos meios de que ele dispõe.

— É um grande privilégio, barão.

— Você merece, Mozart, pois não é um homem comum. Sem querer desencorajá-lo, não mantenha muitas ilusões em relação aos franceses. É um povo volúvel e ao mesmo tempo pretensioso, que acredita ter razão em tudo e se acha superior a todo o planeta. Em geral, os músicos parisienses não dão boa acolhida a um estrangeiro, que julgam incapaz de se adaptar à genialidade deles e fazer parte do quadro. Mesmo assim, lhe desejo boa sorte.

Wolfgang foi à casa dos Webers.

Aloysia estava ensaiando a ária que ele havia composto para ela, e a interpretação era perfeita, com uma emoção controlada, sem nenhuma exuberância intempestiva.

— Tenho de partir — anunciou com tristeza para a jovem e para o pai dela.

— Quando voltará a Mannheim? — perguntou Fridolin Weber.

— O mais breve possível. A viagem me aborrece.

— Ela não lhe proporcionará a glória bem merecida?

— É o que meu pai deseja.

— Obedecer-lhe prova que é um bom rapaz. Minha filha e eu depositamos muitas esperanças em você. Volte para nós rico e famoso, Wolfgang.

— Prometo que darei o melhor de mim.

— Os franceses se prostrarão aos seus pés, tenho certeza!

— Permita-me ser menos otimista.

— Não, Wolfgang, não! Tenha confiança em si mesmo e tudo correrá bem. Eis um presente para distraí-lo durante a viagem.

Fridolin Weber deu ao músico a edição alemã das *Comédias* de Molière.

Ao folheá-la, ele parou numa peça intitulada *Don Juan*, cujo tema havia circulado pela Europa.

— Obrigado, senhor Weber. Espero encontrar nestas páginas a idéia para uma futura ópera.

64

Paris, segunda-feira, 23 de março de 1778, às dezesseis horas

— Nunca me aborreci tanto em toda a minha vida — confessou Wolfgang à mãe ao chegar a Paris, depois de nove dias de viagem.

É verdade que Anna Maria não se interessava nem um pouco pelas obras do filho, reprovava a amizade com os Webers, de quem ela não gostava, e remoía a sua tristeza por estar longe da querida Salzburgo.

E não seria o alojamento, um pequeno quarto muito escuro, onde não cabia nem um piano, que lhe devolveria o sorriso.

— É impossível trabalhar aqui — constatou o músico.

— Se você sair todo o tempo, não terei ninguém com quem conversar. Não compreendo uma palavra dessa língua afetada, e os parisienses não são amáveis.

— Preciso entrar em contato com várias pessoas o mais rápido possível e encontrar trabalho. Instale-se como puder.

No dia 24, graças à correspondência enviada pelo pai para preparar a visita, Wolfgang foi recebido pelo barão Grimm e pela senhora d'Épinay.

— Estou radiante em conhecer um brilhante compositor austríaco — declarou ela, encarando o rapaz de estatura média, franzino, pálido, de cabelos claros e finos, nariz comprido e proeminente, olhos vivos e esbugalhados.

— Não sou austríaco — retificou Wolfgang —, e sim alemão.

— O seu pai nutre grandes esperanças a seu respeito — interveio Grimm —, mas Paris não conhece as obras que compôs em Salzburgo e quer peças diferentes.

— Poderia me ajudar?

— Os meus amigos, Jean Le Gros, diretor do Concerto Espiritual*, e Noverre, diretor do balé da Ópera, lhe farão diversas propostas. Eu o previno, a concorrência é acirrada, não será fácil se impor. A melhor maneira de ganhar a vida consiste em dar aulas aos esclarecidos apreciadores de música. A senhora d'Épinay e o duque de Guisnes lhe conseguirão alunos.

Quando Mozart saiu, Grimm fez uma careta de desdém.

— Como criança-prodígio, ele me intrigou. Mas hoje em dia... Há centenas de músicos desse tipo!

— Eu o acho comovente, com o seu aspecto desajeitado, a timidez e o nervosismo — confessou a senhora d'Épinay.

* O Concerto Espiritual, que começou a ser apresentado na França em 1725, era uma apresentação pública, mas paga. O repertório se limitava à música instrumental e religiosa. (N. T.)

— Divirta-se, se lhe apraz, cara amiga, mas não perca o seu tempo. Acredite no meu julgamento, que todos sabem ser infalível: esse pequeno alemão não tem nenhum futuro.

Paris, 25 de março de 1778

Ministro do Eleitor palatino com um posto em Paris, o conde Von Sickingen recebeu Mozart calorosamente. Apaixonado por música e franco-maçom, ele havia terminado de reler a carta do Irmão Otto von Gemmingen, recomendando o compositor de Salzburgo.

— Primeiro vamos falar sobre o alojamento. Está satisfeito?

— De maneira nenhuma — deplorou Wolfgang. — Minha mãe e eu não dispomos de grandes recursos.

— Mudem-se para o hotel dos Quatre Fils Aymon, na rua do Gros-Chenet. Tem algum contato sólido com colegas franceses?

— Eu me encontrei com o barão Grimm. Ele mandou que eu procurasse Le Gros e Noverre.

Von Sickingen não dissimulou seus sentimentos.

— Detesto esse Grimm. Pretensioso, fanfarrão, fingido, interesseiro... E os amigos dele não são nada melhores! Porém, controlam a vida musical em Paris e nada pode ser feito sem eles. Como se acham os melhores do mundo, os estrangeiros não são bem-vindos. Perdoe a franqueza, mas não tenho o direito de acalentar suas ilusões.

— O meu pai as acalenta mais do que eu — explicou Wolfgang.

— A minha porta estará sempre aberta — prometeu o conde. — Em caso de grande dificuldade, não hesite em me avisar. Vou defender a sua causa entre os artistas com quem mantenho contato, mas o sucesso dependerá obrigatoriamente da aprovação de Le Gros.

A meio caminho entre a esperança e o abatimento, feliz por contar, ao menos, com um amigo em Paris, Wolfgang voltou para perto da mãe deprimida.

O conde Von Sickingen abriu a porta da saleta onde estava Thamos.

— Ouviu nossa conversa, meu Irmão?

— Não perdi nenhuma palavra.

— Temo que o seu protegido não possua as armas necessárias para enfrentar esta cidade impiedosa.

— Todas elas o são — avaliou o egípcio —, e a formação do caráter exige que ele passe por essas terríveis provações.

— E se ele não as suportar?

— Nesse caso, eu estava enganado.

Paris, 5 de abril de 1778

Leopold ficaria satisfeito: a estada parisiense do filho começava bem. Sobrecarregado de trabalho, ele preparava um concerto para flauta e harpa, uma sinfonia concertante, uma ópera consagrada aos amores de Alexandre e de Roxane, escrevia os coros que seriam inseridos num *Miserere* do velho Holzbauer, adaptando-o ao gosto parisiense, e, além de tudo, ensinava.

— Está contente? — perguntou Anna Maria, que se queixava do seu isolamento.

— Tenho horror a dar aulas. Não devo, nem posso enterrar assim o talento de compositor que Deus me deu. E detesto essa insuportável galanteria parisiense, é um verniz de hipócritas que dissimula a leviandade de costumes.

— Seu pai nunca se enganou, Wolfgang. Se estamos aqui, é para o seu bem.

O rapaz se vestiu.

— Vai sair de novo?

— Tenho de me exibir na casa de Le Gros, o homem-chave da música parisiense.

— Talvez preferisse se divertir na casa dos Webers...

Wolfgang não respondeu e se dirigiu para a casa do diretor do Concerto Espiritual, que o convidara para mostrar o seu talento de pianista a uma platéia selecionada.

Com brio, ele improvisou uma paródia de Cambini, um "mestre" italiano em moda, cuja produção considerava medíocre. Ele trouxe à luz os truques e tiques desse compositor, e os sorrisos afloraram aos lábios.

Ao término desse "à maneira de" irônico e bem-sucedido, os aplausos espocaram. Um único ouvinte mostrou-se nitidamente menos entusiasta: o próprio Cambini, cuja presença Wolfgang ignorava.

Furibundo, o italiano arrastou Le Gros para o lado.

— Este maldito alemão me ridicularizou! Você é meu amigo e tem de acabar com a carreira dele. Um desconhecido sem talento não pode zombar assim de um compositor da minha importância, apreciado por toda a cidade de Paris!

— Fique tranqüilo, esse Mozart pagará pela impertinência.

65

Paris, 6 de abril de 1778

Com quarenta e quatro anos, o compositor François-Joseph Gossec começava a dar o que falar. Franco-maçom decepcionado com a apatia política das Lojas que não se engajavam o suficiente no caminho de uma profunda reforma da sociedade, ele havia fundado em 1770 a Associação de Concertos de Amadores, que reunia inúmeros Irmãos e lhes permitia, além da música, que expressassem seus ideais.

Quando encontrou Wolfgang Mozart, Gossec tentou recrutá-lo.

— Você veio de Salzburgo?

— Vim, realmente.

— O que acontece por lá?

— O príncipe-arcebispo Colloredo governa e os músicos se dobram às exigências dele.

— Isso não é insuportável, meu caro colega?

— É por isso que estou em Paris.

— Excelente iniciativa! Em breve, a França será a pátria da liberdade e da igualdade, pois conseguirá reagir contra qualquer tipo de opressão.

— Não espero tanto — especificou Wolfgang. — Gostaria de encontrar uma corte brilhante e príncipes inteligentes que não me impedissem de expressar a minha arte.

— Não se contente com tão pouco! É preciso seguir Rousseau, Voltaire e Diderot, "estrangular o último padre com as tripas do último rei"!

O projeto deixou Mozart aterrorizado.

— A violência não é a pior das soluções?

— O fim justifica os meios. Precisamos pôr um fim no jugo da Igreja e derrubar o trono dos tiranos. Mais cedo ou mais tarde toda a Europa acabará compreendendo isso.

— Pois bem, senhor, eu serei uma exceção.

Wolfgang não procuraria conhecer Voltaire, nem Rousseau, nem os discípulos deles. Os pensamentos revolucionários não lhe interessavam.

Gossec deu de ombros. Não ajudaria o jovem alemão reacionário a conquistar Paris.

Paris, 20 de abril de 1778

Thamos não ficou satisfeito ao freqüentar as Lojas da capital. Todos comiam e bebiam muito, conversavam e raramente se interessavam pelo significado iniciático dos rituais. Ora criticadas, ora apreciadas, as idéias dos Enciclopedistas e dos racionalistas ganhavam terreno, até mesmo entre os membros da nobreza.

O egípcio participou dos trabalhos de uma Loja original, a dos Filaletes, Os Amigos da Verdade* Em 1775, eles começaram a reunir uma rica coleção de obras consagradas à franco-maçonaria e não desdenhavam o estudo da alquimia e da magia. No entanto, o conjunto carecia sobretudo de coerência, e era mais uma resposta à curiosidade do que uma verdadeira busca espiritual. Com pequenos toques e sem grandes esperanças, Thamos tentou orientá-los, sabendo que aquele cenário não seria conveniente para o Grande Mago, que, espontaneamente, acabara de rejeitar a tendência revolucionária encarnada por Gossec.

Paris, fim de abril de 1778

Pensando em Aloysia e freqüentando alguns músicos alemães de passagem por Paris, Wolfgang recuperou um pouco da alegria, apesar do fardo das aulas. O concerto para flauta e harpa** havia agradado ao duque de Guisnes e à filha dele. De elegância e refinamento notáveis, ele provava aos parisienses que não faltava poesia à música alemã.

Mas foi uma outra obra, composta em honra de seus amigos de Mannheim, que permitiu a Wolfgang expressar a sua riqueza de

* Essa Loja tendia a ser uma Ordem independente, que incluía uma "baixa franco-maçonaria", formada de seis graus, e uma "alta franco-maçonaria", que retomava seis outros graus provenientes de diferentes sistemas.
** K. 299.

pensamento. De dimensão pouco habitual, a sinfonia concertante para clarinete, oboé, trompa e fagote* traduzia a um só tempo uma vontade otimista e uma seriedade às vezes tão intensa que, normalmente, atribuiríamos essas páginas a um autor de rara maturidade.

Ao compor, Wolfgang sentiu que mudava de registro.

E eis que o encontramos numa ante-sala, andando de um lado para outro, enquanto aguardava que Le Gros, um pobre de espírito, se dignasse a recebê-lo.

Finalmente, a porta do escritório se abriu.

— Entre, Mozart. Ouvi falar muito bem do seu concerto para flauta e harpa. Esse estilo agrada ao meu auditório.

— Minha sinfonia concertante será tocada no Concerto Espiritual?

— Vá com calma! Preciso montar o programa com cuidado, temo desagradar ao público e baixar o nível desta instituição. O barão Grimm a observa com muito rigor e você sabe como o julgamento dele é importante. Uma crítica negativa me levaria à ruína.

— Não gostou da minha sinfonia?

— Em primeiro lugar, ela é muito longa; depois, é um pouco moderna demais, de um gênero muito recente para o bom gosto parisiense.

— Recusa-se... recusa-se a tocá-la?

— Vou estudá-la detalhadamente antes de consolidar o meu julgamento. Continue a dar aulas. Segundo a senhora d'Épinay, os seus alunos estão radiantes.

Nesse momento, Wolfgang soube que Paris lhe seria hostil para sempre. Por trás de Le Gros, havia outro e mais outro, até o infinito,

* K. 297b.

todos eles farinha do mesmo saco. Aquela terra não era a sua, aquele céu o rejeitava, a mentalidade daquele mundo presunçoso e fechado em si mesmo o enojava.

Embora a sua mãe se aborrecesse mais e mais, numa cidade à qual a salzburguesa não se habituava, Wolfgang não voltou para o hotel. Não agüentava as críticas e recriminações de Anna Maria. Só os amigos de Mannheim o impediam de perder o ânimo. Naquela noite, a única produção francesa digna de elogios, o vinho, correria à solta.

66

Hermannsstadt, 1º de maio de 1778

Sob os olhos arregalados dos franco-maçons húngaros*, o príncipe Alexandre Murusi desdobrou o mapa das antigas possessões da Ordem do Templo na Hungria, na Transilvânia e na Eslavônia.

— Conscientizem-se, meus Irmãos, do extraordinário sucesso dos nossos antecessores e modelos! Riquíssimos, eles reinavam na Europa e ditavam a conduta dos monarcas. A Estrita Observância não se limita a uma teoria intelectual! Ela afirma em alto e bom som que somos dignos desse exemplo.

— O que recomenda? — perguntou um septuagenário, muito preocupado.

* Eles pertenciam à Loja Os Três Nenúfares.

— Não continuaremos inertes e submissos à ditadura da mediocridade! Proponho juntarmos os fundos necessários para formar um exército templário que partirá para a conquista do território perdido. Falar não adianta, é preciso agir. Vamos alertar todas as Lojas da Estrita Observância, tirá-las do torpor, vestiremos nossas capas e nossas armaduras, e voltaremos a ser os guerreiros de Deus!

Lívido, o Grão-Mestre Ferdinando de Brunswick pediu a palavra. Os seus informantes não mentiram, sérias deturpações podiam ocorrer.

— Compreendo o entusiasmo do príncipe Murusi, mas preciso lembrá-los de que o nosso rito é essencialmente alegórico. É claro que pensamos com nostalgia na grandeza passada da Ordem do Templo, mas cada época tem as suas próprias características. O tempo das Cruzadas já passou.

O príncipe protestou:

— Respeitável Grão-Mestre, não nos havia prometido a ressurreição dos Templários?

— Apenas espiritualmente, Irmão, não de forma guerreira e violenta! Vamos propagar a mensagem espiritual dos antigos Cavaleiros, não o estrondo das armas.

Murusi ficou decepcionado; a maior parte dos Irmãos, aliviada.

O duque de Brunswick acabara de evitar um desastre.

Paris, 1º de maio de 1778

Ao se dirigir à casa da duquesa de Chabot, Wolfgang ruminava pensamentos sombrios. Esses idiotas dos franceses achavam que ele ainda tinha sete anos e o tratavam como um personagem secundário, sem futuro. Escrever uma ópera? Nem pensar. Mesmo que tivesse sucesso, não teria nenhum lucro material, porque, naquele país, tudo era taxado ao máximo, o que tornava a criação artística infecunda.

Fazer visitas sem cessar para vender a si mesmo deixava-o exausto. Devido ao preço exorbitante dos trajetos de cabriolé, precisava percorrer a pé ruas sujas e lamacentas. Três palavras definiam Paris: uma merda indescritível.

Quando dava um concerto para aristocratas em busca de distrações, Wolfgang ouvia "prodigioso, inconcebível, surpreendente!". No dia seguinte, ninguém sabia mais o seu nome. Os franceses beiravam a grosseria todo o tempo e praticavam a hipocrisia de maneira inigualável.

O barão Grimm, ocupado em elogiar os gênios rapidamente esquecidos, não queria saber mais de Mozart, um alemãozinho perdido no centro de uma grande cidade, cujos arcanos ele jamais desvendaria.

A primavera se apresentava invernal, e o dia, sinistro.

Um empregado convidou o músico a entrar num salão gelado, com a lareira apagada.

Passaram-se minutos intermináveis, Wolfgang estava com frio.

Airosa e arrogante, a duquesa de Chabot se dignou a aparecer.

— Experimente meu piano, rapaz. Meus amigos ficarão felizes em ouvi-lo. Dizem que a agilidade dos seus dedos é impressionante.

— No momento, senhora, eles estão congelados. A sala onde será o concerto é aquecida?

— Evidentemente! Siga-me.

A duquesa mentia.

Tomando bebidas quentes, os amigos da duquesa se mostraram indiferentes à chegada daquele empregado que tinha a missão de produzir uma agradável música de fundo.

Tiritando, com as mãos duras, mesmo assim Wolfgang tentou mostrar-se à altura da sua reputação.

Infelizmente, o *pianoforte* merecia ser jogado no lixo. E a platéia se divertia, conversava sobre futilidades e não prestava nenhuma atenção às variações que o músico burilava.

Irritado, Wolfgang parou de tocar. Alguns poucos aplausos saudaram sua apresentação.

O duque de Chabot entrou.

— Por que não continua?

— Mesmo que me dessem o melhor piano da Europa, eu não teria nenhum prazer em tocá-lo para pessoas que não entendem nada ou não querem entender nada, e não sentem comigo a música que eu toco.

— Eu vou ouvi-lo. Continue, por favor.

Wolfgang concordou em voltar ao detestável piano, mas abreviou o concerto.

À noite, com os pés sobre uma botija de água quente, ele escreveu ao pai:

Se aqui houvesse algum lugar em que as pessoas tivessem ouvidos, um coração para sentir, se entendessem ao menos um pouco de música, se tivessem gosto, eu poderia rir sinceramente de tudo isso. Mas só estou cercado de selvagens e animais, em matéria de música, entenda-se. Como, aliás, podia ser de outra maneira? Eles não são diferentes em todas as suas ações, nos motivos e nas paixões. Os franceses são e continuarão a ser burros.

Paris, 13 de maio de 1778

Triste, quase contundente, a sonata para violino e piano em mi menor* exprimia a decepção de Wolfgang. No entanto, a iminente exibição de suas variações sobre a ária *Je suis Lindor*** seria uma primeira aparição séria no universo parisiense. Variando ritmo e melodias, o compositor havia escolhido a ária composta por Dezède, com as palavras que o conde Almaviva dizia em *O Barbeiro de Sevilha,* quando se fazia passar por um jovem plebeu aos olhos de Rosina. Algum dia, quem sabe, Wolfgang usasse essa história de outra maneira.

O seu verdadeiro objetivo continuava a ser o de ver sua sinfonia concertante executada. Por isso, rondava o gabinete de Le Gros.

— O que deseja, Mozart?

— A decisão sobre a obra que lhe entreguei.

— Que obra?

— A minha sinfonia concertante.

— Não sei do que está falando.

— O senhor a achava muito longa, muito moderna, muito...

— Ah, sim, eu me lembro vagamente! Vamos esquecer isso, está bem? Não é para um Concerto Espiritual. Certamente poderá fazer coisa melhor. Continue a dar aulas e a se aperfeiçoar.

Ao voltar para o hotel, com a fisionomia abatida, Wolfgang ouviu uma descompostura da mãe.

— Não vejo o meu filho o dia inteiro, fico sozinha no quarto, como numa prisão, nem sei como está o tempo lá fora, tenho medo

---

* K. 304.

** K. 354.

de esquecer como se fala! Além disso, seu pai está impaciente. Vá visitar novamente o barão Grimm e peça que lhe consiga uma boa posição.

Não querendo polemizar, o compositor recebeu um simpático trompista, apreciador da sua obra e dos seus talentos de intérprete.

— Haverá uma vaga para o posto de organista em Versalhes — informou ele. — Devia candidatar-se.

Versalhes, o cenário de sua glória na infância!

— Bem pago?

— Muito mal.

— Um primeiro degrau ou um beco sem saída?

— Honestamente, sem muitas possibilidades de progredir. No entanto...

— Essa corte não me interessa mais. Vão falar todo o tempo das minhas façanhas de criança superdotada e não quero compor música de igreja, pomposa e aborrecida. Para criar é preciso manter uma linha de pensamento. O meu não é o mesmo que o de Versalhes.

67

Paris, 5 de junho de 1778

Depois de um dia difícil em que, febril, se queixou novamente do seu isolamento, Anna Maria adormeceu sonhando com a sua querida Salzburgo.

Wolfgang compôs uma sonata para piano em lá menor*, na qual expressava uma revolta contra o fracasso, os momentos de desespero diante de uma situação estagnada e, também, a vontade de ir em frente, apesar de tudo.

Não encontro significado em coisa nenhuma, escreveu ao pai. *Faz frio? Faz calor? Não sinto verdadeiro prazer em nada.*

* K. 310. Alguns musicólogos situam-na depois da morte da sua mãe.

Só a amizade do conde Von Sickingen ajudava Wolfgang a não desmoronar. Ao terminar uma sonata para piano e violino* iniciada em Mannheim, ele encontrou uma certa paz. Em seguida, o rapaz aceitou a encomenda de uma música de balé, com a esperança de que ocasionasse o pedido de uma ópera.

— O mundinho musical só fala da briga entre os admiradores de Gluck e os de Piccinni — comentou o conde. — Você tomou partido?

— Esse tipo de debate não me interessa — respondeu Wolfgang. — Por que entrar numa discussão tão estéril?

— Se não se pronunciar, vai atrair a inimizade dos dois lados!

— Existem imbecis em toda parte.

— Toda Paris chora a morte de Voltaire, em 30 de maio passado. Sabia que ele não se satisfez com a Academia e a Comédie-Française? Aos oitenta e quatro anos, havia acabado de aderir à Loja maçônica As Nove Irmãs, um círculo muito rico. Meu Deus, como esse velho gostava de honrarias!

— Ele morreu como um cão, esse ateu. Teve o que merecia.

A severidade do julgamento surpreendeu o conde Von Sickingen.

— Parece que não aprecia a filosofia das Luzes.

— Essa filosofia me parece tão tenebrosa quanto a nova tendência literária alemã, *Sturm und Drang***, que consiste em desejar tempestades e desordens interiores para melhor se lamentar. O que conta é a busca da serenidade, com seu cortejo de provações que se deve tentar vencer discretamente.

---

* K. 306.

** Tempestade e Desejo.

Paris, 11 de junho de 1778

No cartaz que anunciava a representação do balé *Les Petits Riens** o nome do compositor, Mozart, nem era mencionado.

No momento em que teve a honra de ser recebido pelo diretor do balé, Noverre, orgulhoso do seu novo sucesso, Wolfgang ousou queixar-se.

— O público não se interessa pela música, caro Mozart, mas pelos bailarinos. É uma performance física que as pessoas vêm ver. Seu trabalho não desagradou, continue assim.

— Eu preferia compor uma ópera.

— Na trilha de Gluck ou de Piccinni?

— Nem um nem outro.

— Mas tem de escolher!

— Não existem outros caminhos?

— Neste momento não. Paris sabe o que quer. Desista do seu projeto, você não foi feito para um gênero tão difícil.

Wolfgang não comentou com o pai sobre o caso *Petits Riens*, em que seu nome não havia aparecido. Não adiantava entristecer ainda mais Leopold, que devia começar a perceber o fiasco desse exílio parisiense.

Castelo de Mattisholm (Suécia), 12 de junho de 1778

Ferdinando de Brunswick, Grão-Mestre da Estrita Observância Templária, lançou uma nova ofensiva contra a candidatura de Karl da Sudermania para a direção da sétima província da Ordem.

* K. 299b.

Os dinamarqueses, membros dessa província, não aceitariam ser dirigidos por um príncipe sueco prometido para as mais altas funções. E os Irmãos da Saxônia e da Baixa Alemanha queriam que fosse um dos seus. Diante de tanta oposição o duque da Sudermania não acabaria desistindo?

Quando se preparava para deixar a Dinamarca, Ferdinando de Brunswick recebeu um surpreendente convite: seu temível concorrente o convidava para ir à Suécia, ao castelo de Mattisholm, para conversarem fraternalmente!

Impossível recusar, sob pena de ofender gravemente o príncipe e deflagrar uma guerra aberta, da qual a Estrita Observância seria a primeira vítima.

O sueco recebeu o hóspede com extrema cortesia. Depois de um excelente jantar, eles se afastaram, protegidos de ouvidos indiscretos.

— Não nos conhecemos bem, meu caro Brunswick. Sobretudo você não conhece bem o Rito Sueco. Um franco-maçom não tem sempre o desejo de aprender e de empurrar para longe a fronteira da ignorância?

— Está pregando para um convertido. E o seu Rito é inacessível para mim.

— E se eu lhe desse a chave?

— De que maneira?

— Iniciando-o no grau de Grande Oficial Sueco. Assim, nós nos entenderíamos melhor e nossas relações fraternais também melhorariam.

Ferdinando de Brunswick demonstrou uma verdadeira satisfação, mesmo desconfiando da habilidade estratégica do adversário.

A manobra de Karl da Sudermania se voltou contra ele, pois o Grão-Mestre da Ordem Templária ficou profundamente decepcionado com a pobreza do Rito Sueco, que não lhe ensinou nada.

Ocultando o ressentimento, ele se felicitou por essa bela fraternidade, deixando o inimigo acreditar que o havia convencido a não lhe fazer mais oposição.

"Se o Rito Sueco tomar conta da Estrita Observância", concluiu o duque de Brunswick, "a franco-maçonaria logo afundará no caos."

Paris, 18 de junho de 1778

Graças às intervenções do tenor Anton Raaff, admirador de Mozart, Le Gros finalmente se curvou. Mesmo exigindo diversas modificações na sinfonia* oferecida pelo alemão, concordou em mandá-la executar no Concerto Espiritual.

Usando fortes contrastes, Wolfgang havia calculado os momentos em que o público parisiense aplaudiria. E não se havia enganado. Aquelas pessoas só gostavam dos efeitos.

Feliz por, finalmente, ter sido entendido ou ao menos ouvido, o músico agradeceu a Deus e tomou um sorvete no Palais-Royal. No entanto, não se iludia: não passava de um sucesso momentâneo, provavelmente sem futuro. Sempre frio e distante, Le Gros não parecia decidido a recebê-lo no cenáculo dos compositores reconhecidos como tais.

Para o pai, Wolfgang relatou uma espécie de triunfo. A piedosa mentira reconfortaria Leopold.

* K. 297, sinfonia conhecida como "de Paris".

Ao voltar para o hotel, o músico encontrou a mãe doente, com uma infecção intestinal que os medicamentos não conseguiram curar.

No dia 20, ela foi atacada por uma febre alta, mas não aceitou um médico francês. Graças aos amigos, Wolfgang encontrou um médico que falava alemão. Ele examinou a paciente no dia 24, quando ela já quase não ouvia. No dia 29, ele a considerou um caso perdido. No dia 30, o filho chamou outro médico, que confirmou o diagnóstico.

Depois de se confessar e receber os últimos sacramentos, Anna Maria começou a delirar.

No dia 3 de julho, às vinte e duas horas e vinte e um minutos, ela entregou a alma a Deus.

68

Paris, 3 de julho de 1778

Abalado, Wolfgang olhava o rosto sereno da falecida.

Era a primeira vez que se deparava com a morte... A morte da mãe, aos cinqüenta e oito anos.

Ele havia participado de cada minuto de agonia materna com estranha serenidade. Não era ele quem sofria e sim Anna Maria; lágrimas e lamentos não a ajudariam em nada. Ao contrário, demonstrando ternura e confiança em Deus, ele a ajudara a passar pela terrível provação.

Agora, Wolfgang pensava no pai. Leopold nunca mais veria a esposa tão amada, morta tão longe da sua querida Salzburgo. Ele não assistiria ao enterro e não poderia se recolher sobre o túmulo.

Leopold não podia ser participado brutalmente da morte da pessoa que ele mais amava no mundo.

Por isso, Wolfgang escreveu uma carta em que comentava sobre o concerto de 18 de junho sobre a morte do finório e ímpio Voltaire, sobre a recusa ao posto de organista em Versalhes. Preparando Leopold para o pior, ele comentou a grave doença de Anna Maria e acrescentou: *Estou me preparando para o que quer que aconteça, pois sei que é Deus que assim o quer, que ordena tudo para o nosso bem, mesmo que achemos que as coisas estão à deriva. Acredito, realmente, e ninguém me convencerá do contrário, que nenhum médico, nenhum ser humano, nenhuma desgraça, nenhum acidente pode dar ou retirar a vida de uma pessoa, só Deus. Vamos confiar Nele e nos consolar, pensando que tudo vai bem quando é a vontade do Todo-Poderoso: ele sabe melhor o que é vantajoso e útil para todos nós, para a nossa felicidade e nossa salvação, tanto aqui na Terra quanto na eternidade.*

Ao mesmo tempo, Wolfgang enviou uma carta a um padre de Salzburgo, o abade Bullinger, pedindo que preparasse Leopold para a notícia cruel.

Paris, 9 de julho de 1778

Anna Maria Mozart havia sido enterrada no dia 4, no cemitério de Santo Eustáquio, em Paris. Compadecida, a senhora d'Épinay oferecera um dos quartos da sua mansão ao jovem músico, tão duramente atingido.

Cinco dias depois da morte da mãe, Wolfgang revelou a verdade ao pai e tentou acalmá-lo:

Nessas tristes circunstâncias, procurei o consolo em três realidades. Primeiro, no completo e confiante abandono à vontade de Deus. Depois, na minha presença por ocasião da sua morte tão suave e tão bela; naquele momento, vi que ela estava feliz, tão mais feliz do que nós, que desejei partir com ela no mesmo instante. Finalmente, na sensação que nasceu desse desejo e dessa aspiração, ou seja, saber que não a perdemos para sempre, que vamos revê-la e que nos reuniremos de novo, mais felizes do que nos sentimos neste mundo. Em quanto tempo, não sabemos. Mas não tenho medo: quando Deus quiser, eu também vou querer. Agora, Sua vontade se realizou. Vamos rezar um fervoroso "Pai-Nosso" pela alma da mamãe e abordar outros assuntos, porque tudo tem o seu tempo.

Virar essa página dolorosa, já? Sim, porque a verdadeira vida não se limita à existência terrestre. O sofrimento dos vivos não atinge os mortos bem-aventurados, e as trevas da morte não escurecem a luz eterna.

Ao sair para tomar ar na Paris que detestava, Wolfgang encontrou Thamos.

— Eu não poderia fazer nada — declarou o egípcio. — O organismo da sua mãe estava gasto.

— Ela cuidava do meu pai, de Nannerl e de mim. Agora, fomos privados de um gênio bom.

— A solidão lhe dará novas forças.

— Aqui, em Paris? Se ao menos a língua francesa não fosse tão abominável para a música!

— Os instrumentos não tocam uma língua universal? Fale-me sobre a sua sinfonia concertante.

Wolfgang abriu seu coração. Finalmente, alguém o escutava!

Paris, 10 de julho de 1778

A senhora d'Épinay serviu um delicioso café ao barão Grimm.

— Atendi ao seu pedido, caro amigo, e cedi um quarto para o pobre Mozart. Ver a mãe morrer num país estranho, tão longe de casa, que tristeza! O infeliz rapaz vai se recuperar?

— Seria bom para ele retornar a Salzburgo.

— Ele não veio a Paris atrás de fama e fortuna?

— Diante do caráter intransigente e do talento medíocre de Wolfgang não existe nenhuma chance. A música alemã, a dele em particular, não combina com o gosto francês. Como criança-prodígio, ele distraía. Hoje em dia, ele aborrece. Nem Le Gros, excelente *connaisseur,* nem os compositores de renome o apreciam.

— Não existe apelação para esse julgamento, barão?

— Eu nunca me engano e lhe asseguro que o pequeno mestre logo será esquecido. Por isso, escrevi ao pai dele, insuportável, muito obstinado, dizendo que o rebento não é bastante esperto nem bastante empreendedor para cavar um lugar em Paris. A candura infantil de Wolfgang nos distraía, a de adulto nos importuna. Esse tal Leopold me pede de joelhos que cuide do filho, mas não quero perder meu tempo. Em breve, cara amiga, ficará livre desse parasita.

Paris, 20 de julho de 1778

Entregue à própria sorte, mas tranqüilo devido ao encontro com Thamos, Wolfgang se entregou à felicidade de compor.

Primeiro uma alegre sonata em *ut* maior*, na qual não transparecia nenhum eco da recente tragédia; depois outra, em lá maior**, que começava com um incomum movimento lento com variações, que exaltava uma canção popular alemã, *A Verdadeira Sociabilidade*, e terminava com uma divertida marcha turca, inspirada na abertura de *Peregrinos de Meca*, de Gluck. O trio evocava o tema sublime das Almas Felizes de *Orfeu*, do mesmo autor.

Wolfgang pensava na mãe com um surpreendente sentimento de tranqüila felicidade e libertação e lhe oferecia as suas obras cheias de animação e ternura, feitas à imagem dela. Anna Maria só havia conhecido a tristeza longe do lar, onde, ao longo de toda a vida, distribuíra alegria e concórdia.

Naquele mesmo dia, para o aniversário de Nannerl, Wolfgang escreveu um *rondo-capriccio**** que permitiria à irmã desenferrujar os dedos.

Paris, 31 de julho de 1778

Na véspera, obcecado com a figura da querida Aloysia, Wolfgang escreveu ao pai dela, Fridolin, recomendando novamente que ajudasse mais a filha maravilhosa, que não conseguira nenhum contrato nem papel à altura dela. Que ele a declarasse doente! Assim, a corte de Mannheim se apiedaria e, finalmente, lhe daria atenção...

Impaciente para revê-la, Wolfgang prometeu compor uma obra e entregá-la assim que voltasse. Evitando comentar com a família

* K. 330.
** K. 331.
*** K. 395.

Weber, já tão castigada pelo infortúnio, sobre a morte da mãe, ele chamava Aloysia de *Carissima Amica*, certo de que ela compartilhava dos seus sentimentos.

Outro sentimento, a raiva, movia Wolfgang quando ele passou pela porta da mansão do duque de Guisnes.

— Soube do falecimento da sua mãe — disse o aristocrata num tom afetado. — Minhas condolências. Ninguém escapa da morte, infelizmente! Seja corajoso, o tempo apaga a dor.

— Eu vim lhe falar sobre o meu concerto para flauta e harpa, senhor duque.

— Uma obra deliciosa! Meus amigos e eu gostamos muito dela.

— Faz três meses que aguardo o pagamento.

— A arte está em primeiro lugar, meu caro Mozart! Quanta trivialidade misturar a ela ignóbeis questões materiais.

— A música é a minha profissão, eu vivo dela. Gostaria de receber o dinheiro que me é devido.

— Vai recebê-lo, fique tranqüilo!

— Quando?

— Quando... quando eu quiser.

— Pois eu quero recebê-lo agora.

— Nem pense nisso, rapaz! Um palerma alemão não dá ordens a um nobre francês. Queira se retirar da minha casa.

Ao ver Mozart chegar dando grandes passadas, a senhora d'Épinay percebeu que ele estava aborrecido.

— O que aconteceu, Wolfgang?

— Os palermas dos franceses acham que eu ainda tenho sete anos e que podem me tratar como um menino.

— Infelizmente, é isso mesmo — reconheceu ela. — Aqui você é considerado um iniciante.

Wolfgang se fechou no quarto e desabafou com o pai, cujas cartas dilacerantes lhe cortavam a alma:

Você sabe que, em toda a minha vida, nunca vi ninguém morrer. E a primeira vez teve de ser exatamente a minha mãe! Dar aulas aqui não é brincadeira... Eu me desgasto demais! E se não dou muitas aulas não consigo dinheiro suficiente. Não pense que estou falando por preguiça e sim porque é uma atitude totalmente oposta ao meu "gênio" e à minha maneira de viver. Você sabe que, a bem dizer, vivo enfiado na música, faço música o dia inteiro, gosto de pensar em música, de estudá-la, de me dedicar a ela. Pois bem, aqui sou impedido, pelo tipo de vida que me impõem. Quando tenho algumas horas de liberdade, não as uso para compor e sim para recuperar um pouco as forças.

69

Viena, 15 de agosto de 1778

Geytrand enxugou a testa. O calor o deixava desanimado, ele sofria do fígado e os seus tornozelos estavam inchados. Detestando o verão e a intensa luminosidade, ele foi ao escritório secreto do conde Anton, que também odiava essa estação. Com as cortinas fechadas, o conde vivia na penumbra.

— O convento de Wolfenbuettel terminou pacificamente — revelou Geytrand. — Oficialmente, a Estrita Observância e o Rito Sueco cessaram as hostilidades e se tornaram os melhores aliados do mundo. O duque da Sudermania governará a enorme sétima província, curvando-se às diretrizes do Grão-Mestre, Ferdinando de Brunswick.

— "Oficialmente" — reforçou Joseph Anton. — Portanto, não acredita nisso!

— Nem por um minuto. Segundo indiscrições de alguns Cavaleiros alemães, furiosos com a eleição de Karl da Sudermania, a paz foi arrancada a fórceps, acompanhada de restrições inaceitáveis aos olhos do príncipe sueco. Como queria pôr as mãos na província a qualquer preço, fingiu aceitá-las. No futuro, entrará em choque com Brunswick e tentará excluí-lo, mudando as regras do jogo. O duque da Sudermania não continuará a ser um subalterno para sempre e o Grão-Mestre não vai ceder nem uma polegada do poder. A despeito desse tratado de circunstância e das belas palavras, um conflito inevitável se anuncia.

— Em quem você aposta?

— Não tenho favorito, senhor conde. Ambos os adversários são determinados e ferozes, tanto um quanto o outro. O duque de Brunswick perdeu uma batalha, mas não a guerra. Ele continua a ser o Grão-Mestre de toda a Ordem e os Grão-Mestres provinciais lhe devem obediência. Além disso, os franco-maçons alemães nunca elegerão um sueco para liderá-los. O que quer que aconteça, a franco-maçonaria estará consideravelmente enfraquecida. Ah, não podemos nos esquecer de acrescentar um novo nome! Bode, um dos amigos do Grão-Mestre, agora ocupa um lugar importante na hierarquia da Estrita Observância. Ele cuidou da redação do ato de aliança e deu provas de zelo e dinamismo. Tornou-se administrador dos bens da viúva do ministro de Estado Von Bernstorff e reside em Weimar, cidade agradável e tranqüila. Doravante, não terá mais preocupações de ordem material e vai se consagrar à cruzada contra os jesuítas e a Igreja.

Joseph Anton abriu um novo dossiê.

Salzburgo, 15 de agosto de 1778

Leopold não conseguia se recuperar da morte de Anna Maria. Impossível preencher o imenso vazio, e só o tempo atenuaria a dor dessa ferida incurável. Não se casaria novamente. A filha, Nannerl, agia com tato e dedicação, mas ele gostaria de conversar com o filho.

Quando se veriam outra vez? Wolfgang continuava a luta para conquistar Paris, sem grande sucesso. E um dos trechos de uma carta recente deixou Leopold preocupado:

Salzburgo me é odiosa, afirmava. *Em qualquer lugar que não Salzburgo, eu teria esperança de viver feliz e satisfeito. Primeiro, porque aí os músicos não gozam de nenhuma consideração; depois, porque aí ninguém entende nada de música.*

Em breve, Leopold teria de dizer ao filho que o barão Grimm não ia mais ajudá-lo e que ele deveria retornar a Salzburgo. Diante do seu estado de espírito, como Wolfgang reagiria?

A morte de Giuseppe Lolli, mestre-de-capela da corte de Salzburgo, no dia 11 de agosto, dera a Leopold a esperança de finalmente conseguir esse posto.

Mais uma decepção. Único presente de Colloredo: um aumento de cem florins. E o vice-mestre-de-capela, tão obediente e tão dedicado, não podia mais dividir seus sentimentos com Anna Maria.

Paris, 16 de agosto de 1778

Os alunos de Wolfgang adoravam suas variações para piano das árias de *Ah, vous dirai-je, maman** e *La Belle Française***, mas ele havia

* K. 265.

** K. 353.

posto todo o seu arroubo criador, suas interrogações, a alternância entre a luminosidade e o drama na sonata em fá maior*. Nela o músico retraçava a complexidade da vida caótica que atravessava, sem perceber todos os seus segredos que, sem dúvida, eram conhecidos dos sacerdotes do sol.

Um sol que, apesar da estação, não aparecia em Paris, onde, no entanto, haviam tocado novamente a sua sinfonia no Concerto Espiritual de Le Gros.

— Contente-se, Mozart. O público aprecia suas pequenas composições. Continue nesse caminho, sem deixar de dar suas aulas, e talvez consiga um lugar de honra...

— É com uma ópera que eu sonho.

— Gluck e Piccinni ocupam toda a cena.

— Não tem um libreto para me propor?

— Nenhum. Esqueça esse projeto insensato e limite-se ao que sabe fazer.

Irritado, Le Gros interrompeu a conversa e foi ao encontro do amigo, o barão Grimm.

— Esse alemão me dá nos nervos — confiou ao barão. — Deveria se contentar com o que lhe damos e não pedir mais o tempo todo!

— Ele freqüenta a casa de uma pessoa detestável, um certo Von Sickingen, que não se adapta muito bem à sociedade parisiense e não ficará muito tempo no posto — revelou Grimm. — Eu poderia ter ajudado Mozart se ele se mostrasse dócil. Não se preocupe mais com esse rapaz, meu caro Le Gros. A carreira dele acabou.

* K. 332.

70

Saint-Germain-en-Laye, 28 de agosto de 1778

A magnífica residência do marechal de Noailles, um parque admirável e sobretudo a alegria inesperada de rever Johann Christian Bach e ficar uma semana na companhia dele, longe da sufocante Paris e suas miseráveis intrigas!

Eles passaram horas maravilhosas falando de música, e Wolfgang compôs uma cena dramática* para o *castrato* Tenducci, um amigo de Bach. Terminou nove variações para piano sobre a ária de *Lison dormait*** e uma nova sinfonia, brilhante e alegre***, destinada ao Concerto Espiritual.

---

* K. 315b.

** K. 264.

*** K. 311a.

— Paris não lhe convém — avaliou Johann Christian Bach. — Por que não vai para Londres? Lá sopra um verdadeiro espírito de liberdade, e o seu talento será reconhecido.

— Minha mãe morreu recentemente e não posso abandonar meu pai sozinho.

— Você tem um grande coração, Wolfgang, mas não pensa muito em si mesmo. Aqui você não vai desabrochar. Os franceses são superficiais e hipócritas, o barão Grimm só nutre a própria vaidade. Com a pequena tropa de intelectuais pretensiosos e convencidos da própria estupidez triunfante, ele decide tudo. Eles não lhe dão a mínima importância, mesmo que o Concerto Espiritual aceite, de tempos em tempos, uma das suas sinfonias, desde que ela não entre em choque com o gosto em voga. Você é muito puro e muito íntegro para conquistar uma cidade como Paris. Devido à minha reputação medíocre, não posso ajudá-lo.

Wolfgang gostaria de ter um pai como Johann Christian Bach! Juntos, eles tocaram música, sem ter de se preocupar com um auditório. O maravilhoso reino do *Rücken* ressuscitava, o outro lado da vida ressurgia com suas encantadoras paisagens.

Mas começou a chover em Saint-Germain-en-Laye, Johann Christian Bach voltou para Londres, e Wolfgang, para Paris.

Paris, 1º de setembro de 1778

Wolfgang releu a carta do pai e, principalmente, a cópia da carta do barão Grimm. O todo-poderoso crítico afirmava que o jovem de Salzburgo não possuía nenhuma das qualidades apreciadas pelo meio artístico parisiense. "Cândido demais, pouco ativo, muito fácil de ser enganado, nada esperto, nem empreendedor, nem audacioso." E o ilustre barão não dispunha de tempo, nem da fortuna necessária para apoiar a eventual carreira de Mozart.

— Já soube da nossa última atração? — perguntou a senhora d'Épinay, sempre fútil. — Uma espécie de mágico se instalou na praça Vendôme e diz que pode curar todas as doenças com o magnetismo!

— Seria... o doutor Mesmer?

— Você o conhece?

— Um pouco.

— O sucesso é tanto, que ele não tem mãos a medir.

Franz-Anton Mesmer mudou o seu horário para receber Wolfgang. Depois de magnetizá-lo por um longo tempo para restabelecer a circulação da energia, insistiu sobre a necessidade de se perceber o fluido vital que servia de vínculo entre os seres vivos.

— A sua música é uma expressão desse fluido — explicou ele. — Quanto mais estiver em harmonia com esse fluido, mais ela lhe servirá de veículo, mais você atingirá as almas e os corações. Assim, Wolfgang, você contribuirá de maneira decisiva para o equilíbrio do nosso mundo.

— Vai voltar para Viena, doutor?

— Nunca mais, porque a cura pelo magnetismo não é reconhecida lá. Aqui, além dos tratamentos individuais, pratico curas coletivas. Vários pacientes, sentados lado a lado, formam uma cadeia e são ligados por uma haste de ferro ou por cordas com um balde que contenha água, limalha de ferro e areia. A circulação do fluido magnético alivia as doenças de todos eles.

— Paris não me deu sorte — constatou Wolfgang. — Minha mãe morreu aqui no dia 3 de julho e não consegui o sucesso que meu pai esperava.

— Persista, mas não se deixe prender. Nada pode interromper o seu vôo.

Paris, 11 de setembro de 1778

— Senhor barão — disse Wolfgang a Grimm, num tom seco —, estou muito descontente com a atitude de Le Gros em relação a mim. Ele não se interessa pelas minhas obras e não me deixa entrever nenhum futuro.

— Meu amigo Le Gros é um notável profissional, e a opinião dele é determinante. Você, meu rapaz, não passa de um iniciante. Paris exige muito, a sua música não possui as qualidades requeridas para seduzir a capital das artes e das letras. Além do mais, existe um caso bem mais urgente... Durante a doença da sua mãe, eu lhe emprestei a módica soma, embora nada desprezível, de quinze luíses de ouro. Desejo recuperá-la.

Pálido, desanimado, Wolfgang não disse nada.

Uma carta do pai esperava por Wolfgang na casa onde se hospedava. Entusiasmado, Leopold anunciava que o príncipe-arcebispo Colloredo aceitava retomar Mozart a seu serviço e lhe oferecia um posto estável, um emprego de organista! O que se poderia querer mais? Portanto, Wolfgang deveria voltar a Salzburgo o mais rápido possível. Magnânimo, Leopold lhe dava autorização para freqüentar a casa de Aloysia. Tudo não estava o melhor possível, no melhor dos mundos?

Wolfgang respondeu que ficaria feliz em rever o pai e a irmã, mas acrescentou que não era uma grande felicidade se sentir novamente preso em Salzburgo. Como seus negócios melhoravam, ele não voltaria imediatamente. Alguns projetos em curso talvez fossem coroados de sucesso...

71

Paris, 26 de setembro de 1778

— Ainda está por aqui, Mozart? — surpreendeu-se Grimm, furioso.

— Eu esperava...

— Como preciso falar para que entenda? Não tem nada a esperar, absolutamente nada! Um músico alemão iniciante e sem ambição não tem nenhuma chance de sucesso em Paris. Aqui, todas as portas estão fechadas para você. Eu pago a sua viagem, você vai subir na diligência mais confortável e mais rápida e desaparecer!

Ao fim de uma difícil estada de seis meses, Wolfgang não estava triste por deixar Paris, mas temia voltar para Salzburgo.

Outra decepção: uma velha diligência repleta, a mais barata e a mais lenta! Ele não levaria cinco dias para chegar a Estrasburgo e sim dez. O sovina do Grimm lhe mentira outra vez.

Passada a raiva, Wolfgang deu uma olhada nos companheiros de infortúnio. Entre eles estava Thamos! Ele conversava com um vendedor de vinhos que pensava estar falando com um comerciante que dispunha de canais eficazes na Inglaterra.

Em Nancy, Thamos desembarcou e fez sinal a Wolfgang para segui-lo. Eles subiram numa excelente carruagem.

O músico narrou em detalhes os últimos episódios da sua aventura parisiense e não escondeu as desilusões.

— E agora, Salzburgo... Lá eu não sei quem sou, eu sou tudo e, ao mesmo tempo, às vezes não sou nada. Não peço muito, nem tão pouco: apenas ser alguma coisa. Mas que eu seja realmente alguma coisa!

— Antes, haverá várias paradas — especificou o egípcio —, a começar por Estrasburgo, onde você dará três concertos. Não espere um público numeroso nem uma grande remuneração, mas sentirá prazer em tocar com músicos de qualidade, felizes em recebê-lo.

— Você... você organizou tudo?

— Seus amigos de Mannheim têm relações em Estrasburgo.

Thamos omitiu que havia visitado diversas Lojas*, inclusive a antiqüíssima comunidade dos construtores que preservavam a herança dos Mestres da Obra da Idade Média.

Estrasburgo, outubro de 1778

Wolfgang precisava se purificar da escória parisiense e conversar com pessoas que lhe dedicassem uma verdadeira afeição. Ele man-

* São Luís da Alsácia, São João de Heredom, Amizade, Perfeito Silêncio e Candura.

teve contatos com os músicos maçons, passou noites alegres em volta de boas mesas e conheceu o velho mestre-de-capela Richter, que, aos sessenta e oito anos, só bebia vinte garrafas de vinho por dia, em vez das quarenta anteriores!

No dia 17 de outubro, o primeiro concerto lhe rendeu três luíses de ouro; no dia 23, o segundo, mais três; no dia 31, o terceiro, só um luís, pois metade da sala estava vazia. Mas Wolfgang recuperava a alegria de viver e terminou uma bela sonata para piano* que havia começado em Paris e que abria com um tema de Johann Christian Bach. Ela era um sinônimo de libertação e de um período feliz, apesar das cartas do pai, que não entendia por que o filho ficava tanto tempo em Estrasburgo.

Leopold também lhe deu uma notícia boa e má ao mesmo tempo: a família Weber acabara de se mudar de Mannheim para Munique, onde Aloysia havia sido contratada pela Ópera. Justo reconhecimento do talento da jovem cantora, mas um afastamento dilacerante. Ao contrário do que esperava, a mulher que ele amava não ia morar em Salzburgo e a prisão dourada se transformaria em trabalhos forçados.

Para acalmar a impaciência do pai, Wolfgang explicou que estava hospedado na casa de Schertz, um rico dignitário que havia concordado em lhe emprestar dinheiro. Ele explicou as profundas razões da sua estada: *Aqui sou tratado com honra. As pessoas dizem que, em mim, tudo é nobre, que estou amadurecido, que sou honesto, que tenho conduta exemplar...* Será que, finalmente, Leopold compreenderia suas verdadeiras aspirações e sua natureza?

* K. 333 (nº 13).

A terapia de Thamos se mostrou eficaz. Do indivíduo ferido, cansado e desapontado pelas afrontas e dores sofridas em Paris brotava um novo Wolfgang, preparado para enfrentar novas provas.

Mannheim, 6 de novembro de 1778

No dia 4 de novembro, Wolfgang se resignara a sair de Estrasburgo com destino a outra cidade que lhe era muito cara, a musical Mannheim.

A família Cannabich o recebeu de braços abertos. Ao amigo Christian ele contou suas desventuras francesas, terminando por se livrar desse peso. Uma página estava sendo virada, nunca mais poria os pés em Paris.

O barão Herbert von Dalberg, administrador do teatro de Mannheim e franco-maçom, informado por Von Sickingen da passagem de Mozart, convidou-o para jantar; o Irmão Otto von Gemmingen também havia sido convidado.

— Como vai a minha *Semíramis*, Mozart?

— Apenas esboçada, eu confesso.

— Se ficar algum tempo em Mannheim, poderíamos trabalhar juntos?

— Com prazer!

A obra era apresentada como um duodrama* e visava a uma combinação perfeita entre texto e música. Wolfgang recuperava o entusiasmo de *Thamos, Rei do Egito*, graças a um tema com múltiplas

* Infelizmente não foi encontrada nenhuma pista de *Semíramis* Será que algum dia essa obra, importante para o caminho espiritual de Mozart, será encontrada?

ressonâncias iniciáticas que ele percebia, sem compreendê-las. Pensando em Aloysia, descreveu uma magnífica figura de mulher.

Otto von Gemmingen lhe dava total liberdade de criação e se adaptava às exigências de Mozart quando era preciso modificar alguma palavra ou frase para ceder o primeiro lugar à música. O barão Von Dalberg conseguia para o músico as aulas necessárias para cobrir as despesas da estada e para que pudesse tocar o máximo possível com os amigos.

Como Wolfgang escreveu ao pai no dia 12 de novembro, em Mannheim estava sendo organizada uma Academia de Amadores, cuja ligação com a franco-maçonaria o rapaz ignorava. Na companhia dessas pessoas, Wolfgang passou horas maravilhosas.

Mannheim, 15 de novembro de 1778

— Uma verdadeira catástrofe — disse Otto von Gemmingen a Thamos. — O príncipe-eleitor ordenou à orquestra que vá se reunir a ele em Munique, onde continua a cobiçar o trono da Baviera. Se a situação piorar, vai estourar uma guerra entre a Prússia e a Áustria. Já debilitada, a vida musical de Mannheim será reduzida a zero.

— Wolfgang será diretamente atingido — lamentou o egípcio.

— Meus Irmãos preparavam discretamente o terreno com Karl Theodor para que Mozart conseguisse um posto estável e bem pago, mas a mudança da orquestra destrói o projeto. E a representação de *Semíramis* não ocorrerá. É impossível montar essa ópera em Munique, onde nem Von Dalberg nem eu dispomos de relações suficientes. Doravante, tudo depende da boa vontade de Karl Theodor, que sempre apoiará o príncipe-arcebispo Colloredo contra Mozart. O que esperávamos conseguir em Mannheim não pode ser realizado em nenhum outro lugar. Eu gostaria tanto de ter conseguido, para evitar que ele tivesse novas dificuldades financeiras!

— Não tem outro jeito — constatou Thamos —, e Wolfgang terá de se mostrar à altura das dificuldades que o aguardam. Essa é a única maneira de se formar um Grande Mago.

— Trata-se realmente de uma pessoa excepcional — afirmou Otto von Gemmingen. — A sensibilidade dele não é sentimentalismo, mas compreensão do coração. O olhar de Wolfgang vê paisagens de cuja existência nem suspeitamos e acho que ele é capaz de transmitir essa visão pela música. Será que o destino irá persegui-lo por muito tempo?

72

Mannheim, 22 de novembro de 1778

É bem verdade que Wolfgang não mediu as palavras ao escrever para o pai: *O arcebispo nunca me pagará o suficiente para ser escravo em Salzburgo e fico angustiado ao me ver nessa corte miserável.* Entretanto, ele não esperava tanta fúria da parte de Leopold: "Você considera ouro tudo o que, no fim das contas, não passa de falso metal. Seu amor pela senhorita Weber? Absolutamente não me oponho. Não me opus quando o pai dela era pobre, por que o faria agora que ela pode fazer a sua felicidade e não você a dela? A sua intenção é me destruir para perseguir suas quimeras."

O pai tão amado, tão venerado, não hesitava em acusar o único filho de querer a sua morte!

Otto von Gemmingen havia sido obrigado a deixar Mannheim, a orquestra estava a caminho de Munique, a Ópera havia sido fechada e Wolfgang se viu sozinho e sem apoio.

Então, Thamos reapareceu.

— Meu pai exige que eu volte imediatamente para Salzburgo. Se não voltar, a morte dele ficará na minha consciência. Aqui, o que posso esperar?

— Nada, por causa das circunstâncias políticas. O próprio Gemmingen corre perigo. O príncipe-eleitor Karl Theodor comanda o jogo e se apóia em inúmeros aliados, entre os quais Colloredo.

— *Semíramis*... Acabou?

— Infelizmente, sim.

— Mais um fracasso depois de *Thamos, Rei do Egito*! Por que não consigo terminar obras tão importantes?

— Porque ainda não está pronto. O destino é mais forte, você carece de magia.

— Mas não é Salzburgo que me dará essa magia!

— Quem sabe?

— Voltar para lá vai me sufocar. Não sobreviverei muito tempo à falta de ar.

— Você bem que sobreviveu em Paris. Eis uma nova porta para passar, mais hermeticamente fechada.

— Nenhuma escapatória?

— Nenhuma.

— Aqui eu estava tão feliz!

— Mesmo sem Aloysia?

— Você... você sabe?

Thamos sorriu.

— Não está na idade de se apaixonar?

— Estou na idade de me casar! Aloysia é uma cantora maravilhosa e fomos feitos um para o outro. Escreverei belas árias, e ela as interpretará de maneira incomparável.

— É o que desejamos, Wolfgang.

— Está duvidando?

— Confio no seu julgamento de profissional. No dia 9 de dezembro, o prelado imperial de Kaisersheim vai deixar Mannheim. Você viajará gratuitamente na segunda carruagem, junto com o secretário.

— Vai para Salzburgo?

— Nunca o abandonarei.

Lyon, 25 de novembro de 1778

Aos quarenta e oito anos, Jean-Baptiste Willermoz se sentia no auge da sua capacidade e finalmente atingia o seu sonho maçônico: criar um rito específico que permitisse que os adeptos atingissem o divino.

A Estrita Observância havia decepcionado muito o comerciante lionês. Ensinamento pobre, cerimônias obsoletas, poucos conhecimentos esotéricos. Sem romper os laços com a Ordem Templária e sem se desligar oficialmente, Willermoz queria ir bem mais longe. Por essa razão, organizou o Convento da Gália, de 25 de novembro a 3 de dezembro, para revelar aos fiéis uma parte do seu plano.

Primeiro, declarar a autonomia do ramo francês da Estrita Observância e a sua originalidade.

Em seguida, desistir da restauração material da Ordem do Templo, desaparecida para sempre nas brumas da História.

Assim que foi aberto o convento, Willermoz especificou a missão principal da franco-maçonaria: a beneficência. A Ordem cuidaria, prioritariamente, das viúvas, dos órfãos, dos doentes, dos indigentes e praticaria a caridade.

— Ninguém poderia desaprovar tanta generosidade — observou o conde de Tebas, um personagem fascinante com uma autoridade natural. — Uma vez que estamos entre Irmãos, submetidos à lei do segredo, revele-nos o verdadeiro objetivo da franco-maçonaria. Todos aqui conhecem a profundidade das suas pesquisas e tenho a sensação de que este convento será diferente de todos os outros.

Envaidecido, Willermoz não se fez de rogado.

— A humanidade é composta de duas categorias principais. De um lado, os rejeitados aos quais é recusada a chancela da reconciliação com Deus; do outro, os homens de vontade, capazes de praticar o verdadeiro culto divino graças à iniciação. Como eleitos, eles contribuem para a salvação final da humanidade. Devemos conseguir a reintegração e recuperar o homem criado à imagem de Deus como mestre das almas.

O discurso de Willermoz impressionou a assembléia.

— Um programa como esse não implica uma profunda reforma das estruturas maçônicas atuais? — perguntou Thamos.

— É indispensável, de fato. Proponho dividir o percurso maçônico em duas classes: uma preparatória e outra secreta. O conhecimento da verdade será reservado aos iniciados na segunda classe, cuja existência os franco-maçons comuns ignorarão. Por isso, vamos criar a Ordem dos Cavaleiros Humanitários da Cidade Santa*.

— Que cidade é essa? — perguntou um Irmão.

— A cidade da Palestina onde Jesus foi crucificado, o verdadeiro berço da Ordem do Templo, a Jerusalém de onde devemos partir. E convém usar mais a palavra Cavaleiros do que Templários,

* O Rito de Willermoz deu origem ao atual Rito Escocês Retificado.

porque o aspecto militar deve desaparecer em benefício da dimensão espiritual. Além do mais, as autoridades desconfiam dos neotemplários, cuja hostilidade ao papa e ao rei pode ser considerada ameaçadora. Meus Irmãos, eu os convido para uma grande aventura!

— Quando vivenciaremos esse ritual? — perguntou Thamos.

— Assim que tivermos proclamado oficialmente o nascimento da nova Ordem.

O convento da Gália aderiu ao projeto de Jean-Baptiste Willermoz. Todos os fiéis sonhavam em se tornar um dos privilegiados, o mais rápido possível.

73

Lyon, 3 de dezembro de 1778

A sala do capítulo* dos Cavaleiros Humanitários da Cidade Santa estava mergulhada na penumbra. Uma luz fraca saía da única lanterna colocada ao lado do Comandante, Jean-Baptiste Willermoz, para que ele pudesse ler o texto do ritual de iniciação.

Guiado por um Cavaleiro, Thamos passou pela porta.

De uma terrina cheia de álcool vínico brotou uma chama, simbolizando o despertar da consciência do novo adepto. A luz que ela espalhava permitiu a Thamos entrever um altar em forma de sepulcro. Então, ele teria de passar por uma morte.

Os Cavaleiros acenderam as velas.

* Capítulo: denominação de várias Oficinas de alto grau. (N. T.)

Thamos pôde ver os elementos que formavam o cenário: cortinas pretas cobriam as paredes da sala, decoradas com caveiras coroadas de louros e rodeadas de sete lágrimas.

De ambos os lados da porta, dois esqueletos. No fundo da sala, um terceiro esqueleto sentado a uma mesinha. Numa prancha, ele desenhava um triângulo inscrito dentro de um círculo. No coração do infinito, além da morte, o triângulo revelava o pensamento trinitário, fonte de todas as vidas. O triângulo não era a expressão da primeira forma geométrica possível?

O Comandante Willermoz instruiu o escudeiro Thamos sobre a longa filiação iniciática que resultava no novo Cavaleiro Humanitário da Cidade Santa, agora equipado com uma espada, uma lança e um colar no qual estava pendurado um crucifixo. Ele foi vestido com uma toga e na cabeça lhe puseram um chapéu com penacho, antes de ser felicitado pelo acesso ao grau supremo.

Ao fim da cerimônia, Willermoz congratulou o egípcio.

— Está satisfeito, meu Irmão?

— De jeito nenhum — respondeu Thamos em voz baixa.

— Como ousa...

— Esse ritual não passa de um preâmbulo para os verdadeiros mistérios. Não é muito diferente dos rituais da Estrita Observância. Você concebeu um outro grau, totalmente secreto, que vai além do estado de Cavaleiro. É nesse que eu quero ser iniciado.

O rosto simpático de Willermoz endureceu.

— Você é um bom cristão?

— Ser discípulo do abade Hermes, assassinado pelos fanáticos muçulmanos, é suficiente?

O comandante olhou fixo para o egípcio.

— Eu o iniciarei no grau supremo.

Mannheim, 9 de dezembro de 1778

Como Thamos lhe havia dito, foi permitido a Wolfgang subir na carruagem dos serviçais do prelado imperial de Kaisersheim, e o rapaz viajou em companhia do secretário e do ecônomo desse dignitário. Pouco falantes, eles não o importunaram, deixando-o sonhar com o próximo encontro com sua querida Aloysia, a quem, em breve, pediria para se tornar sua esposa.

A longa série de provações, desde que saíra de Salzburgo, terminaria da maneira mais feliz: em casamento com a mulher que ele amava, uma cantora maravilhosa! Diante deles se abria toda uma vida em que trabalhariam juntos, ele como compositor, ela como intérprete.

O único aborrecimento durante a viagem bem confortável foi uma parada de uns dez dias na abadia cisterciense de Kaisersheim, onde o prelado tratou de vários negócios.

Cheio de soldados nervosos e mal-humorados, o lugar parecia um quartel. O deus dos exércitos visivelmente havia tomado posse do local.

Várias vezes durante a noite, as sentinelas faziam a mesma pergunta: "Quem vem lá?", e Wolfgang, que gostaria de dormir tranqüilo, respondia: "Está tudo bem!"

No dia 24 de dezembro, continuaram a viagem para Munique.

O rosto de Aloysia e sobretudo sua voz obcecavam Wolfgang. No dia seguinte, dia de Natal, revelaria a ela a profundidade dos seus sentimentos e anunciaria, a ela e ao pai, seus grandes projetos. O compositor se estabeleceria em Munique, onde trabalharia incansavelmente e faria a esposa triunfar no palco da Ópera.

Ele não ficaria preso em Salzburgo! O pai aprovaria o casamento e a nova direção da carreira do filho.

Lyon, 24 de dezembro de 1778

Thamos foi iniciado por Jean-Baptiste Willermoz na classe superior e secreta, a Profissão, que coroava a franco-maçonaria, mas cuja existência continuava a ser ignorada por ela.

Convencido da sinceridade do egípcio, Willermoz concordou em lhe revelar os ritos que acabara de redigir.

— O homem perdeu a pureza da sua primeira origem — revelou Willermoz, Superior dos Grandes Professos reunidos em volta de Thamos. — A verdade se esconde dos indivíduos corruptos, privados da Luz.

O tom de Willermoz se tornou mais ríspido.

— O Egito erigiu templos para deuses maus e perversos. Por sorte, Moisés triunfou dos magos egípcios! Os hebreus, povo eleito, se desviaram do bom caminho. Ao construir o Templo de Jerusalém, Salomão reencontrou esse caminho, mas, por causa da vaidade, perdeu a sabedoria. O edifício foi destruído e, pior ainda, os judeus cometeram um crime quando não reconheceram o Salvador. Só existe uma iniciação, meu Irmão: a mensagem de Cristo, reservada a uma elite capaz de compreendê-la.

Thamos recebeu os atributos de Grande Professo: túnica branca com a cruz vermelha, cota de armas*, ampla capa, espada, chapéu, botas e esporas de ouro.

E então, quando esperava um ritual inspirado nos primeiros tempos do cristianismo, o egípcio só teve direito a uma sessão banal

* Vestimenta de seda, bordada com as armas, que era usada por cima da armadura. (N. T.)

de instrução religiosa e a orações convencionais recitadas por Willermoz.

Em seguida, conduzidos por ele, os Grandes Professos entraram na Câmara de Operações para ali fazer descer os espíritos superiores e controlá-los.

Para Thamos, aquela não era a via da iniciação e não seria de nenhuma utilidade para o Grande Mago.

74

Munique, 25 de dezembro de 1778

Vestido com uma elegante casaca vermelha de botões pretos, o coração em fogo, Wolfgang bateu na casa dos Webers.

Tez pálida, encurvado, Fridolin abriu a porta.

— Ah... É você?

— Como estou feliz em revê-lo!

— Eu também, Wolfgang, eu também.

— Posso entrar?

— Claro, claro...

A casa era espaçosa e nela reinava um calor suave.

— Está bem de saúde, senhor Weber?

— Estou começando a ficar velho.

— Aos quarenta e cinco anos? Certamente não!

— Muitas dificuldades, muitos golpes do destino... Eu me sinto gasto.

— O sucesso de Aloysia deveria alegrá-lo.

— Nada é seguro! Existe algo mais árduo do que a carreira de uma cantora?

— Gosta de Munique?

— Há lugares piores.

— Posso ver Aloysia?

— Não o esperávamos, ela está ocupada.

— Ela recebeu as minhas cartas?

— Certamente.

— Então, ela espera por mim!

— Bem, aguarde um momento... Não prefere voltar amanhã?

— Oh, não, quero muito conversar com a minha cara, muito cara Aloysia, o mais rápido possível!

— Como queira.

Com um passo pesado e lento, Fridolin Weber foi para outro cômodo. Pelo visto, o futuro sogro de Wolfgang estava doente.

Um longo quarto de hora transcorreu antes que o chefe da família voltasse.

— Vou levá-lo à sala de música.

Uma sala encantadora, com um belo cravo. Usando um suntuoso vestido laranja, bem penteada e maquiada, Aloysia Weber consultava uma partitura.

— Vou deixá-los a sós — disse o pai.

A jovem manteve os olhos baixos.

— Aloysia...

— Quem é você?

— Sou eu, Wolfgang!

— Que Wolfgang? Conheço muitos.

— Sou eu, Wolfgang Mozart, minha terna e cara amiga!

— Wolfgang Mozart... Esse nome não me diz nada.

— Não zombe assim de mim, Aloysia, isso é muito cruel.

— Zombar de você? Mas nem o conheço.

— Ao contrário, me conhece muito bem e sem dúvida percebeu a profundidade dos meus sentimentos.

— Seus sentimentos... Não entendo.

— Eu a amo, Aloysia, e quero casar com você.

A jovem o olhou furiosa.

— Está delirando, senhor Mozart! Isso está totalmente fora de cogitação. Pare imediatamente de me ofender.

— Você... você não me ama?

— Claro que não! Como pode ter imaginado isso?

O céu desabou sobre a cabeça de Wolfgang.

— Não é possível, Aloysia. Acabe com esse pesadelo, eu suplico.

— Esta conversa me aborrece e me irrita, Mozart. Vá embora e não volte nunca mais.

Então, não era um sonho mau.

Aloysia não o amava, nunca se casaria com ela, não construiriam juntos uma vida sob a chancela da música.

Wolfgang manteve a dignidade e não caiu em prantos.

Sentando-se ao cravo, ele entoou uma música popular de Goetz von Berlichingen: “Aqueles que não me amam, eu os mando à merda!”*. Depois saiu a passos largos da casa dos Webers.

* *Lack mi am Arsch*.

Munique, 29 de dezembro de 1778

Hospedado por um amigo, o flautista Becke, Wolfgang leu as cartas do pai. Este último temia a deflagração de uma grande guerra na qual estariam envolvidos vários países, começando pela Rússia, a Áustria, a Prússia, a Suécia e, em seguida, a França, Portugal, a Espanha e mais alguns. "Os grandes senhores", lembrava ele, "têm outras coisas na cabeça que não a música e a composição."

Só havia uma opção: o filho devia voltar rapidamente para Salzburgo, um lugar tranqüilo que seria poupado pelo conflito.

Leopold se preocupava, sobretudo com o problema financeiro: "Quero apenas ter certeza de que pagaremos nossas dívidas. Não quero que as coisas que possuímos sejam vendidas com prejuízo depois da minha morte para que essas dívidas sejam saldadas. Se elas forem pagas, poderei morrer em paz. É preciso, é o que eu quero."

Sem dar detalhes sobre o drama que acabara de viver, Wolfgang o resumiu em algumas palavras: "No meu coração só há lugar para lágrimas." Será que o pai perceberia o desespero e a angústia que sentia por ficar preso em Salzburgo?

A nova carta de Leopold provou o seu afeto. Sim, ele se entristecia com a dor do filho e só pensava em consolá-lo: "Você não tem nenhum motivo para temer, de mim ou de sua irmã, uma acolhida sem ternura ou dias infelizes."

Reencontrar a família, um pedaço da infância, um quarto aconchegante, uma cidade sem problemas... Seria esse o fim das longas viagens pela Europa?

Munique, 8 de janeiro de 1779

Não me sinto culpado de nada, escreveu Wolfgang ao pai, *não cometi nenhum erro. Não tolero Salzburgo, nem seus habitantes. A linguagem e a maneira como vivem me são totalmente insuportáveis. Meu mais ardente desejo é beijá-lo novamente, você e minha querida irmã. Ah! Se ao menos não fosse em Salzburgo!*

No entanto, Wolfgang teria de se submeter à boa vontade do príncipe-arcebispo Colloredo. Depois de tantos fracassos, não tinha mais escolha.

Antes do penoso retorno, ele terminou uma grande ária, *Popoli di Tessaglia**, que falava sobre a imensa dor de Alceste quando anunciou a morte do marido, Admeto, ao povo da Tessália.

Terminada a obra, ele foi, num passo apressado, à casa dos Webers.

Fridolin lhe abriu a porta.

— Vou embora de Munique — anunciou Wolfgang. — Mas, antes, gostaria de oferecer um presente para Aloysia.

Ainda mais encurvado, a tez de cor cinza, Fridolin foi chamar a filha que, tensa, se manteve ao lado do pai.

— Não tenho nenhum ressentimento, Aloysia, e desejo que seja muito feliz. Esta ária vai valorizar a sua virtuosidade. Adeus.

Wolfgang subiu na carruagem com destino a Salzburgo. Dentro dela só havia mais um passageiro: Thamos, o egípcio.

— Comprei todos os lugares — explicou ele. — Vamos parar quantas vezes você quiser e compartilhar boas refeições nos melhores albergues. Um bom vinho lhe devolverá a energia.

* K. 316.

— Sabe, em relação à Aloysia...

— Tentar consolá-lo seria inútil. Você vai absorver esse sofrimento, como fez com os outros, e vai superá-lo, porque seu destino é diferente do destino de todos os homens.

— Que futuro me reserva a prisão em Salzburgo?

— Você vai enfrentar um dragão. Poderá ser derrotado ou se alimentar da força dele. Graças à beleza e à força da sua música, talvez consiga seguir a direção da sabedoria, se souber atingir o essencial, o centro e o coração.

O egípcio não estaria se referindo à iniciação nos mistérios dos sacerdotes do sol, ideal ainda inacessível? Caberia a ele, Mozart, torná-lo real.

BIBLIOGRAFIA

Parcialmente conservadas, as cartas de Wolfgang e de Leopold Mozart são uma mina de informações que usamos à larga, principalmente pondo na boca do músico as palavras que figuram nessa correspondência.

Existem várias edições parciais dessas cartas e uma edição completa, *Mozart: Briefe und Aufzeichnungen* (Ed. W. A. Bauer e O. E. Deutsch), sendo que o essencial foi traduzido para o francês, por G. Geffray, em 7 volumes, publicados pela Editora Flammarion. A respeito deste primeiro livro, consulte *Correspondance* I, 1756–1776, Paris, 1986; *Correspondance* II, 1777–1778, Paris, 1987; *Correspondance* III, 1778–1781, Paris, 1989.

Também consultamos as seguintes obras:

ABERT, Hermann, *Mozart* (2 volumes), Leipzig, 1919.

AUTEXIER, Philippe A., *Mozart,* Paris, 1987.

BALTRUSAITIS, Jurgis, *Essai sur la légende d'un mythe. La quête d'Isis,* Paris, 1967.

Dictionnaire Mozart, organizado por Bertrand Dermoncourt, Paris, 2005.

Dictionnaire Mozart, organizado por H. C. Robbins Landon, Paris, 1990.

EINSTEIN, Alfred, *Mozart, son caractère, son oeuvre,* Paris, 1954.

Encyclopédie de la Franc-Maçonnerie, Paris, 2000.

FAIVRE, Antoine, *L'Ésotérisme au XVIIIe siècle,* Paris, 1973.

GALTIER, Gérard, *Maçonnerie égyptienne, Rose-Croix et Néo-chevalerie,* Mônaco, 1989.

HILDESHEIMMER, Wolfgang, *Mozart*, Paris, 1979.

HOCQUARD, Jean-Victor, *Mozart,* Paris, 1994.

404

HOCQUARD, Jean-Victor, *Mozart, l'amour, la mort,* Paris, 1987.

HORNUNG, Erik, *L'Égypte ésotérique,* Paris, 2001.

IVERSEN, Erik, *The Myth of Egypt and its Hieroglyphs in European Tradition,* Princeton, 1993.

LE FORESTIER, René, *La Franc-Maçonnerie templière et occultiste aux XVIIIe et XIXe siècles,* Paris, 1970.

MASSIN, Jean e Brigitte, *Mozart,* Paris, 1970.

MONTLOIN, Pierre e BAYARD, Jean-Pierre, *Les Rose-Croix,* Paris, 1971.

Mozart. Bilder und Klänge Salzburger Landes Ausstelung, 1991.

Mozart, coleção Génies et Réalités, Paris, 1985.

PAHLEN, Kurt, *Das Mozart Buch,* Zurique, 1985.

PAROUTY, Michel, *Mozart, aimé des dieux,* Paris, 1988.

SADIE, Stanley, *Mozart,* Londres, 1980.

WYZEWA, Théodore de, e SAINT-FOIX, Georges de, *W. A. Mozart, Sa vie musicale et son oeuvre,* Paris, 1986.

Nas obras de referência sobre Mozart podem ser encontradas bibliografias detalhadas sobre a vida e a obra do compositor.

Sobre a franco-maçonaria consulte a coleção *Les Symboles maçonniques* (Maison de Vie Éditeur). Volumes publicados:

1. *Le Grand Architecte de l'Univers.*
2. *Le Pavé mosaïque.*
3. *Le Delta et la Pensée ternaire.*
4. *La Règle des Francs-Maçons de la Pierre franche.*
5. *Le Soleil et la Lune, les deux Luminaires de la Loge.*
6. *L'Équerre et le chemin de rectitude.*
7. *L'Étoile flamboyante.*
8. *Les Trois Grands Piliers.*
9. *La Pierre brute.*
10. *La Pierre cubique.*

11. *Les Trois Fenêtres du Tableau de Loge.*
12. *Les Deux Colonnes et la Porte du Temple.*
13. *L'Épée flamboyante.*
14. *Loge maçonnique, Loge initiatique?*
15. *Comment naît une Loge maçonnique? L'Ouverture des travaux et la création du monde.*